Angelika B. Klein

ER

SIE

ICH

Thriller

Autorin

Angelika B. Klein wurde 1969 geboren und lebt mit ihrem Ehemann sowie den beiden Kindern in München. Sie schreibt spannende Liebesromane für Jugendliche und Erwachsene sowie Thriller.

Inhalt

Liebe – Angst- Tod

ER - liebt sie, aber ignoriert die anonymen Drohungen

SIE - hat Angst, dass ihre Vergangenheit sie einholt

ICH - bringe den Tod!

Elena hatte bisher kein Glück mit früheren Beziehungen, denn sie nahmen allesamt ein tragisches Ende. Als sie Ben kennenlernt, schiebt sie ihre Befürchtungen beiseite und lässt sich auf ihn ein.
Doch dann taucht der erste Drohbrief auf und ihr wird klar - die Vergangenheit hat sie eingeholt.

Bibliografische Informationen der Deutschen Nationalbibliothek:
Die Deutsche Nationalbibliothek verzeichnet diese Publikationen in der Deutschen Nationalbibliografie, detaillierte bibliografische Daten sind im Internet über http://dnb.dnb.de abrufbar.

© 2018 Angelika B. Klein
Photo by Mike Wilson on unsplash
Herstellung und Verlag
BoD – Books on Demand, Norderstedt
ISBN: 9783746044866

PROLOG

„Bleib stehen!", schrie ich mein Gegenüber an und richtete die Pistole auf sein Gesicht.

„Hör zu! Ich weiß, dass das schwer für dich zu verstehen ist … aber du willst das eigentlich gar nicht." Beruhigend hob er seine Hände, während sein Blick meine Augen fixierte. „Leg die Waffe weg und lass uns darüber reden!"

„Noch einen Schritt näher und ich schieße!", drohte ich angespannt.

„Schon gut! Ich bleibe, wo ich bin! Bist du sicher, dass du ihr damit einen Gefallen tust. Sie …"

„Halt dein Maul!", fauchte ich. „Ich habe dich oft genug gewarnt! Aber du wolltest nicht hören. Tja … jetzt musst du wohl fühlen!"

Langsam schüttelte er den Kopf, sah mich verständnislos an. Jemand anderes hätte wohl Mitleid mit ihm gehabt, so schuldbewusst und überrascht wie er aussah. Aber ich ließ mich schon lange nicht mehr von vorgetäuschten Emotionen irreführen. Ich wusste, welches Tier im Innern dieses Mannes lauerte. Damit war jetzt Schluss!

„Dreh dich um!", forderte ich ihn deutlich auf.

Verwirrt huschte sein Blick durch den Raum. „Und dann? Willst du mich etwa rücklings erschießen?" Eine Mischung aus Angst und Fassungslosigkeit klang aus seiner Stimme.

„Dann springst du vom Balkon und lässt es wie einen Selbstmord aussehen!", erklärte ich ruhig und emotionslos.

„WAS?", schrie er mich panisch an. „Spinnst du jetzt total?" In seinem Gesicht bildeten sich kleine rote Flecken, die mir eine leichte Vorahnung von dem gaben, was sich in seinem Innern abspielen musste.

„Muss ich mich wirklich wiederholen? Tu uns allen einen Gefallen und erlöse uns von deiner Anwesenheit! Niemand wird um dich trauern!"

Er öffnete den Mund, schloss ihn jedoch nach wenigen Sekunden wieder, da er kein Wort herausbrachte. Anschließend wich er einen Schritt zurück.

„Glaub mir, wenn du aus dem zehnten Stock auf dem Asphalt aufschlägst schmerzt das weniger, als wenn ich dir eine Kugel in die Brust jage! Doch sterben wirst du auf jeden Fall!" Es gelang mir nicht wirklich, die Worte tröstlich klingen zu lassen. Dafür verachtete ich mein Gegenüber zu sehr. Ungeduldig deutete ich mit der Waffe an, dass er weitergehen solle.

Langsam drehte er sich um, schritt auf das Geländer des mittelgroßen Balkons zu, legte seine Hände auf die Brüstung und blickte nach unten. „Ich kann das nicht!", flüsterte er in die windstille Nacht.

„Jetzt spring endlich!", forderte ich mit Nachdruck. Ich wusste, dass mir die Zeit davonlief.

Plötzlich drehte er sich um. Aus seinen Augen schlug mir eine Entschlossenheit entgegen, die mich erschaudern ließ. Er lehnte sich an das Geländer und verschränkte selbstsicher die Arme vor seiner Brust.

„Dann musst du mich eben erschießen!", sagte er ungewöhnlich ruhig.

„Wenn du glaubst, ich traue mich das nicht, dann irrst du dich!"

Herablassend verzog er seinen Mund zu einem Grinsen. „Ich habe keine …"

In diesem Augenblick zerriss ein Schuss die Stille.

Meine letzte Wahrnehmung galt seinem Körper, der rückwärts über die Brüstung fiel.

Im nächsten Moment versank ich in Dunkelheit.

Kapitel 1

ER

Mit Engelszungen redete Benjamin Teschner auf seine Gesprächspartnerin am Telefon ein. „Natürlich, Frau Brandner, das ist überhaupt kein Problem!" Genervt und glücklicherweise von seiner Kundin unbemerkt, verdrehte er die Augen. Genau solche Unterhaltungen, mit äußerst anstrengenden Auftraggebern, ließen ihn ernsthaft darüber nachdenken, warum er sich ausgerechnet diesen Beruf ausgesucht hatte. Er liebte seine Tätigkeit als Architekt und Bauleiter, kam aber regelmäßig an seine Grenzen, wenn Kunden, wie Frau Brandner, im Nachhinein Wünsche äußerten, welche nur durch aufwendige Umplanungen des Bauablaufs realisiert werden konnten. Dabei war es ihm persönlich egal, dass die Umsetzung der unverhältnismäßig aufwendigen und seiner Meinung nach oftmals unsinnigen Vorstellungen der Kunden, das Bauvorhaben nicht selten um ein Vielfaches verteuerte. Schließlich verdiente er daran, wenn der Wert des Bauprojektes stieg, da er sein Honorar prozentual abrechnete. Was ihn wirklich störte und manchmal so sehr nervte, dass er sich auf die Zunge beißen und im Stillen bis zehn zählen musste, war die Tatsache, dass er sich nicht gerne vorschreiben ließ, wie er seine Arbeit zu verrichten hatte. Natürlich wusste er, dass Architekten nach den Wünschen und Vorstellungen ihrer Auftraggeber agieren mussten, jedoch fehlte ihm die Charaktereigenschaft, mit schwierigen Menschen ruhig und sachlich das Thema zu besprechen, ohne dass sein Blutdruck in gefährliche Höhen stieg.

„Das freut mich zu hören, Herr Teschner. Schließlich haben Sie selbst bei unserer ersten Besprechung einen Whirlpool auf der Dachterrasse vorgeschlagen", trällerte Frau Brandner in den Hörer.

„Das ist richtig. Allerdings wäre es wesentlich einfacher gewesen, wenn Sie sich bereits vor Baubeginn für diesen Whirlpool entschieden hätten. Sie wollten doch ursprünglich nur einen Kunstrasen und Pflanzen auslegen", erinnerte Benjamin seine Kundin mit gepresster Freundlichkeit. Dass er seit einem Monat seine Planung abgeschlossen, die Baugenehmigung eingereicht und die Handwerker zeitlich aufeinander abgestimmt hatte, spielte für die betagte Kundin offenbar keine Rolle.

„Aber Sie bekommen das noch hin, oder?", wollte seine Gesprächspartnerin wissen, wobei Benjamin in diesem Moment nicht sicher war, ob es sich um eine Frage oder eine Feststellung handelte.

„Natürlich, Frau Brandner! Dafür bin ich doch da: Um Ihnen all Ihre Wünsche zu erfüllen!", erklärte er sanftmütig, wobei er Angst hatte, seine Schleimspur könnte das Telefon außer Betrieb setzen. „Sie müssen nur leider damit rechnen, dass sich die Fertigstellung Ihrer Dachterrasse um gut einen Monat verzögert."

„Das macht nichts! Es ist ja eh schon zu kalt für ein Bad im Freien! Geben Sie mir Bescheid, wenn die neuen Termine vorliegen?"

„Selbstverständlich! Ich melde mich bei Ihnen! Schönen Tag noch!", beendete Benjamin das Gespräch und legte den Hörer erleichtert auf. Er drehte seinen Schreibtischstuhl zur Seite und blickte aus dem großen Fenster seines Büros im zwölften Stock eines Bürokomplexes im Münchner Norden. Langsam atmete er aus und blickte in Richtung Osten, direkt auf den Englischen Garten, der sich mit seiner bunten Blättervielfalt vor ihm erstreckte. Plötzlich klopfte es an seiner Tür. Schwungvoll wandte er sich um und erkannte den Besucher durch die Glastür.

„Störe ich dich gerade?", kam eine schüchterne Frage durch den Türspalt.

„Hallo Dennis! Nein überhaupt nicht! Kannst du mir nachher bitte kurz die Akte Brandner holen? Die Frau macht mich fertig! Nach zwei Monaten fällt ihr plötzlich ein, dass sie einen Whirlpool auf die neue Dachterrasse will! Die spinnt doch!", ließ Benjamin seiner Wut freien Lauf.

„Das ist doch nicht das erste Mal, dass eine Kundin ihre Wünsche ändert. Das schaffst du schon!", versuchte Dennis seinen Vorgesetzten aufzumuntern.

„Klar! Wie immer! Was gibt es? Brauchst du was von mir?", fragte Benjamin freundlich.

Dennis' Blick wanderte durch die breite Glasfront nach draußen, als müsse er sich versichern, dass kein ungebetener Gast die Unterhaltung stören würde. „Ben, äh … du weißt doch, dass ich gerade ein paar Probleme habe und …"

„Brauchst du wieder Geld?", unterbrach Benjamin seinen Kollegen.

„Es gibt da Probleme mit einigen Typen, denen ich noch Geld schulde … und … naja, die wollen nicht mehr bis nächsten Monat warten."

„Dennis! Ich habe dir erst vor einer Woche zweihundert Euro gegeben! Du musst endlich lernen, mit deinem Gehalt über die Runden zu kommen!"

„Das tu ich ja! Aber wie soll ich tausend Euro auf einmal aufbringen? Ich muss doch auch die Miete und den Strom bezahlen!", jammerte Dennis.

Kopfschüttelnd saß Ben in seinem Sessel und betrachtete seinen zwei Jahre jüngeren Kollegen. Dieser hatte in seinem Leben nicht so viel Glück wie er selbst. Er hatte keine Ausbildung und offensichtlich immer noch Probleme mit den Drogendealern, welche er früher regelmäßig aufsuchte, um seinen Stoff zu besorgen. Ben hätte sich einige Probleme erspart, wenn er Dennis nicht vor drei Jahren als Bürohilfe eingestellt hätte. Andererseits wären dann möglicherweise andere Probleme auf ihn zugekommen.

„Ben, bitte! Das sind ganz unangenehme Typen! Die schneiden mir einen Finger ab oder so etwas in der Art, wenn ich die Kohle nicht rausrücke!"

„Dir ist schon klar, dass du bis zum Hals in meiner Schuld stehst? Wie willst du mir das jemals zurückzahlen?" Ben war bewusst, dass er Dennis nicht im Stich lassen würde. Obwohl er sich jedes Mal vornahm, ihn nicht mehr aus dem Dreck zu ziehen, weil der Jüngere es sonst niemals lernen würde, brachte er es nicht übers Herz, ihn seinem Schicksal zu überlassen. Vielleicht auch deshalb, weil Dennis ein schlagendes Argument im Ärmel hatte, welches er nur im äußersten Notfall zur Sprache brachte. Aber soweit ließ es Ben selten kommen.

„Also gut! Aber das ist das letzte Mal, verstanden? Du zahlst die Typen aus und machst keine neuen Schulden mehr! Bekomm dein Leben endlich in den Griff!"

„Ja, klar! Danke, Ben! Das mache ich!", plapperte Dennis glücklich vor sich hin.

„Ich meine das ernst! Ich habe mich vor drei Jahren für dich eingesetzt, dass du hier arbeiten kannst! Wirf das bitte nicht achtlos weg!", kam der väterliche Rat. Trotz seines jungen Alters von erst 28 Jahren fühlte sich Ben für seinen Kollegen verantwortlich.

„Ich weiß!", antwortete Dennis knapp.

In diesem Moment drang ein lautes Krachen von draußen ins Büroinnere. Gleichzeitig blickten beide jungen Männer hinaus ins Großraumbüro und sahen, wie sich Elena Sattler, eine junge Sekretärin, bückte, um die am Boden verstreuten Leitzordner wieder aufzuheben.

„Wow! Dieser Hintern ist zu schade, um nur auf dem Bürostuhl zu sitzen!", bemerkte Dennis lasziv.

„Hör auf damit! Das ist sexuelle Belästigung am Arbeitsplatz!", reglementierte ihn sein Vorgesetzter.

„Quatsch! Solange sie es nicht hört, ist es auch keine Belästigung! Du bist doch selbst scharf auf sie! Wann gehst du endlich mal mit ihr aus? Glaubst du ich merke nicht, dass du ihr seit einem halben Jahr hinterherläufst?" Dennis konnte die Zurückhaltung seines gutaussehenden Freundes nicht verstehen. Daher traf ihn der abwertende Blick auch unvorbereitet, welchem er jedoch mit einem wissenden Lächeln entgegnete.

„Raus jetzt!", befahl Ben streng. „Glaube nicht, dass mir dein Rat im Umgang mit Frauen tausend Euro wert ist!" Mit einem affektierten Grinsen beendete er das Gespräch.

Nachdem Dennis das Büro verlassen hatte, lehnte sich Ben in seinem Stuhl zurück und beobachtete die hübsche Sekretärin. Elena hatte vor genau sieben Monaten im Architekturbüro Seiler angefangen und seitdem kontinuierlich seine Einladungen ausgeschlagen. Das musste sich jetzt endlich ändern!

Kapitel 2

SIE

Elena Sattler erhob sich vom Boden und spürte augenblicklich die Blicke ihrer Kollegen auf ihrem Rücken. Mit rotem Kopf ließ sie sich auf ihren Schreibtischstuhl fallen und widmete sich wieder dem Schriftsatz, an welchem sie vor dem unglücklichen Missgeschick mit den Leitzordnern arbeitete.

„Alles in Ordnung?", fragte Dennis fürsorglich, als er gerade an ihrem Tisch vorbeiging.

„Nichts passiert, danke! Die Ordner sind nur runtergerutscht", antwortete Elena schüchtern.

Obwohl sie bereits seit über einem halben Jahr in diesem Büro beschäftigt war, hatte sie es noch nicht geschafft, ihre Unsicherheit und Zurückhaltung gegenüber den Kollegen abzulegen. Sie hatte tief in ihrem Inneren Angst, freundschaftliche Gefühle für die Anwesenden zu entwickeln. Abends, wenn sie alleine in ihrer Wohnung saß, hasste sie sich dafür, dass sie erneut eine wohlwollende Essenseinladung von Dennis oder Katharina ausgeschlagen hatte. Einerseits sehnte sie sich nach Freunden, mit welchen sie sich unbeschwert unterhalten konnte, andererseits war ihre Furcht vor zu viel Nähe tief verwurzelt. Vor zehn Jahren hätte sie nie für möglich gehalten, dass sie im Alter von 25 Jahren alleine wohnen würde und Angst davor hätte, mit Kollegen ein freundschaftliches Verhältnis aufzubauen. Aber in den letzten zehn Jahren war viel passiert. Das Leben schrieb seine eigenen Regeln – und diese Regeln wollte sie nicht brechen.

„Elena?" Unvermittelt wurde sie aus ihren Gedanken gerissen. Hektisch blicke sie auf und sah im nächsten Moment ins Gesicht ihres Chefs.

„Ja?"

„Könntest du kurz zu mir ins Büro kommen?", fragte Ben leise.

Schlagartig wurden ihre Hände feucht und in ihrem Bauch bildete sich ein Knoten, den sie nicht zum ersten Mal spürte. Sie hoffte, dass Ben sie wegen einem geschäftlichen Gespräch zu sich ins Büro beorderte. In den letzten Monaten bat er sie des Öfteren um Dates, welche sie jedoch kontinuierlich ausschlug. Es war nicht so, dass sie Ben nicht attraktiv fand – im Gegenteil. Er war genau ihr Typ, aber es gab ein alles beherrschendes Argument, welches gegen ihn sprach.

„Setz dich, bitte!", bat Ben seine Sekretärin.

Mit steifem Rücken und geschlossenen Beinen ließ sich Elena auf dem bequemen Lederstuhl nieder. Ihre Hände legte sie unruhig in ihren Schoß.

„Ich habe eine Bitte an dich und hoffe, dass du mir helfen kannst!", leitete Ben das Gespräch ein.

Oh nein! Er will erneut mit mir Essen gehen!

„Wenn du mich wieder …", brach sie unsicher ab.

Abwartend beobachtete Ben sie. „Wenn ich was wieder?", hakte er neugierig nach.

Verärgert blickte sie ihn an. „Du weißt genau, was ich meine!"

„Ach so! Du glaubst, ich möchte dich wieder um ein Date bitten?", lächelte Ben amüsiert.

„Willst du nicht?"

„Natürlich will ich! Aber ich werde es nicht tun, weil selbst ich nach zehn Abfuhren kapiere, dass ich nicht dein Typ bin. Einen Rest Selbstwertgefühl möchte ich noch behalten!", erklärte er resigniert.

„Das tut mir leid, aber …"

„Ist schon in Ordnung! Ich brauche dich morgen Abend für ein Kundengespräch!", unterbrach Ben sie.

„Ein Kundengespräch? Am Abend?" Elena war verwirrt.

„Sagt dir der Name Schmitz etwas?", fragte er ruhig.

„Von Schmitz & Schmitz?"

„Genau der! Harry Schmitz junior möchte ein neues Bürogebäude bauen und zieht in Erwägung, uns den Auftrag zu erteilen."

„Das ist ja super!", freute sich Elena ehrlich. „Aber muss es unbedingt ein Abendessen sein? Warum kann das Gespräch nicht mittags stattfinden, wie bisher?" Ihr widerstrebte es, abends mit ihrem Chef zu einem Geschäftsessen zu gehen. Das kam einem Date doch sehr nahe. Mittags war die Zeit begrenzt und sie mussten anschließend noch ins Büro, aber nach einem Abendessen lag die ganze Nacht vor ihnen und da konnte so viel passieren…

„Elena! Hörst du mir noch zu?", riss Ben sie aus ihren Gedanken.

„Sorry, ich war gerade …" Nervös blickte sie zur Seite.

„Ich möchte dich als meine Begleitung dabeihaben!", klärte er sie behutsam auf.

„Als deine Begleitung? Ich soll also keine Notizen machen?", entgegnete sie argwöhnisch.

„Bist du wirklich so naiv oder spielst du nur sehr gut? Harry Schmitz junior kommt für zwei Tage nach München, um ein geeignetes Architekturbüro für sein großes Bauvorhaben zu finden. Er möchte dazu am Abend mit seiner Frau und mir zum Essen gehen. Und anscheinend geht er davon aus, dass ich liiert bin, weil er meine Freundin gleich mit eingeladen hat."

„Warum hast du dann nicht klargestellt, dass du Single bist?", platzte es aus Elena heraus. Im nächsten Moment biss sie sich auf die Lippe. Woher nahm sie plötzlich den Mut ihren Chef zu kritisieren? War er überhaupt noch Single?

„Warum regst du dich darüber so auf?", stellte Ben die Frage, welche ihr als nächste in den Sinn kam.

Richtig! Warum rege ich mich überhaupt so auf?

14

„Ich kann nicht mit dir zum Abendessen gehen!", antwortete sie prompt.

„Warum?"

„Aus dem gleichen Grund, warum ich deine Einladungen nicht angenommen habe!", erklärte sie bestimmt und fühlte, wie ihr Fluchtreflex wuchs.

„Warum?"

„Weil … weil … das kann ich dir nicht sagen!" Verärgert stellte sie fest, dass sich Tränen in ihren Augen bildeten.

Besorgt stand Ben auf, ging um den Schreibtisch herum und beugte sich zu Elena hinunter. „Warum hast du solche Angst, es mir zu sagen?", fragte er erneut, mit einfühlsamer Stimme.

Ihre Blicke trafen sich und Elena sah nur zwei Optionen: Entweder sie rannte augenblicklich aus dem Büro oder sie erzählte ihm die Wahrheit! Sie entschied sich für die schwierigere Variante.

„Ich habe keine guten Erfahrungen gemacht, wenn ich mit Männern zusammen war!", flüsterte sie zurückhaltend.

„Wie meinst du das? Haben sie dich verletzt?" Ben befürchtete das Schlimmste.

„Nein! Ich glaube, ich habe ein schlechtes Karma! Ich bringe Menschen, die mir zu nahe kommen nur Unglück!"

Schnaubend lachte Ben. „Das ist doch Quatsch! Daran glaubst du? Haben diese Menschen im Lotto verloren oder sich beim Joggen verletzt?" Als sich ihre Blicke trafen, wusste er augenblicklich, dass sein Scherz ins Leere ging.

Langsam schüttelte sie den Kopf. „Sie sind tot!"

Kapitel 3

ER

„Das ist ein Scherz, oder?", fragte er unsicher.

Ihr stummes Kopfschütteln gab ihm die Antwort.

„Was ist passiert?", wollte er entsetzt wissen.

„Das ist kompliziert, ich …"

Plötzlich klopfte es an der Tür und im nächsten Moment steckte Dennis seinen Kopf ins Büro. „Störe ich gerade?", fragte er unnötigerweise.

„Was ist?", fauchte Ben genervt.

„Du wolltest doch die Brandner Akte!", antwortete der Jüngere verständnislos und reichte seinem Vorgesetzten den Leitzordner.

„Richtig! Danke!"

„Ist alles in Ordnung?", wandte sich der Bürogehilfe an seine Kollegin, die zusammengesunken auf ihrem Stuhl saß.

Ben schob Dennis unmissverständlich Richtung Ausgang. „Es ist alles gut! Kannst du jetzt bitte wieder gehen?"

Nachdem sich die Glastür wieder geschlossen hatte, stand Elena plötzlich auf.

„Ich gehe jetzt besser", stammelte sie unsicher, während sie fluchtartig das Büro verließ.

„Elena!", rief Ben ihr hinterher, erhielt aber keine Antwort.

Nachdenklich ließ Ben sich auf seinen Sessel fallen, griff nach der Akte auf seinem Tisch und blätterte gedankenverloren darin.

„Verdammt!" Wütend schob er die Papiere von sich. Er musste sich eigentlich um die Belange seiner Kundin kümmern, konnte sich jedoch mit keinem einzigen Gedanken darauf konzentrieren. Sein Verstand kreiste nur um Elena sowie den drei kleinen Worten, die sich ihm seit dem Gespräch in sein Gedächtnis gebrannt hatten. *Sie sind tot!*

War das ihr Ernst? Vielleicht meinte sie es sinngemäß, dass die Typen für sie gestorben seien, weil sie Streit mit ihnen hatte? Oder sie war einfach so wütend auf ihre Ex-Freunde, dass sie ihnen bildlich den Tod an den Hals wünschte? Er wollte unbedingt noch einmal mit ihr darüber sprechen! Nachdem sie jeglichen privaten Kontakt zu ihm ablehnte, musste er sie dazu bringen, ihn zu dem morgigen Abendessen mit dem potentiellen neuen Kunden zu begleiten. Auf der Heimfahrt würde er sie dann erneut auf ihre mysteriöse Aussage ansprechen.

Schließlich schaffte Ben es doch noch, sich auf den Fall Brandner zu konzentrieren und die nötigen Neuberechnungen und Planungen zu erstellen, damit die betuchte Kundin ihren gewünschten Whirlpool auf der Dachterrasse bekam.

Kurz vor Büroschluss drückte er die interne Nummer für Elenas Apparat. Als diese abnahm, konnte er sie durch die Glasscheibe seines Büros beobachten.

„Kannst du bitte nochmal kurz zu mir kommen?", fragte Ben freundlich, wobei er sie nicht aus den Augen ließ.

Als sich ihre Blicke trafen, legte Elena wortlos auf und erhob sich.

„Du wolltest mich sprechen?", eröffnete sie einen Moment später geschäftsmäßig das Gespräch.

„Es tut mir leid, dass wir vorhin von Dennis unterbrochen wurden. Ich würde gerne mehr …"

„Ich glaube nicht, dass ich das hier im Büro besprechen möchte. Das sind meine privaten Probleme, die haben hier nichts zu suchen!", unterbrach Elena ihn rasch.

„In Ordnung, das respektiere ich. Aber könntest du dich vielleicht doch dazu entschließen, mich morgen Abend zu begleiten? Es liegt mir sehr viel daran, dass ich nicht alleine bei diesem Meeting auftauche. Glaube mir, es kommt bei einem Kunden, der seine eigene Frau zu einem Abendessen mitbringt, einfach besser an, wenn auch ich eine Begleitung an meiner Seite habe."

„Ich habe dir doch schon erklärt, dass ich nicht mitkommen kann!", entgegnete Elena hartnäckig.

„Ich verstehe aber nicht, was der Unterschied zwischen einem Mittagessen und einem Abendessen ist!", warf er ihr barsch vor.

„Das verstehst du nicht?", wandte sie überrascht ein.

„Doch, natürlich weiß ich was der Unterschied ist! Aber du warst unzählige Male mit mir mittags unterwegs bei Kunden, was ist am Abend so viel anders?", fragte er verständnislos.

„Der Abend ist länger!"

Verwirrt starrte Ben die junge Frau an. „Ja, und? Dann sitzen wir eben zwei oder drei Stunden mit dem Kunden zusammen! Wo ist das Problem?"

Genervt verdrehte sie die Augen. War er wirklich so begriffsstutzig oder wollte er es einfach nicht kapieren? „Wenn wir mittags zu Kunden fahren, müssen wir hinterher wieder ins Büro. Es ist rein geschäftlich, verstehst du? Aber am Abend, wenn der Kunde sich verabschiedet hat, dann … wird es privat!"

Mit großen Augen starrte Ben sie an. „Willst du mich auf den Arm nehmen?"

„Nein! Ich habe dir doch vorhin schon erklärt, warum es ein Problem für mich ist, mich mit einem Mann privat zu treffen!"

„Eben nicht! Du hast mir überhaupt nichts erklärt! Elena! Ich verspreche dir hoch und heilig, dass ich dich nach dem Essen sofort nach Hause fahre. Ich habe keine Ambitionen dich zu verführen oder dich über dein Privatleben auszuquetschen!

18

Alles was ich will, ist, dass du mich zu diesem Termin begleitest!", erklärte er überzeugender als er es meinte. Ihm wurde dieses Spiel langsam zu albern. Natürlich hatte er auch ein privates Interesse an Elena, allerdings, wenn sie so verkorkst war, wie sie sich gerade gab, verzichtete er auf ein näheres Kennenlernen.

„Und wie soll das dann ablaufen?", fragte sie kleinlaut.

„Du ziehst dir ein schönes Kleid an, ich hole dich ab und wir treffen uns mit dem Kunden im Restaurant", zählte Ben erleichtert auf.

„Soll ich dann deine Freundin spielen?", fragte sie wenig begeistert.

„Nein! Du sollst als meine Kollegin auftreten!"

„Kollegin? Ich habe, im Gegensatz zu dir, kein Architekturstudium absolviert!"

Jetzt war es Ben, der genervt die Augen verdrehte. „Ich kann dich auch als meine Sekretärin vorstellen, wenn dir das lieber ist."

„Je näher wir an der Wahrheit bleiben, desto einfacher ist es", erklärte sie bestimmt.

Drei Stunden später saß Ben auf dem Sofa in seinem Wohnzimmer und starrte auf den Fernseher. Bei einem kalten Bier und scharfem Thai-Curry vom Inder um die Ecke, wollte er seinen Feierabend mit dem neuen Blockbuster auf ProSieben ausklingen lassen. Leider gelang ihm das nicht einmal ansatzweise. Seine Gedanken schweiften regelmäßig zu Elena ab. Obwohl er nicht auf komplizierte Beziehungen stand und ihm Elenas Denkweise ziemlich gegen den Strich ging, packte ihn eine Faszination an ihr, die weit über ihr gutes Aussehen hinausging. Er war bisher nie der emotionale Typ gewesen, der sich mit Romanzen und überschwänglichen Worten abgab. Vielleicht legte er in seinem jetzigen Leben Wert auf Ordnung und Klarheit, weil seine Jugend nicht so geradlinig verlief, wie er es sich gewünscht hätte. Nach seinem Architekturstudium zog er von Berlin nach München, fand nach mehreren Bewerbungen eine Anstellung im Architekturbüro Seiler und arbeitete sich dort in den letzten fünf Jahren zum Projektleiter mit drei Angestellten hoch. Er bewohnte ein hübsches Reihenhaus in Garching, einem Vorort von München und strebte an, irgendwann sein eigenes Haus zu entwerfen und zu bauen. Seine Beziehungen zu Frauen gingen über den Stand einer Affäre nie hinaus, da er seine ganze Energie in seine Arbeit steckte. An den Wochenenden traf er sich meistens mit seinem besten Freund, Tim, der sein Vertrauter in jeder Hinsicht war. Oftmals waren auch noch andere Bekannte dabei, Freunde und Freundinnen von Tim, die allesamt etwas davon verstanden, einem vielbeschäftigten Architekten für einige Stunden die Sorgen aus dem Kopf zu verscheuchen.

Als er es irgendwann schließlich doch schaffte, sich auf den Film im Flimmerkasten zu konzentrieren, läutete es an der Haustüre.

„Dennis? Wie schaust du denn aus? Was ist passiert?", rief er besorgt und hielt seinem Kollegen die Tür auf. Dennis lief ins Wohnzimmer und fiel auf den erstbesten Stuhl.

„Ich habe ein Problem, Ben!", jammerte er, während er behutsam sein blutiges Kinn abtastete.

„Wer hat dich so zugerichtet?", wollte Ben neugierig wissen.

„Diese Schweine! Sie haben mir vor meiner Wohnung aufgelauert! Ich habe ihnen erklärt, dass sie das Geld in den nächsten Tagen bekommen, aber …". Mit schmerzverzerrtem Gesicht brach er ab.

„Was aber? Wollen sie nicht warten?"

„Sie wollen mehr!"

„Wie meinst du das, sie wollen mehr? Du hast doch gesagt, du schuldest ihnen tausend Euro! Wollen sie Zinsen?", hakte Ben überrascht nach.

„Keine Zinsen! Sie wollen zehntausend Euro!"

„Zehntausend? Warum das denn?" Irritiert schüttelte Ben den Kopf.

„Mann! Weil ich ihnen diesen Betrag schulde! Jetzt wo sie wissen, dass ich mir von jemandem Geld leihen kann, wollen sie auf einmal sofort die gesamte Summe!" Dennis war seine Verzweiflung anzusehen.

Abschätzend betrachtete Ben seinen Besucher. „Du hast zehntausend Euro Schulden bei den Typen? Wie konnte so viel zusammenkommen? Ich habe dir in den letzten zwei Jahren immer wieder Geld geliehen, welches ich übrigens kein einziges Mal zurückbekommen habe. Aber mehrere tausend Euro? Dennis!"

„Es ist halt teuer, wenn man sein Leben genießt!", erklärte der Verletzte ausweichend.

„Du nimmst wieder Drogen, stimmt's?", konfrontierte Ben ihn ohne Rücksicht.

„Ja … aber nur manchmal … wenn ich nicht schlafen kann!"

„Sag mal, spinnst du?", schrie Ben ungehalten. „Als ich dir den Job verschafft habe, war ich da nicht deutlich genug? Ich sagte: Keine Drogen mehr! Ich habe einen Ruf in der Firma zu verlieren, wenn ich Junkies einstelle! Ich sollte dich sofort feuern!"

„Ich bin doch kein Heroin-Junkie! Ich brauche nur abends was zum Einschlafen und morgens, damit ich wach werde. Und an den Wochenenden feiere ich manchmal mit meinen Freunden", fügte er leise hinzu.

„Mit Freunden, die selbst keine Kohle haben, vermute ich? Verdammt! Du weißt, wo das enden kann, wenn du wieder abhängig wirst!" Ben war stinksauer. Er kannte Dennis aus den Zeiten, als er selbst sein Leben noch nicht im Griff hatte - bevor er nach München kam und sich ein solides Leben aufbaute.

„Bitte, Ben! Es ist das letzte Mal, dass ich dich anpumpe, das verspreche ich! Ich zahle dir die Hälfte meines Gehaltes monatlich zurück!", flehte der Jüngere mit Tränen in den Augen.

„Das geht nicht! Ich habe das Geld nicht!" Selbst wenn Ben wollte, konnte er Dennis diesen Betrag nicht geben.

„Aber du hast dieses Haus und ein cooles Auto vor der Tür. Willst du mir ernsthaft erzählen, dass du keine zehntausend Euro auf dem Konto hast?" Ungläubig starrte Dennis seinen Chef an.

„Das Haus ist gemietet und dafür zahle ich einen ganzen Batzen Geld im Monat! Mein Auto ist ein drei Jahre alter Mazda MX5, den ich ebenfalls noch abbezahle. Und auch wenn du es mir nicht glaubst, ich habe wirklich nicht so viel Geld auf der Seite. Nimm doch einen Kredit bei der Bank auf! Du hast eine feste Arbeitsstelle, da dürfte es kein Problem sein, ein Darlehen zu bekommen", schlug Ben vor.

„Ich bekomme keinen Kredit mehr! Ich habe letztes Jahr schon einen aufgenommen, den ich kaum zurückzahlen kann", gab Dennis kleinlaut zu.

„Wozu brauchst du so viel Geld? Allein für Drogen kann das doch nicht draufgehen!", schrie Ben fassungslos.

„Hast du eine Ahnung!", antwortete Dennis gelassen. „Die bringen mich um, wenn ich nicht zahle!"

„Dann geh zur Polizei und zeig die Typen an! Falls sie dir etwas antun, weiß die Polizei wenigstens wer es war!"

„Sehr beruhigend! Hast du noch mehr so tolle Ratschläge auf Lager?"

„Nein! Aber es tut mir leid, ich kann dir dieses Mal nicht helfen!" Ben ging zur Haustüre.

„Wirfst du mich etwa raus?", rief Dennis ihm ungläubig hinterher.

„Ich glaube es ist besser, wenn du jetzt gehst! Ich bin weder dein Vater noch dein Babysitter. Wenn ich dich jedes Mal aus dem Dreck ziehe, lernst du nie, selbst auf den Beinen zu stehen."

„Ich tue das nur ungern, Ben, aber ich glaube nicht, dass es dem alten Seiler gefällt, wenn er von deiner Vergangenheit erfährt", warnte Dennis gereizt.

Mit einem schnellen Schritt baute sich Ben vor seinem Besucher auf. „Willst du mir etwa drohen? Nach allem, was ich für dich getan habe?"

„Ich habe nichts mehr zu verlieren, du aber schon."

„Niemand wird einem Junkie glauben. Und denke daran, dass du deine eigene Zukunft in der Firma aufs Spiel setzt. Wenn du meine Vergangenheit ans Licht zerrst, bist auch du deinen Job los. Also überleg dir gut, ob du aus dem Nähkästchen plaudern willst." Nur mit großer Mühe konnte Ben sich beherrschen. Am liebsten hätte er das beendet, was die Geldeintreiber begonnen haben.

Ohne ein weiteres Wort stürmte Dennis aus dem Haus und lief die dunkle Straße hinunter.

Kapitel 4

SIE

Sie war wieder ein Kind, neun Jahre alt, und saß in der Küche auf dem brauen Holzstuhl mit der gepolsterten Rückenlehne. Ihre Eltern stritten, sie konnte aber nicht verstehen, um was es ging. Sie hörte ihren Namen, drehte sich um und sah ihre Mutter, wie sie mit dem großen Küchenmesser, welches sie normalerweise benutzte, um Fleisch zu zerkleinern, vor ihrem Vater stand. Dieser hob beschwichtigend die Hände und redete auf ihre Mutter ein. „Claudia, leg das Messer weg! Wir können doch in Ruhe darüber reden!" Im nächsten Moment stach ihre Mutter zu. Ihr Vater brach, mit dem Messer in der Brust, zusammen.

Schreiend wachte Elena auf dem Sofa ihrer Zweizimmerwohnung in Neuperlach auf. *Verdammt! Immer der gleiche Traum!* Schwer atmend erhob sie sich und ging auf den Balkon. Eine wolkenlose Nacht zeichnete sich am Himmel ab. Beim Blick vom zehnten Stock in die Tiefe erkannte sie die einzelnen bunten Blätter, welche den Gehweg überzogen. Fröstelnd schlug sie die Arme um ihren schlanken Körper und ging wieder hinein.

Auf dem Weg ins Schlafzimmer blieb sie vor dem Wandspiegel im Flur stehen und betrachtete sich. Ihre großen braunen Augen blickten ihr müde entgegen, während ihr langes dunkles Haar durch den ungewollten Schlaf in alle Richtungen stand. Ihr Blick blieb an dem kleinen Herz oberhalb ihrer linken Brust hängen. Ein Tattoo, welches an vergangene Zeiten erinnerte. *T&E.* Tobias! Schlagartig spürte sie die Trauer, die in ihr heranwuchs. Sie hatte ihn geliebt! Sie hatte bisher drei Beziehungen und kann guten Gewissens behaupten, dass keine

24

davon nur eine Affäre war. Sie hat jeden dieser jungen Männer wirklich geliebt und wurde, soweit sie wusste, auch von diesen aufrichtig verehrt. Bis es dann passierte … jedes Mal … unaufhaltsam.

Schnell schüttelte sie die belastenden Gedanken ab und stürmte ins Schlafzimmer.

Dort öffnete sie den Kleiderschrank und ging die in Frage kommenden Outfits für den morgigen Abend durch. Obwohl sie sich ärgerte, dass sie sich von Ben zu dem Abendessen überreden ließ, war sie doch froh, einmal wieder abends ausgehen zu können. Ihre aktuellen Freundschaften beschränkten sich auf Mia und Lena, die sie aus Kindheitstagen kannte. Obwohl sie noch regelmäßigen und regen Kontakt über Skype pflegten, waren persönliche Treffen äußerst selten geworden. Mia zog bereits mit 16 Jahren mit ihren Eltern nach Frankfurt, wo sie mittlerweile erfolgreich als Künstlerin arbeitete. Lena dagegen ging nach ihrem Abitur nach Berlin, wo sie ein Medizinstudium begann und seit kurzem plante, ihren langjährigen Freund zu heiraten. Dreimal im Jahr, an den jeweiligen Geburtstagen der Freundinnen, fand traditionell ein Skype-Frühstück statt, an welchem alle drei Frauen vor ihren PCs saßen und dem jeweiligen Geburtstagskind ein Ständchen sangen.

Vor drei Jahren, nach dem Tod ihres letzten Freundes, zog Elena sich komplett zurück. Die Skype-Treffen waren, neben der täglichen Arbeit, die einzigen Zeiten, in welchen sie sich aus ihren vier Wänden traute. Als sie vor sieben Monaten bei Ben die Stelle als Sekretärin antrat, hatte sie seit langem wieder dieses Kribbeln im Bauch. Sie fand ihn von Anfang an unglaublich anziehend, sexy und charmant. Doch mit diesen Gefühlen kamen auch wieder die Erinnerungen an die Vergangenheit. Sofort zog sich ihr Magen zusammen, zerquetschte die flatternden Schmetterlinge und ließ einen schmerzhaften Knoten zurück. Ihr Interesse an Ben durfte nicht über das eines x-beliebigen Kollegen hinausgehen. Sie wusste, sie würde sein Leben riskieren, wenn ihre Gefühle für ihn stärker würden. Dabei war sie sich sicher, dass es keine Rolle spielte, was er für sie empfand – wichtig war nur, dass er ihr gleichgültig blieb.

Jetzt musste sie es nur noch schaffen, einen schönen Abend mit ihrem Chef und dem neuen Kunden zu verbringen, ohne sich in den gutaussehenden Mann an ihrer Seite zu verlieben. In der Firma stand sie jeden Tag aufs Neue der Herausforderung gegenüber, Ben, dessen Büro genau in ihrem Blickfeld lag und dummerweise eine Glaswand und keine blickdichte Mauer hatte, zu ignorieren. Glücklicherweise hatte sie genug Arbeit, um ihren Fantasien und Träumereien keinen Freiraum zu gewähren.

Elena zog ein rotes ärmelloses Kleid aus dem Schrank und stellte sich vor den Spiegel. Mit einer Hand drückte sie den Stoff an ihren Oberkörper, mit der anderen hielt sie ihre Haare hoch. Für einen kurzen Moment überlegte sie, ob dieses Outfit nicht zu aufreizend wirken könnte. Im nächsten Moment ignorierte sie jedoch ihre innere Stimme. *Was soll schon passieren? Wir sind ja nicht alleine!* Wichtig war einzig und allein, dass sie einen klaren Kopf behielt und keine tieferen Gefühle für ihn entwickelte. Denn nur dann konnte es gefährlich für ihn werden!

Kapitel 5

ICH

Es ist dunkel, kalt und leichter Regen nieselt auf die Erde. Aber das kann mich nicht davon abhalten, dich zu beobachten. Ich sehe dich durch das hell erleuchtete Fenster, wie du mit einer Flasche Bier in der Hand im Wohnzimmer auf und ab gehst. Offenbar hat dich der vor kurzem verlassene Besuch sehr aufgewühlt.

Wie gerne würde ich jetzt zu dir gehen – dir meine Meinung sagen und dich leiden sehen!

Aber ich halte mich zurück. Noch ist es nicht soweit!

Solange du dich an die Spielregeln hältst, werde ich nicht eingreifen!

Aber solltest du gegen sie verstoßen – dann wirst du sterben!

Kapitel 6

ER

Am nächsten Morgen kam Ben pünktlich ins Büro. Er tippte beim Vorbeigehen Dennis an die Schulter und gab ihm zu verstehen, dass er ihm folgen solle. In der kleinen Küche am Ende des Ganges wartete er auf ihn.

„Guten Morgen! Wie geht es deinem Kinn?", begrüßte er seinen Kollegen freundlich.

„Was kümmert dich das?", blaffte Dennis beleidigt zurück.

Langsam, möglichst unauffällig, zog Ben ein Kuvert aus seiner Jackentasche und übergab es ihm. „Hier nimm! Mehr geht momentan leider nicht!"

„Was ist das?", kam die erstaunte Frage.

„Was wohl? Ich gebe dir das Geld, wie versprochen!", flüsterte Ben verschwörerisch.

„Zehntausend?", zischte Dennis erstaunt.

„Nein! Ich habe dir doch gestern gesagt, dass ich nicht so viel habe. Gib den Typen den Tausender und sag ihnen, sie sollen sich gedulden!"

„Besorgst du mir den Rest?", hakte Dennis hoffnungsvoll nach.

Bens angewiderter Blick traf ihn mit einem Schlag. „Nein! Darum musst du dich selbst kümmern. Aber möglicherweise kannst du die Typen damit hinhalten und hast etwas mehr Zeit!"

„Ben! Du weißt, dass ich das nicht schaffe! Und du hast mir jede Unterstützung zugesagt, damit ich dem Seiler gegenüber den Mund halte! Erinnerst du dich?"

„Hör auf mir zu drohen! Ich weiß, was ich dir versprochen habe. Trotzdem finde ich, solltest du zuerst selbst versuchen, das Geld zurückzuzahlen", entgegnete Ben leise. „Ich …".

Plötzlich hörten sie die lauten Schritte von hochhackigen Schuhen, bevor die dazugehörige Stimme durch die Küche trällerte. „Guten Morgen ihr beiden! Habt ihr ein Geheimnis, oder warum tuschelt ihr so?", wollte Katharina Pabel wissen. Sie gehörte seit zwei Jahren zu Bens Team und war eine ausgezeichnete Architektin. Er schätzte sie wegen ihrer Kreativität und der hohen Leistungsbereitschaft, mit welcher sie sich in die einzelnen Projekte stürzte. Eine ihrer Eigenschaften war es, nicht locker zu lassen, bis sie die Angelegenheit zu ihrer vollen Zufriedenheit erledigt hatte. Leider brachte eben diese Hartnäckigkeit Ben seit einigen Monaten in Bedrängnis. Nachdem er vor einem Jahr eine heftige Affäre mit Katharina begonnen hatte, wollte er diese einige Wochen nach Elenas Erscheinen beenden. Katharina war jedoch nicht der Typ Frau, die kampflos ihren Traummann aufgab. Sie umwarb ihn in der Firma, stand am Wochenende unangemeldet im Regen vor seiner Haustür oder bombardierte seine Mailbox mit Nachrichten. Dass sie damit das ein oder andere Mal Erfolg hatte und zu ihrer Freude in Bens Bett landete, machte es für ihn nicht leichter. Denn mit jedem Erfolgserlebnis stieg ihre Verbissenheit und ihr Einfallsreichtum, an ihr Ziel zu kommen. Kurzum: Sie wurde zur Stalkerin!

„Kathy? Hattest du Sehnsucht nach mir?", wandte Dennis sich übermütig an die schöne Frau mit ihren langen schwarzen Haaren und den roten Lippen.

„Sicher nicht!", antwortete sie abfällig und bedachte ihn mit dem entsprechenden Blick. Dennis wusste, dass die beiden eine Affäre hatten, regte sich aber nicht sonderlich darüber auf, da Katharina überhaupt nicht sein Typ war. Er schätzte sie lediglich als Kollegin, hielt sie jedoch privat für eine über Leichen gehende Nymphomanin. Mit solchen Frauen konnte er überhaupt nichts anfangen. Er fragte sich nicht zum ersten Mal, was Ben an ihr fand. Allerdings war dieses Thema auch nie

Gesprächsstoff zwischen den beiden Männern gewesen. Lächelnd verließ Dennis die Küche.

„Guten Morgen, Ben!", sagte sie freundlich. „Wolltest du mich nicht gestern Abend anrufen?"

„Wollte ich das? Ich kann mich nicht erinnern. Außerdem hatte ich keine Zeit!", erklärte Ben mürrisch, während er den Wasserkocher auffüllte.

„Tatsächlich? Warst du nicht alleine zu Hause und hast dich gelangweilt?"

Irritiert drehte Ben seinen Kopf zu ihr. „Nein, war ich nicht!"

Langsam trat Katharina an ihn heran und drückte ihren Körper deutlich an seine Seite. „Ben!", flüsterte sie ihm zu. „Warum machst du es dir so schwer? Ich möchte doch keine Beziehung mit dir, nur etwas Spaß!"

„Du meinst wohl eher Sex?"

„Ja, den auch! Du weißt doch selbst, dass du nicht von mir loskommst. Du verfällst mir immer wieder!" Zärtlich strich ihre Hand über seinen Rücken bis zum Hosenansatz.

„Das ist jetzt vorbei! Endgültig!" Ruckartig wandte Ben sich von ihr ab.

„Was ist mit dem Treffen heute Abend? Harry Schmitz bringt seine Frau zum Essen mit! Du brauchst eine Begleitung!", erinnerte sie ihn gewissenhaft mit eindeutigen Hintergedanken.

„Danke für das Angebot, aber ich habe bereits eine Begleitung!" Lächelnd schob Ben sich an ihr vorbei.

„Wen?", rief sie überrascht aus, erhielt jedoch keine Antwort mehr, da er bereits auf dem Weg zu seinem Büro war.

Nachdem Ben sich auf seinem Schreibtischstuhl niedergelassen hatte, schaute er verstohlen durch die Glasscheibe zu Elena. Sie telefonierte gerade und notierte gewissenhaft die Auskünfte, welche sie von ihrem Gesprächspartner erhielt. Als sein Blick ein Stück nach links glitt, erblickte er Katharina, die all ihre Wut, Eifersucht und Kränkung in ihren Augen zu verknüpfen versuchte. Offensichtlich erwog sie, die gebündelte Kraft der Emotionen durch die Glasscheibe direkt in sein Herz zu schießen, so jedenfalls fühlte es sich für ihn an.

Glücklicherweise war Ben den gesamten Tag über mit Telefonaten und Terminen beschäftigt, so dass er dieses morgendliche Gespräch schnell vergaß. Bevor er das Büro verließ, trat er an Elenas Tisch heran. „Passt es dir, wenn ich dich um sieben Uhr abhole?"

Nach einem kurzen Blick auf ihre Armbanduhr antwortet sie: „Könnte knapp werden, aber ich schaffe das schon."

„Dann geh heute einfach etwas früher nach Hause! Im Prinzip ist es ja ein geschäftlicher Termin, also arbeitest du die Zeit heute Abend eh wieder rein!", bemerkte er mit einem Augenzwinkern.

„Danke, das nehme ich gerne an."

Keiner von beiden bemerkte, dass Katharina die Situation mit Argusaugen beobachtet hatte. *Das machst du nicht mit mir, mein Lieber!*, schwor sie sich im Stillen, bevor sie zu ihrem Handy griff.

Kapitel 7

SIE

Elena nahm Bens Angebot gerne in Anspruch, ihre Tätigkeit im Büro früher zu beenden, um sich in aller Ruhe zu Hause auf den Abend vorzubereiten. Sie verließ die U-Bahn in Neuperlach und ging die wenigen hundert Meter zu Fuß zu ihrem Wohnhaus. Ihre Wohnung befand sich in einem der vielen Hochhäuser, wobei manche bis zu 17 Stockwerke beherbergten. Sie wollte nie in diesem Stadtteil leben, konnte es sich aber nicht aussuchen, als sie vor sieben Jahren von Bremen nach München zog. Mittlerweile erkannte sie die Vorteile, die ihre Wohnung mit sich brachte. Sie hatte eine atemberaubende Übersicht über die Großstadt, erblickte bei schönem Wetter die gesamte Alpenkette und musste nur wenige Meter gehen, um alle nötigen Alltagsgegenstände besorgen zu können. Es befanden sich in unmittelbarer Nähe Lebensmittelgeschäfte, Bäckereien, Banken und das PEP, das Perlacher Einkaufszentrum, welches ihr oftmals den anstrengenden Weg in die Innenstadt ersparte.

Sie wollte rechtzeitig fertig sein, um zu verhindern, dass Ben nach oben kommen würde. Ihn in ihre Wohnung zu lassen, würde bedeuten, ihm Einblicke in ihr Privatleben zu gewähren. Das allein wäre an und für sich nicht schlimm, da ihre Wohnung stets ordentlich und aufgeräumt war. Die wenigen Bilder aus ihrer Vergangenheit, welche an den Wänden hingen, waren weder peinlich noch verrieten sie ein Geheimnis, welches kein Besucher erfahren durfte. Es war ihr aus ganz unerfindlichen Gründen unangenehm, wenn ihr Chef, und das war er eben nun einmal, ihr Privatleben betreten würde. Elena redete sich ein, sie hätte Probleme damit, nach Christoph einen anderen Mann in ihre Wohnung zu lassen. Schließlich war hier seine letzte Nacht, bevor er so grausam starb…

Schnell schüttelte sie die belastenden Gedanken ab. In Wahrheit war es so, dass sie keine Gefühle zulassen wollte. Sie wollte keinem Mann mehr so nahekommen, dass sie sein Leben gefährdete. Um dem vorzubeugen, würde sie unten auf der Straße auf Ben warten.

Zügig stieg Elena unter die Dusche, wusch ihre Haare und trocknete sich anschließend ab. Nachdem sie mit ihrer Hochsteckfrisur zufrieden war, schminkte sie sich noch dezent, jedoch auffälliger als im Büro, schlüpfte in ihr Kleid und zog ihre schwarzen Pumps an. Fünfzehn Minuten vor der vereinbarten Zeit stand sie im Erdgeschoss hinter der Haustür. *Wenn ich auf der Straße warte hält er mich sicher für paranoid. Am besten verlasse ich das Haus erst in dem Moment, wenn ich seinen Wagen sehe.*

Ben kam tatsächlich zehn Minuten früher, parkte auf der Straße hinter einem weißen Lieferwagen und stieg aus. Noch bevor er das Haus erreichte, sah er Elena. Über ihrem langen roten Kleid trug sie eine schwarze Felljacke. Abrupt blieb er stehen und starrte sie an.

„Du bist schon da? Hast du etwa auf mich gewartet? Ich wäre doch hochgekommen und hätte dich …"

„Schon gut, ich war gerade fertig. Das hat doch super gepasst!", fiel sie ihm ins Wort.

„Wow!" Ihm verschlug es sichtlich die Sprache.

„Bist du überrascht, dass ich früher fertig wurde?", fragte sie lachend, weil sie ihn noch nie zuvor so verblüfft gesehen hatte.

„Nein! Ich … du …du siehst umwerfend aus!", stammelte er verlegen.

Augenblicklich schoss ihr das Blut in die Wangen. Verlegen blickte sie zu Boden. Als er ihr die Wagentüre öffnete, stieg sie hastig ein.

Einige Minuten fuhren sie schweigend die Straße entlang, bis Elena schließlich die Stille nicht mehr aushielt. „Ich hoffe, ich bin nicht zu overdressed!" Sie betrachtete seinen schlichten schwarzen Anzug und war sich plötzlich nicht mehr sicher, ob ihr Kleid die richtige Wahl war.

„Schon möglich, aber mich stört es nicht!", antwortete er beruhigend.

„Aber Schmitz junior vielleicht? Oder seine Frau?", äußerte sie ängstlich.

„Kein Mann ist begeistert, wenn die Begleitung seines Geschäftspartners seine eigene Frau in den Schatten stellt. Und das wirst du auf jeden Fall!", gab Ben zu.

„Soll ich mich lieber umziehen?", fragte sie naiv.

Ben lachte charmant und legte seine Hand spontan auf die ihre. Diese Berührung dauerte nur wenige Sekunden, dann merkte er die Anspannung zwischen ihnen und zog seine Hand rasch zurück. Doch für Elena war es schon zu spät. Dieser kurze Hautkontakt in Verbindung mit seinem reizvollen Lachen hatte ausgereicht, um das Feuer in ihrem Herzen anzufachen. Sie musste sich schleunigst etwas einfallen lassen, um diesen Abend ohne bleibendes Gefühlschaos zu überstehen. *Auf was habe ich mich da nur eingelassen?*

Als sie zwanzig Minuten später den Eingang im Bayerischen Hof passierten, stieg Elenas Nervosität ins Unermessliche. Da Ben ihre Unruhe bemerkte, griff er instinktiv nach ihrer Hand und führte sie ins angrenzende Restaurant. Das Atelier war ein überschaubarer Raum mit acht Tischen, umgeben von jeweils vier gemütlichen Sesseln. Die Wände waren in dunklen Grau- und Brauntönen gehalten, was dem Restaurant einen edlen und gemütlichen Eindruck verlieh. Sie wurden von einem der beiden Kellner, welche selbstverständlich eine dunkle Weste mit Fliege trugen, an einen freien Tisch geführt. Ben rückte für

Elena den Stuhl zurecht, was sie mit einem dankenden Lächeln quittierte. Anschließend setzte er sich neben sie.

„Bist du sicher, dass Schmitz noch kommt?", fragte sie nervös.

„Elena! Es gehört sich so, dass wir auf unseren Kunden warten, deshalb wollte ich eine halbe Stunde früher da sein. Er kommt schon noch, keine Angst!"

Zappelig rutschte sie auf ihrem Sessel umher, merkte, wie bequem dieser war und wie untypisch sie diesen Stuhl für ein Restaurant hielt.

„Warum bist du so nervös?", wollte Ben besorgt wissen. „Geht es dir nicht gut?"

„Doch! Aber Schmitz ist doch ein wichtiger Kunde, oder? Sonst hättest du mich ja nicht unbedingt dabeihaben wollen und ich weiß nicht so recht, wie ich mich verhalten soll!", plapperte sie ungewöhnlich offen drauf los.

„Er ist genauso ein Kunde, wie die anderen. Du warst doch schon öfters mit mir bei Kundengesprächen!"

„Aber heute ist es so … formell! Mit Abendkleidung in einem teuren Restaurant! Ich habe Angst, dass ich etwas falsch mache!" Erneut fing sie an auf dem Stuhl umher zu rutschen, während ihre Finger nervös mit der Serviette spielten.

„Bleib ganz ruhig! Du musst nichts weiter machen, als zu lächeln. Ich führe das Gespräch mit ihm, nicht du!" Ben lächelte aufmunternd und griff erneut nach ihren unruhigen Händen.

„Kann ich vielleicht etwas trinken?"

„Klar! Ein Wasser?", schlug Ben vor.

„Ich dachte da an etwas Stärkeres!"

„Willst du dich betrinken?" Seine Stimme nahm einen besorgten Klang an.

„Natürlich nicht! Aber vielleicht werde ich dadurch etwas ruhiger."

Ben winkte den Kellner herbei und bestellte Wasser sowie eine Flasche Rotwein.

„Ist das alles?", fragte der Ober pflichtbewusst.

Elena hob schüchtern ihre Hand. „Kann ich vielleicht einen Tequila haben? Oder besser gleich zwei?"

Mit einem wissenden Lächeln verließ der Angestellte den Tisch.

„Bist du dir sicher? Zwei Tequila? Ich finde es nicht sehr angebracht, wenn du betrunken am Tisch sitzt!"

„Keine Angst! Bei Tequila weiß ich genau, wie viel ich vertrage. Ich brauche einfach etwas, um meine Nervosität in den Griff zu bekommen. Danach trinke ich nur noch Wasser!"

Einen Moment später wurden die bestellten Getränke serviert. Im Handumdrehen kippte Elena die beiden Tequila hinunter, so dass der Kellner die leeren Gläser gleich wieder mitnehmen konnte.

Verdutzt betrachtete Ben seine Tischnachbarin. Zu einem weiteren Gespräch über deren Trinkgewohnheiten kam es jedoch nicht mehr, da sich in diesem Moment der potentielle Kunde mit seiner Ehefrau im Restaurant einfand.

„Herr Teschler, ich grüße Sie!", rief Harry Schmitz bereits von Weitem und steuerte mit ausgestreckter Hand auf Ben zu.

„Guten Abend, Herr Schmitz! Guten Abend, Frau Schmitz", begrüßte Ben den Kunden wie es der Anstand verlangte. „Darf ich Ihnen meine Sekretärin vorstellen: Elena Sattler."

„Sehr erfreut, Frau Sattler. Sie arbeiten für Herrn Teschler?", wandte sich Harry Schmitz an Elena, nachdem er sich gesetzt hatte.

„Ja, seit einem halben Jahr", antwortete Elena pflichtbewusst. Glücklicherweise spürte sie bereits den Einfluss des doppelten Schnapses. Sie kannte die Wirkung von Alkohol auf ihren Organismus sehr genau. Er schoss ihr sofort ins Hirn, vertrieb die Sorgen, die Ängste und ihre Hemmungen. Allerdings verabschiedete er sich auch ebenso schnell wieder, was für sie bedeutete, dass sie ständig eine hochprozentige Flüssigkeit nachschütten, oder mit Wein den Alkoholspiegel aufrechterhalten musste. Sie entschied sich für Letzteres und führte das bauchige Rotweinglas an ihren Mund. Während die Männer sich angeregt über das neue Bauvorhaben unterhielten, fand Elena mit der jungen Frau Schmitz nur wenige gemeinsame Themen. Nach der üblichen oberflächlichen Konversation ging ihnen schnell der Gesprächsstoff aus. Sie konnten sich weder über Kinder, Tiere oder schnarchende Ehemänner austauschen, da kein gemeinsames Interesse bestand. So klammerte sich Elena an ihr Rotweinglas, während Frau Schmitz in ihrem Handy nach interessanter Ablenkung suchte.

Nach dem köstlichen Drei-Gänge-Menü waren die Geschäftspartner sich einig und besiegelten ihren vorab mündlich getroffenen Vertrag mit Handschlag. Anschließend wandten sie sich an die Frauen.

„Erzählen Sie mir etwas über sich, Frau Sattler!", forderte Harry Schmitz Elena völlig unerwartet auf.

„Was wollen Sie denn hören?", fragte sie überrascht, wobei ihr deutlich anzuhören war, dass der Alkohol mittlerweile auch ihre Zunge in Mitleidenschaft gezogen hatte.

„Gefällt Ihnen die Arbeit im Architekturbüro? Kommen Sie mit Ihrem Chef gut aus?"

Grinsend wandte Elena sich an Ben. „Jaaaaa! Mein Chef gefällt mir gut!" Im nächsten Moment bemerkte sie ihren Fauxpas und schlug sich ihre Hand vor den Mund. „Oh sorry! So war das nicht gemeint!", korrigierte sie schnell ihre Aussage. „Ich wollte sagen, die Arbeit im Büro gefällt mir sehr gut und mit Herrn Teschler komme ich auch gut aus."

Amüsiert nahm Ben ihr das Glas aus der Hand, welches sie gerade wieder zum Mund führen wollte, und stellte es zur Seite.

„Wollen wir noch an die Bar gehen?", schlug Harry Schmitz vor.

„Eigentlich ist es schon spät, wir müssen …", setzte Ben bedauernd an.

„Ach was!", unterbrach der Ältere ihn. „Jetzt haben die Frauen wir zwei Stunden lang mit unserem Gespräch gelangweilt! Sie sollen auch etwas von dem Abend haben! Kommen Sie, die Bar hier ist ausgezeichnet! Wir trinken etwas und schwingen unser Tanzbein!"

Ben konnte nicht ahnen, dass sein Kunde ein derartiger Partylöwe war. Gerade deshalb war er jetzt froh, dass er nicht alleine zu dem Treffen kam. Dann würde Schmitz möglicherweise noch erwarten, dass Ben mit seiner Frau tanzen würde, was schnell in eine unerwünschte Richtung verlaufen konnte. Harry Schmitz wäre nicht der erste Mann, der eifersüchtig auf Ben wäre, weil seine Frau ihm ein charmantes Lächeln schenkte.

Sie verließen gemeinsam das Restaurant und gingen in das Untergeschoss, wo die Night Club Bar bereits geöffnet hatte. Bei Live-Musik und einem gemütlichen Ambiente ließ es sich bis drei Uhr morgens feiern. Sie nahmen an einem freien Tisch Platz und bestellten sich Cocktails, die nicht nur von ihrer Farbe, Form und Aufmachung her einzigartig waren, sondern deren Inhalt auch den Namen Cocktail verdiente. Der hochprozentige Rum, welcher sich in Elenas Planters Punch befand, stieg ihr sofort in den Kopf und machte sich nach dem zweiten Cocktail auch in ihrem Bauch bemerkbar. Zudem wurde sie immer gesprächiger und offener, was Ben einerseits zwar gefiel, andererseits jedoch Sorgen bereitete. Nicht wegen des Kunden, sondern wegen Elena, der es möglicherweise nach dem nächsten Cocktail nicht mehr so gut gehen würde.

Irgendwann stand Harry Schmitz auf und zog seine Frau auf die Tanzfläche. Mit geübten Schritten führte er sie zu den Klängen der Musik über das Parkett. Einen Moment später nötigte er Ben und Elena mit einer auffordernden Handbewegung, es ihnen gleichzutun. Plötzlich spielte die Band ein ruhiges Lied, auf welches man nicht wirklich tanzen konnte, sondern sich eher in den Armen wiegte. Harry umarmte seine Frau, drückte sie an sich und bewegte sich mit ihr verliebt zum Takt der Musik. Elena und Ben standen sich unsicher gegenüber, bis schließlich Ben seine Begleitung zu sich heranzog.

„Geht es dir noch gut?", fragte er besorgt.

„Warum sollte es mir nicht mehr gut gehen? Ich habe den Abend überstanden und dich nicht blamiert!"

„Du hast ziemlich viel getrunken!"

„So viel war es auch nicht! Zwei Tequila und zwei Cocktails! Und das über einige Stunden verteilt!", wehrte Elena seine Bedenken ab.

„Und was ist mit dem Wein, den du zwischendurch getrunken hast? Du hast sicher eine ganze Flasche alleine vernichtet!"

„Das stimmt doch gar nicht! Die liebe Frau Schmitz hat das meiste getrunken! Außerdem hattet ihr eure Gläser auch niemals leer!", erklärte sie abwertend, wobei sie bemerkte, dass ihre Zunge schon wieder schwerer wurde.

„Ich glaube, es ist besser, wenn wir jetzt nach Hause fahren!", bemerkte Ben nüchtern.

„Warum? Willst du nicht mehr mit mir tanzen? Außerdem darfst du nicht mehr fahren, du hast zu viel getrunken!", erwiderte sie enttäuscht.

Lächelnd schob er sie ein Stück von sich. „Du willst mit mir tanzen?"

Ertappt verdrehte sie die Augen.

Er zog sie wieder an sich. „Ich hatte nur ein Glas Wein und mein Cocktail war alkoholfrei!", rechtfertigte er sich.

„Wirklich?", fragte sie erstaunt und blickte ihn mit großen Augen an. Verwirrt und durch ihre Gedanken abgelenkt, schmiegte sie ihren Kopf an seine Schulter. Völlig sinnlos grübelte sie über seinen Alkoholkonsum, während er sie im langsamen Takt über die Tanzfläche führte.

Kapitel 8

ER

Gegen ein Uhr nachts brachen sie schließlich auf. Sie verabschiedeten sich von den Eheleuten Schmitz, die im Hotel Bayerischer Hof ihre Suite hatten, und gingen zu Bens Mazda. Dabei fiel Ben sofort beim Verlassen des Hotels auf, dass Elena leicht schwankte, weshalb er sie unterstützend um die Taille fasste, was sie sich auch gefallen ließ. Als er ihr die Wagentüre aufhielt, betrachtete sie skeptisch das Auto. „Du fährst einen roten Mazda Cabrio? Ernsthaft? Welches Klischee willst du damit bedienen?"

Erstaunt blickte er sie an. „Fällt dir das jetzt erst auf? Falls du dich erinnerst: Du bist vorhin schon in diesem Auto gesessen und da hat es dich offensichtlich nicht gestört, dass es ein roter Mazda ist."

„Natürlich habe ich das bemerkt! Ich bin ja nicht blind!"

„Sondern?", hakte er neugierig nach.

„Schüchtern!", antwortete sie keck.

Überrascht hob Ben seinen Kopf und senkte ihn langsam wieder. „Du steigst jetzt besser ein und ich bringe dich nach Hause." Vorsichtig schob er sie auf den Beifahrersitz, reichte ihr den Gurt und schloss die Tür von außen. Während er zur Fahrerseite ging, grinste er amüsiert.

„Lachst du mich etwa aus?", fragte sie misstrauisch, als er den Wagen startete.

„Wie kommst du auf die Idee?" Ben genoss es, dass sie sich so unbeschwert und offen mit ihm unterhielt.

„Ich habe gesehen, dass du über mich gelacht hast! Verkaufe mich nicht für blöd! Ich bin nur etwas beschwipst, mehr nicht!"

„Vielleicht solltest du öfters etwas trinken, wenn wir ausgehen."

„Wie kommst du darauf, dass wir nochmals miteinander ausgehen? Das war eine einmalige Sache, das habe ich dir doch …" Plötzlich krümmte sie sich nach vorne, griff sich an die Brust und fing an zu husten.

„Elena? Was ist los? Ist dir schlecht?" Ben fuhr sofort rechts ran und stieg aus. Als er die Beifahrertür öffnete, war es bereits zu spät. Elena übergab sich in den Fußraum seines Wagens.

„Shit!", rief er aus. „Ist alles in Ordnung? Geht es dir gut?"

Ihr jämmerlicher Blick war ihm Antwort genug. Er schwang sich in Sekundenschnell hinter sein Steuer, startete den Motor und raste los. Elena saß zusammengesunken neben ihm und stützte ihren Kopf mit beiden Händen.

Wenige Minuten später parkte er vor dem Hochhaus in Neuperlach. Als er die Beifahrertüre öffnete, fiel ihm Elena entgegen, sie wurde nur noch vom Gurt auf dem Sitz gehalten. Er schnallte sie ab, legte seine Arme unter ihre Beine sowie ihren Rücken und hob sie hoch.

„Lass mich runter, ich kann gehen!", lallte sie plötzlich.

„Vergiss es! Ich bringe dich in deine Wohnung, vorher fahre ich nicht weg!", weigerte sich Ben, die betrunkene Frau sich selbst zu überlassen.

„Nein! Du kannst nicht mit hochkommen! Das geht nicht!", flüsterte sie vergeblich an seinem Hals, da er keine Anstalten machte, sie auf dem Boden abzusetzen.

Ben steuerte auf den Hauseingang zu. „Wo hast du den Schlüssel?"

„… Tasche", murmelte sie unverständlich. Er musste sie kurz absetzen, um in ihrer Handtasche den Hausschlüssel suchen zu können. Sicherheitshalber lehnte er Elena mit dem Rücken an die Wand, was diese nicht sonderlich zu stören schien.

Schließlich hatte er es geschafft, die Haustüre zu öffnen, Elena bis zum Fahrstuhl zu tragen und mit ihr in den zehnten Stock zu fahren. Nachdem er auch noch die Wohnungstüre geöffnet hatte, trug er sie ins Wohnzimmer und setzte sie auf dem Sofa ab. Elena kippte ohne Reaktion zur Seite.

In diesem Zustand kann ich sie auf keinen Fall alleine lassen! Er fühlte sich wie ein Eindringling, als er ohne ihre Erlaubnis zuerst ins Badezimmer und anschließend in ihr Schlafzimmer ging. Sollte er sie lieber ins Bett legen oder auf dem Sofa schlafen lassen? Er würde auf jeden Fall gerne in ihrer Nähe bleiben, um wahrzunehmen, wenn es ihr schlechter ging. Bei jedem männlichen Bekannten oder auch weiblichen Freundinnen hätte er keinerlei Bedenken gehabt, neben dieser Person im Bett zu schlafen. Nicht jedoch bei Elena! Aufgrund der Gespräche der letzten Tage konnte er sich ausmalen, welchen Aufstand sie am nächsten Morgen machen würde, wenn sie ihn schlafend neben sich im Bett bemerken würde. Das wollte er ihr und vor allem sich selbst ersparen. Er holte aus dem Badezimmer einen feuchten Waschlappen, säuberte ihr Gesicht und bettete sie auf das Sofa. Anschließend öffnete er den seitlichen Reißverschluss ihres Kleides, welches seiner Meinung nach viel zu eng saß, streifte ihr die Pumps von den Füßen und deckte sie zu. Während sie komatös auf dem großen Sofa lag, machte er es sich auf den beiden Sesseln bequem. Bei jedem unbekannten Geräusch schreckte er hoch und horchte besorgt auf Elenas Atmung. Gegen vier Uhr morgens schlief er schließlich ein.

Kapitel 9

SIE

Um sieben Uhr klingelte Elenas Wecker. Ihre Augen waren so schwer, dass sie sie kaum öffnen konnte. Als sie sich aufrichten wollte, hämmerte es in ihrem Kopf, als würde dort ein Presslufthammer seine Arbeit verrichten. Sie lag auf dem Rücken und starrte an die weiße Decke über ihr. *Was ist gestern Abend passiert? Ich erinnere mich noch, dass wir in der Bar waren und Cocktails getrunken haben. Aber danach?* Sie schob die Bettdecke mit den Füßen von ihrem Körper und bemerkte es in diesem Augenblick – sie war nackt! Schlagartig war sie wach. Sie setzte sich auf und starrte auf ihren nackten Körper, als sähe sie diesen zum ersten Mal in ihrem Leben. *Was zum Teufel...?* Voller böser Vorahnung kletterte sie aus dem Bett, zog sich ihren kuscheligen rosa Bademantel über und ging ins Wohnzimmer. Als sie ihn sah, wurde ihr augenblicklich schlecht. Zusammengerollt lag Ben auf den beiden Sesseln. Die braune Wolldecke war von seinem Körper gerutscht, so dass seine geöffnete Jeans sowie sein muskulöser Oberkörper, welcher nur von einem dünnen weißen T-Shirt bedeckt war, zum Vorschein kamen. *Das kann doch nicht sein! Haben wir wirklich ...?* Im nächsten Moment kam ihre Wut. Sie überrollte Elena mit solcher Wucht, dass die Kopfschmerzen augenblicklich vergessen waren.

„Ben!", schrie sie außer sich. Sie schlug ihm auf die Schulter und schubste ihn fast vom Sessel. „Wach auf! Ben!"

„Was ist denn? Geht's dir gut?", fragte er besorgt.

„Ob es mir … kannst du mir das erklären?", fauchte sie ihn wütend an.

„Was denn?" Verwirrt blickte er sie an.

Sie machte eine ausladende Handbewegung, welche den gesamten Raum einnahm. „Das alles! Warum hast du hier übernachtet? Was ist gestern passiert? Und haben wir …" Den letzten Satz ließ sie unausgesprochen. Zu peinlich war ihr der Gedanke, dass sie womöglich ihre Selbstbeherrschung verloren hatte.

Langsam setzte Ben sich auf und betrachtete die Frau neben sich. „Das habe ich befürchtet!"

„Was?", schrie sie aufgebracht.

„Dass du ausrastest, wenn du erfährst, dass ich hier geschlafen habe. Deshalb habe ich mich auch nicht zu dir ins Bett gelegt, sondern hier auf den Sessel."

„Ach ja? Nachdem du mich ausgezogen hast? Warum hast du das gemacht?", fauchte sie ihn an.

„Ich habe *was*?", hakte er nach.

„Habe jetzt ich den Blackout oder du? Ich bin gerade nackt in meinem Bett aufgewacht! Willst du das etwa abstreiten?", klärte sie ihn lautstark auf.

Mit Bens Reaktion hatte sie nicht gerechnet. Er riss die Augen auf, starrte sie ungläubig an und schüttelte langsam den Kopf. „Nackt? Das war ich nicht!"

„Das hast du dir ja schön ausgedacht! Du bringst eine wehrlose Frau dazu mit dir zu schlafen und stellst es im Nachhinein so dar, als wäre nichts geschehen!"

„Elena! Ich habe dich nicht angerührt! Als ich einschlief, lagst du hier neben mir auf dem Sofa! Du hast dich in meinem Auto übergeben und es ging dir nicht gut. Deshalb wollte ich in deiner Nähe bleiben, falls es dir wieder schlechter geht. Hältst du mich für so einen Mistkerl, dass ich es nötig habe, eine betrunkene Frau zu verführen?"

Plötzlich kamen Zweifel in Elena auf. Bens Argumentation hörte sich glaubhaft an. Möglicherweise war sie in der Nacht aufgestanden und in ihr Bett gegangen. Vielleicht hatte sie wirklich einen Blackout und konnte sich deshalb nicht daran erinnern. Sie wollte ihm glauben, alles andere wäre fatal!

Beschämt setzte sie sich ihm gegenüber auf den Sessel. „Es tut mir leid, dass ich dich beschuldigt habe! Ich glaube dir, wenn du sagst, dass du es nicht warst!"

„Ich dachte, du bist heute früh aufgestanden und schon im Bad gewesen, deshalb der Bademantel", erklärte Ben unnötigerweise.

„Vielleicht sollte ich einfach keinen Alkohol mehr trinken. War ich gestern Abend sehr schlimm?"

„Nein! Du warst eher … anschmiegsam. Bis du dich in meinem Auto übergeben hast, danach warst du kaum noch ansprechbar."

„Oh mein Gott! Ich habe dein Auto versaut? Das mache ich sofort sauber! Wie peinlich! Ich kotze in das Auto meines Chefs! Super!" Ihr war diese Situation derart unangenehm, dass sie aufsprang und ins Badezimmer flüchtete. Fünfzehn Minuten später kam sie frisch geduscht und angezogen zurück.

„Müssen wir nicht ins Büro?", wandte sie sich an Ben, der zwischenzeitlich die Kaffeemaschine angestellt hatte.

„Eigentlich schon, aber ich habe Dennis eine Nachricht geschrieben, dass wir uns verspäten", erklärte er ruhig.

„Möchtest du duschen?", bot sie ihm zurückhaltend an. „Dann könnte ich in der Zwischenzeit dein Auto reinigen. Zumindest notdürftig, dass man wieder damit fahren kann. Ich zahle dir natürlich die professionelle Reinigung."

„Mach dir darüber mal keine Sorgen! Aber wenn ich duschen könnte, wäre das nett, im Büro habe ich Wechselsachen."

Während Ben unter der Dusche stand, fuhr Elena mit einem Eimer Wasser und mehreren Tüchern bewaffnet nach unten, um ihr Missgeschick der vergangenen Nacht zu beseitigen.

Vierzig Minuten später saßen sie gemeinsam in Bens Auto.

„Es tut mir wirklich leid, dass ich dein Auto versaut habe!", wiederholte Elena ihre Entschuldigung.

Betroffen stimmte Ben ihr zu. „Ja, das ist echt blöd gelaufen. Ich hänge sehr an meinem Wagen, musst du wissen. Er ist erst drei Jahre alt und hat wegen dir jetzt einiges an Wert verloren." Innerlich musste sich Ben ein Grinsen verkneifen.

„Echt? Wie kann ich das wieder gutmachen? Wenn er professionell gereinigt wird, bleibt der Wert doch sicherlich erhalten, oder?", schlug sie verzweifelt vor.

„Ich sehe nur eine einzige Möglichkeit, wie du den Schaden begleichen kannst!", äußerte er betont ernst.

„Sag schon, wie?"

„Du gehst mit mir Essen! Alleine, ohne Kunden, am Abend!"

„Danke für das nette Gespräch! Auf den Arm nehmen kann ich mich selbst!"

„Elena, ernsthaft! Gib mir eine Chance! Ich möchte dich besser kennenlernen. Gestern habe ich mich ja nur mit Schmitz unterhalten und anschließend … naja, da warst du nicht mehr ganz nüchtern. Versteh das nicht falsch, ich fand dich echt süß, als du betrunken warst!"

„Süß?", blaffte sie ihn an. „Süß ist die kleine Schwester von dämlich!"

„Egal was ich sage, du drehst mir jedes Wort im Mund um!", beschwerte er sich gereizt.

Elenas schlechtes Gewissen meldete sich zu Wort. Er hatte gestern Abend Wort gehalten. Er brachte sie nach Hause und war ihr nicht zu nahegetreten. *Davon gehe ich zumindest aus.*

Schweigend verbrachten sie den Rest der Fahrt.

„Elena? Bekomme ich noch eine ehrliche Antwort, bevor wir nach oben gehen?", wandte Ben sich ernst an sie.

Sie hatte die ganze Fahrt über gegrübelt und abgewogen, ob sie ein Date mit ihm riskieren sollte. Jetzt traf sie ihre Entscheidung aus dem Bauch heraus. „In Ordnung! Ich gehe mit dir aus! Einmal!"

Kapitel 10

ER

Als sie im vierten Stock des großen modernen Bürogebäudes aus dem Lift stiegen, wurde Ben sofort von Dennis empfangen, der den Arm um ihn legte und ihn in die Küche zog.

„Ben, ich habe gute Nachrichten!"

„Für mich oder für dich?"

„Sie gewähren mir Aufschub. Ich habe ihnen erklärt, dass mein Geldgeber noch etwas Zeit braucht und sie sich bis nächsten Monat gedulden müssen. Sie waren damit einverstanden!", erzählte Dennis frohgestimmt.

„Das freut mich für dich! Ich hoffe, du kannst das Geld bis dahin auftreiben!", erklärte Ben lächelnd.

„Ist das dein letztes Wort? Du hilfst mir nicht mehr?", zischte Dennis leise.

„Dennis! Das Thema haben wir jetzt wirklich oft genug durchgekaut. Du musst das alleine ausbaden!"

Mit verbissenem Gesichtsausdruck wandte Dennis sich ab und lief zu seinem Schreibtisch. Im nächsten Moment erschien Katharina in der Küche.

„Wie war der Abend gestern?", wollte sie neugierig wissen.

„Was ist denn heute los? Plötzlich sind alle an meinem Privatleben interessiert!", wunderte sich Ben.

Katharina beugte sich leicht über ihn. Dabei presste sie ihren Oberkörper bewusst an seinen Rücken. „Warst du mit der kleinen Schlampe im Bett?", flüsterte sie ihm ins Ohr.

„Geht dich das etwas an?"

„Du warst jedenfalls nicht zu Hause!", verriet sie ihr Wissen.

„Tatsächlich? Warum fragst du mich, wenn du eh schon alles weißt?", antwortete er gelassen.

„Sie ist nicht die Richtige für dich! Das wirst du schnell herausfinden!" Ohne auf seine Antwort zu warten, wandte sie sich ab und ging zurück an ihren Platz.

Ben ließ sich einen doppelten Espresso aus der Kaffeemaschine und ging anschließend in sein Büro. Er war gespannt, was der Tag noch an Überraschungen brachte. Das konnte schließlich noch nicht alles sein! Er ging zu dem Schrank, in welchem er seine Wechselsachen aufbewahrte, schnappte sich ein frisches Hemd, Unterwäsche und Socken und begab sich mit der Kleidung auf dem Arm in die Männertoilette. Einmal mehr bemerkte er, dass es nicht nur Vorteile hatte, ein gläsernes Büro zu besitzen. Nachdem er sein Hemd gewechselt hatte, zog er sein Jackett wieder an und griff sich unbewusst in die Taschen. Plötzlich spürte er einen Zettel zwischen seinen Fingern. Überrascht zog er ihn heraus und faltete ihn auseinander.

Lass die Finger von Elena!
Sonst wirst du es bereuen!

Beunruhigt lief er aus dem Waschraum, tippte im Vorübergehen Elena auf die Schulter und gab ihr zu verstehen, dass sie ihm folgen sollte. In seinem Büro schloss er hinter ihr die Türe und setzte sich an seinen Schreibtisch.

„Was ist los? Du schaust aus, als hättest du ein Gespenst gesehen?", zog Elena ihn auf.

„Ich habe gerade einen Zettel in meiner Jackentasche gefunden." Er überreichte ihr das Stück Papier mit den handgeschriebenen Worten.

Neugierig las Elena die beiden Zeilen. Anschließend verdüsterte sich ihr Gesicht. „Von wem hast du das? Wer hat das geschrieben?", fragte sie entsetzt.

„Ich weiß es nicht!" Ben rekonstruierte den letzten Tag, seit er das Jackett am Abend angezogen hatte. Zuvor war es in der

Reinigung, der Zettel konnte sich also nicht schon länger in der Tasche befinden.

„Wer kam dir alles so nahe, dass er dir den Brief zustecken konnte?", grübelte Elena laut.

„Schmitz, seine Frau und du!"

Elena runzelte die Stirn. Plötzlich fiel Ben etwas ein. „Vorhin war Dennis mit mir in der Küche, auch er hätte mir den Zettel zustecken können und … ja natürlich … Katharina! Sie hat mich von hinten umarmt und mir zugeflüstert, dass du nicht die Richtige für mich seist."

„Ist sie etwa eifersüchtig?", wollte Elena ungläubig wissen.

„Kann sein!", wich er ihrer Frage aus.

„Dann muss es Katharina gewesen sein. Was hätte Dennis für Gründe, so etwas zu schreiben?", rätselte Elena.

„Vielleicht ist er in dich verliebt?"

„Dennis? In mich? Nein! Es hat nie Anzeichen dafür gegeben!", wehrte Elena seine Theorie ab.

„Das muss nichts heißen!"

„Lass die Kirche mal im Dorf! Ich werde jetzt zu Dennis gehen und ihn direkt fragen!", schlug sie selbstbewusst vor. Bevor sie die Tür erreichte, hielt Ben sie zurück.

„Warte! Wir müssen die Sache anders angehen. Wenn du ihn direkt fragst, wird er es niemals zugeben! Außerdem nehme ich das nicht so ernst. Ich habe weder vor Dennis noch vor Kathy Angst."

„Dann willst du gar nichts unternehmen?", fragte sie vorwurfsvoll.

„Vorerst nicht!"

„Unter diesen Umständen sollten wir unser Date vielleicht besser absagen", schlug Elena vorsichtig vor.

„Ich lasse mir nicht drohen! Schon gar nicht von jemandem, der sich nicht traut mir seine Meinung ins Gesicht zu sagen. Einen Zettel kann jeder Feigling schreiben. Solange keine Konsequenzen folgen, lasse ich mich sicher nicht davon abbringen, mit dir auszugehen. Netter Versuch, Elena. Vielleicht war der Zettel ja von dir?", zog er sie auf.

„Ja, vielleicht!", antwortete sie ebenso schelmisch.

Kapitel 11

SIE

Am Samstagnachmittag war Elena damit beschäftigt, das richtige Outfit für ihr Date mit Ben zu finden. Jedes ihrer gewählten Kleidungsstücke fiel nach genauerer Betrachtung durch. Entweder war es zu sexy oder zu bieder. Einige Stücke hielt sie für zu vornehm, andere für zu einfach. Eigentlich wusste sie nicht genau, was sie wollte, sie wusste nur, dass ihr Magen seit den frühen Morgenstunden krampfhaft versuchte, die Schmetterlinge, welche offenbar wieder zum Leben erwacht sind, erneut zu zerquetschen, um ihr jegliches Glücksgefühl zu nehmen. Obwohl sie noch immer eine innere Angst verspürte, sich auf Ben einzulassen, freute sie sich darauf, ihn näher kennenzulernen. Ihr Unterbewusstsein focht einen ungleichen Kampf aus. Im direkten Vergleich war die Vernunft stets der Sieger. Heute jedoch wollte sie auf ihr Baugefühl hören, welches ihr durch den schmerzenden Knoten hindurch zuschrie, sie solle ihm eine Chance geben.

Schließlich entschied Elena sich für ein mintgrünes Cocktailkleid, welches zwar nicht wirklich zu den Außentemperaturen passte, jedoch alle anderen Kriterien erfüllte.

Als es dreißig Minuten vor dem vereinbarten Zeitpunkt an der Tür klingelte, zuckte sie schreckhaft zusammen. Das konnte unmöglich schon Ben sein! Misstrauisch ging sie zur Haustüre, blickte durch den kleinen Spion in Kopfhöhe und erkannte einen Mann, welcher eine blau-gelbe Jacke trug.

„Ja bitte?", rief sie durch die geschlossene Tür.

„Ich habe einen Eilbrief für Frau Elena Sattler", antwortete der junge Mann ungeduldig.

Ein Eilbrief? Für mich?

Zögernd öffnete sie die Türe.

„Sind Sie Frau Sattler?", wollte der Bedienstete desinteressiert wissen.

„Ja".

„Unterschreiben Sie bitte hier!" Er hielt ihr sein elektronisches Gerät entgegen, auf welchem sie hektisch unterschrieb. Anschließend überreichte er ihr einen weißen Briefumschlag, auf dem mit Druckbuchstaben ihr Name und ihre Adresse geschrieben standen. Im nächsten Moment war der Mann wieder verschwunden.

Skeptisch setzte Elena sich auf einen Sessel und drehte das Kuvert in ihren Händen. *Kein Absender!* Wer sollte ihr einen Eilbrief schicken? *Wenn ich ihn nicht aufmache, werde ich es nie erfahren!* Mutig riss sie das Kuvert auf und zog den zusammengefalteten Brief heraus. Als sie die in Computerschrift gedruckten Zeilen las, stockte ihr der Atem.

Liebe Elena,
hast du wirklich nichts dazu gelernt? Hast du schon vergessen was mit Florian, Tobias und Christoph passiert ist? Riskiere nicht, dass ein weiterer Name auf der Liste erscheint!
In Liebe
Alex

Schlagartig zog sich ihr Brustkorb zusammen, sie glaubte, keine Luft mehr zu bekommen. Sie hatte es immer geahnt, aber nie Beweise dafür gehabt. Sie dachte immer, es sei ihr schlechtes Karma, welches die Männer, die sie liebte, in den Tod schickte. Offenbar war es ein Irrer, der seine Finger im Spiel hatte! Was sollte sie jetzt tun? Sie schlug die Hände vors Gesicht und ließ ihren Tränen freien Lauf.

Plötzlich klingelte es erneut. Irritiert blickte sie auf und bemerkte, dass bereits zwanzig Minuten seit der Zustellung des Briefes vergangen waren. *Das ist bestimmt Ben!* Entmutigt ging sie in den Flur, vergewisserte sich durch den Spion, wer der Besucher war und öffnete schließlich die Türe.

„Elena? Was ist passiert?" Ben bemerkte sofort an ihren verweinten Augen, dass etwas nicht stimmte. Sie drehte sich um und trottete zurück zum Sessel. Mit wenigen Schritten stand er neben ihr.

„Warum weinst du? Sag schon! Was ist passiert?", forderte er sie erneut auf.

„Ich kann nicht mit dir ausgehen! Wir dürfen uns nicht mehr treffen!", schluchzte sie leise.

„Warum?"

„Du wirst sterben, wenn du dich weiterhin mit mir triffst. Und das will ich nicht!", erklärte sie traurig.

„Ich will auch nicht sterben! Und das werde ich auch nicht! Um was geht es hier eigentlich?" Ben konnte sich Elenas plötzlichen Stimmungsumschwung nicht erklären.

„Die Unfälle … sie waren gar keine Unfälle. Er war es und er wird es wieder tun", berichtete sie stoisch.

Ben verstand überhaupt nichts mehr. Von was sprach Elena da? Und vor allem von *wem* sprach sie?

Besorgt kniete er sich neben sie und legte den Arm um ihre Schultern. „Elena! Ich verstehe kein Wort! Wer wird was wieder tun?"

Plötzlich hob sie ihren Kopf und schaute ihm direkt in die Augen. „Er wird dich umbringen!"

Kapitel 12

ER

Ben zog Elena aus dem Sessel und setzte sich mit ihr gemeinsam auf das breite Sofa. „Kannst du mir das in Ruhe erklären? So, dass ich verstehe, von was du sprichst?

„Wir können nicht mehr zusammen ausgehen! Ich will das nicht riskieren!", wisperte sie.

„Dann bleiben wir eben hier. Ich möchte mich nur mit dir unterhalten. Mir ist egal, ob wir dazu in einem teuren Restaurant oder bei dir hier auf dem Sofa sitzen. Bitte erzähle mir endlich, was dich so bedrückt! Wer soll mich umbringen?" Mit ruhiger Stimme versuchte er sie zu beruhigen. Als sie einen zusammengefalteten Brief vom Boden aufhob und ihm reichte, ahnte er bereits, dass ihm der Text nicht gefallen würde.

„Wer ist Alex?", fragte er, nachdem er die Zeilen gelesen hatte.

„Ich weiß es nicht!"

„Du weißt es nicht? *In Liebe Alex*. Denk nach, Elena! Du musst ihn doch von früher kennen!", hakte Ben nach.

„Wirklich! Ich hatte noch nie in meinem Leben mit einem Alex zu tun! Aber die anderen Namen im Brief kenne ich. Das waren meine drei Freunde, die gestorben sind."

Ben erinnerte sich an das Gespräch zwischen ihm und Elena in seinem Büro, als sie sagte, alle Menschen, die ihr nahestanden, seien tot. Er wollte endlich mehr darüber erfahren, auch, wenn dies im Augenblick für Elena nicht gerade einfach war.

„Erzähl mir davon!", bat er liebevoll.

„Wovon?"

„Wie sie ums Leben gekommen sind."

Elena blickte aus dem Fenster. Es war bereits stockdunkel, lediglich die blinkenden Positionslichter eines Passagierflugzeuges waren am Himmel zu erkennen. In der Fensterscheibe spiegelte sich die Deckenleuchte des Wohnzimmers. Langsam fing sie an zu erzählen:

„Florian war mein erster Freund. Ich war 16, er war 18 Jahre alt. Wir lernten uns in der Berufsschule kennen und ich war sofort in ihn verliebt. Ich dachte, er würde mich auch lieben, aber mittlerweile bin ich mir da nicht mehr sicher. Wir redeten ständig über unsere Zukunft. Planten, was wir nach unserer Ausbildung unternehmen wollten. Wir sprachen von einer gemeinsamen Wohnung und Kindern. Wir waren bereits drei Monate zusammen, als wir das erste Mal miteinander schliefen. Am nächsten Morgen war er weg."

„Wie weg? Hat er Schluss gemacht?", fragte Ben interessiert.

„Nein! Er war verschwunden! Ich konnte ihn weder auf seinem Handy noch bei seinen Eltern erreichen. Sie sagten, er wäre ins Ausland gezogen."

„Einfach so? Ohne besonderen Anlass?" Ben fand dieses Verhalten äußerst seltsam.

„Laut seinen Eltern hatte er das schon seit längerer Zeit vor. Sie wollten mir allerdings nicht erzählen, wohin er gegangen war. Er hinterließ mir keinen Abschiedsbrief und keine Nachricht auf dem Handy. Er war wie vom Erdboden verschluckt!"

„Aber seine Eltern wussten, wo er war? Sie haben ja keine Vermisstenanzeige gestellt, oder?", fragte er konzentriert.

„Sie meinten, er sei volljährig und könne gehen wohin er wolle. Ich glaube trotzdem, dass ihm etwas zugestoßen ist. Vielleicht hatte damals schon dieser Alex seine Finger im Spiel? Woher weiß er überhaupt von meiner Vergangenheit?" Elenas Verfassung hatte sich zwischenzeitlich stabilisiert. Sie war ebenso konzentriert bei der Sache wie Ben.

„Vielleicht solltest du die Polizei einschalten. Der Brief kann durchaus als Drohung gewertet werden. Durch Fingerabdrücke oder den Poststempel müssten die Beamten doch etwas rausfinden", erwähnte Ben hoffnungsvoll.

„Ich glaube nicht, dass sie ihn finden. Er wird kaum so unvorsichtig sein, seine Fingerabdrücke auf dem Papier zu hinterlassen." Elena knetete gedankenverloren ihre Unterlippe. Plötzlich kam ihr ein beunruhigender Gedanke. „Ben? Was ist, wenn der Zettel, den du in deiner Jacke gefunden hast, auch von Alex ist?"

„Wie sollte er mir den denn zuschieben?", entgegnete Ben kopfschüttelnd.

„Vielleicht hat er den Kellner damit beauftragt? Möglicherweise war es auch der Portier des Hotels?", rätselte Elena.

„Da glaube ich doch eher an Dennis oder Katharina. Wir kommen wohl doch nicht drum herum, beide auf den Zettel anzusprechen. An deren Reaktion werde ich schon herausfinden, ob sie es waren oder nicht."

„Ich habe trotzdem Angst!", sagte Elena kleinlaut.

Ben zog sie zu sich heran, streichelte ihr über den Rücken und versuchte sie zu beruhigen: „Hör mal, dein Florian ist vielleicht wirklich nur abgehauen. Du hast doch keinen Beweis dafür, dass ihm etwas zugestoßen ist. Mach dich nicht verrückt und lass dich nicht von so einem Spinner verunsichern!"

„Bei Florian mag das zutreffen, nicht aber bei Tobias und Christoph!", erwiderte Elena, während sie sich aus seiner Umarmung befreite.

„Willst du es mir erzählen?" Ben fand den Brief keineswegs so harmlos, wie er es Elena gegenüber darstellte. Er hätte gerne alles über diese mysteriösen Vorfälle erfahren, wollte sie aber in ihrer jetzigen Verfassung zu nichts drängen.

„Christophs Tod war für mich am schlimmsten! Ich habe ihn tot in diesem Zimmer vorgefunden!", begann Elena ihre

Erzählung und Ben spürte, wie ihm bereits ein kalter Schauder über den Rücken lief.

Kapitel 13

SIE vor drei Jahren

Elena stellte das Popcorn, die Salzstangen und die getrockneten Pflaumen auf den Glastisch vor dem Sofa. Anschließend holte sie eine Flasche Rotwein sowie zwei Weingläser aus der Küche und stellte diese ebenfalls auf den Tisch. Sie freute sich auf den gemeinsamen Abend mit Christoph, der meistens geschäftlich so eingespannt war, dass sie nur selten die Zeit fanden, einen ganzen Tag oder auch nur mehrere Stunden am Stück ungestört zu verbringen. Sie selbst absolvierte gerade eine Ausbildung zur Kauffrau für Büromanagement und ging am Wochenende noch zum Putzen, um die Miete für ihre kleine Wohnung in Neuperlach aufbringen zu können. Viel Geld blieb zum Leben trotzdem nicht übrig, was Christoph regelmäßig dazu veranlasste, ihre Extraausgaben zu finanzieren. Seien es gemeinsame Unternehmungen, Essen im Restaurant oder ein Großeinkauf im Supermarkt. Christoph zückte stets seine Kreditkarte, um sie bei ihren täglichen Ausgaben so gut wie möglich zu unterstützen. Sie waren erst seit einem halben Jahr liiert, dennoch sprach er sie oft darauf an, dass sie zu ihm ziehen könne, was aus finanziellen Gründen für beide von Vorteil wäre. Aber Elena wollte sich Zeit lassen. Sie hielt nichts von überstürzten Entscheidungen, die sie ihr Leben lang an einen Partner binden würden. Sie liebte Christoph, aber bereits nach sechs Monaten in eine gemeinsame Wohnung zu ziehen, schien ihr voreilig.

Als es an diesem Abend läutete, lief sie gutgelaunt zur Tür und öffnete sie.

„Hallo Süße! Ich habe etwas mitgebracht", wurde sie von Christoph begrüßt, der eine große Tüte des Sushi-Restaurants in die Höhe hielt.

Grinsend küsste sie ihn und nahm ihm das Essen ab. „Hast du auch die DVD dabei?", rief sie ihm auf dem Weg in die Küche zu.

„Natürlich! Soldat James Ryan, richtig?", antwortete er beiläufig.

Im nächsten Moment stand sie auf der Türschwelle. Entsetzt blickte sie ihn an. „Ist das dein Ernst? Ich habe dir doch x-mal gesagt, welche Filme ich nicht mag. Dazu gehören eindeutig auch Kriegsfilme!"

Lachend hob er die mitgebrachte DVD in die Höhe. *Kein Ort ohne dich!*

„Hast du ein Glück!", rief sie ihm schmunzelnd zu und kehrte zurück in die Küche.

Als sie zwei Stunden später den Abspann des Filmes verfolgten, hatte Elena Tränen der Rührung in den Augen. „Wow! Gute Filmauswahl, das muss ich dir lassen!"

„Er war nicht schlecht. Wenig Action, aber sonst…", bemerkte er anerkennend.

„Bei solchen Filmen geht es auch nicht um Action, sondern um Romantik und Liebe." Neckend stieß sie ihm in die Seite.

„Dazu brauche ich keinen Film, das habe ich hier in meinen Armen", flüsterte er und küsste sie zärtlich. Er hob sie hoch und trug sie ins Schlafzimmer, wo sie die wenige gemeinsame Zeit, die sie hatten, ausgiebig genossen.

Als Elena am nächsten Morgen aufwachte, war die Welt eine andere.

Sie griff auf die Seite neben sich, welche jedoch verlassen war. „Chris?", rief sie verschlafen und erwartete, dass er jeden Moment aus dem Badezimmer zurück ins Schlafzimmer kommen würde. Als er nicht auftauchte, stieg sie aus dem Bett und trottete ins Wohnzimmer. Was sie dort sah, zog ihr den Boden unter den Füßen weg.

Christoph saß auf dem Sofa, sein Kopf war vornübergebeugt.

„Chris?", rief Elena angsterfüllt. Sie ahnte bereits, dass er nicht nur schlafen würde.

Als sie seinen Kopf vorsichtig anhob, bemerkte sie sofort die bläuliche Verfärbung seines Gesichts. Seine Augen waren geschlossen und er hatte keinen Puls mehr.

Kapitel 14

ER

Das hatte Ben nicht erwartet. Elena hatte ihren Freund tot im Wohnzimmer aufgefunden. Hier, wo sie jetzt gerade saßen. Sein entsetzter Blick glitt über das beige Sofa.

„Keine Angst! Ich habe mir neue Möbel gekauft!", erklärte sie beruhigend. „Sie waren zwar nur gebraucht, aber für mehr hat mein Geld leider nicht gereicht."

„Das spielt doch jetzt keine Rolle! Woran ist er gestorben?", wollte Ben bestürzt wissen.

„Er ist erstickt!"

„Erstickt? An was?"

„An einer Pflaume. Chris ist offenbar in der Nacht noch einmal aufgestanden. Der Gerichtsmediziner meinte, er hatte wohl einen Asthmaanfall, während er eine Trockenpflaume im Mund hatte."

„Er war Asthmatiker?"

„Ja. Ich stand damals zu sehr unter Schock, als dass mich diese Version verunsichert hätte, aber heute …"

„Du meinst wegen Alex?", hakte er behutsam nach.

„Warum sollte dieser Alex mit Christophs Tod prahlen, wenn er nichts damit zu tun hatte?"

„Naja, er hat nicht wirklich damit geprahlt! Aber …", warf Ben vorsichtig ein.

„Verteidigst du ihn etwa?", schrie Elena ihn ohne Vorwarnung an.

„Sorry, so war das nicht gemeint. Natürlich nicht! Überlegen wir mal im Einzelnen: Wie sollte deiner Meinung nach dieser Alex seine Finger bei Christophs Tod im Spiel haben? Chris war doch alleine! Er ist erstickt! So etwas können Gerichtsmediziner ziemlich fehlerfrei feststellen."

„Vielleicht hat Chris ihn in die Wohnung gelassen?", überlegte Elena laut.

„Schon möglich und dann? Hätte es einen Kampf gegeben, wären doch Spuren zu finden gewesen."

„Falls Alex ihn aber zuvor betäubt hat oder …", setzte Elena fantasiereich an.

„Jetzt hör aber auf! Selbst das hätten die Mediziner herausgefunden. Sie haben Chris doch obduziert! Elena, denk mal nach! Falls Alex und Chris sich kannten, was hätte Alex dann mit den beiden anderen Männern zu tun? Mit Florians Verschwinden und mit …"

„Ich weiß es nicht! Aber ich will auch nicht riskieren, dass er dir jetzt etwas antut, nur weil du dich mit mir abgibst!", schrie sie aufgebracht. Plötzlich bahnten sich erneut Tränen einen Weg über ihre Wangen. Ben hielt sie im Arm und tröstete sie schweigend. Nach ein paar Minuten unterbrach er die Stille: „Willst du mir noch von deinem dritten Freund erzählen? Oder ist es dir zu viel?"

Nachdenklich nickte Elena. „Er hieß Tobias. Ich lernte ihn bei meinem Einzug vor sieben Jahren in dieses Haus kennen. Er wohnte im siebten Stock und half mir beim Transport meines Bettes. Ich habe es günstig im Internet gefunden. Der Verkäufer war auch bereit, mir die Gegenstände zu liefern, da ich ja kein Auto besaß, aber als er merkte, dass ich im zehnten Stock wohnte und der Aufzug nicht alle Teile umfasste, ließ er mich mit dem Bettgestell auf dem Gehweg sitzen. In diesem Moment erschien Tobias im Hauseingang und hatte offensichtlich Mitleid mit mir. Er half mir die Sachen in meine Wohnung zu bringen, wobei er den Lattenrost über das Treppenhaus nach oben schleppen musste, weil er nicht in den Fahrstuhl passte. Er war danach fix und fertig. Ich lud ihn zu einer Cola in meinen vier Wänden ein und da kamen wir ins Gespräch. In den folgenden Tagen trafen wir uns immer öfter und kamen schließlich nach vier Monaten zusammen." Eine kurze Pause unterbrach die Erzählung. „Tobias war ein leidenschaftlicher Autofahrer. Er liebte es an den Wochenenden mit seinem schwarzen BMW in die Berge zu fahren und dort über die Serpentinen zu rauschen. Ich war einmal dabei, als er dieser Leidenschaft nachging, fand es aber eher beängstigend, mit welcher Geschwindigkeit er die engen Kurven nahm. Außerdem wurde mir schnell schlecht. Er blieb mir zu Liebe oft zu Hause und unternahm gemeinsam mit mir Ausflüge in den Zoo oder ins Schwimmbad, eben Spritztouren, die nicht so gefährlich waren. Aber gelegentlich packte ihn das Reisefieber und er musste wieder auf den Berg. Ich hatte jedes Mal Angst um ihn, jedoch kam er immer wieder unbeschadet zurück. Bis auf den 14. Juni, da kam er nicht mehr." Betroffen senkte Elena ihren Kopf und schloss die Augen. Es ging ihr sichtbar immer noch nahe.

„Er ist mit dem Auto verunglückt?", schloss Ben aus den Erzählungen.

„Seine Bremsen haben versagt! Er ist aus einer Kurve geflogen und dreißig Meter in die Tiefe gestürzt", bestätigte sie seine Vermutung.

„Und du glaubst, dass Alex auch damit etwas zu tun haben könnte?"

„Die Ermittler haben festgestellt, dass sich der Bremsschlauch an der Mutter gelöst hatte. Sie gingen von einem tragischen Unfall aus."

„Glaubst du das nicht?", hakte Ben nachdenklich nach.

„Keine Ahnung! Ich mache mir heute zum ersten Mal Gedanken darüber, ob es etwas anderes als ein Unfall gewesen sein könnte. Ich wusste zuvor ja nichts von Alex."

„Würde ein Saboteur die Bremsleitung nicht durchschneiden, um ein Versagen der Bremswirkung zu erreichen?"

„Einer, der sich nicht auskennt schon. Aber der Täter musste ja sicherstellen, dass die Bremsen erst in den Bergen versagen, nicht schon auf der Fahrt dorthin. Außerdem geht bei den modernen Fahrzeugen sofort eine Signalleuchte an, wenn der Druck in der Bremsleitung abfällt."

„Das hört sich an, als würdest du dich auskennen! Woher kommt dein Wissen?", erkundigte sich Ben neugierig.

„Ich habe zwei Jahre Kfz-Mechanikerin gelernt. Das war die Zeit, in welcher ich Florian kennenlernte. Aber irgendwann war mir die Arbeit zu schmutzig und die Kollegen zu männlich. Es macht als Frau keinen Spaß, wenn man ständig Öl und Schmiere unter den Fingernägeln hat!"

„Vielleicht sollten wir diesen Alex im Bereich einer Autowerkstatt suchen? Möglicherweise hast du da einen unbekannten Verehrer, der vor Eifersucht glüht, wenn er dich mit anderen Männern sieht?"

„Ich hatte nie ein Auto!"

„Und die Werkstatt, in welcher du gelernt hast?"

„Die ist in Bremen! Damals habe ich noch bei meiner Oma gewohnt!"

„Fassen wir mal zusammen: Die Werkstatt war in Bremen, dein erster Freund, Florian, demnach auch? Die beiden anderen Männer lebten in München, und du kannst dich an keinen Alex in deiner Vergangenheit erinnern?"

„Genauso ist es!", bestätigte sie seine Ausführungen.

„Das sieht nicht gut aus! Wir sollten wirklich die Polizei einschalten, vielleicht finden die noch eine Gemeinsamkeit!", schlug Ben wenig überzeugt vor.

„Wahrscheinlich hast du Recht! Wir sollten es wenigstens versuchen!"

Kapitel 15

ICH vor vielen Jahren

Ich hörte seinen schweren Atem und spürte seine kräftigen rauen Hände an meinem Körper. Erneut fragte ich mich, warum er mir das antat. „Es ist alles gut! Sei schön leise!", flüsterte er in mein Ohr. Ich verstand nicht, warum meine Mutter nichts dagegen unternahm. Wusste sie, was dieser Mann mit mir machte? Hatte sie eine Ahnung davon, wie schmerzhaft es für mich war, wenn er mich nachts in meinem Bett besuchte? Nicht zum ersten Mal entwickelte ich Fantasien, wie ich mich gegen diesen entsetzlichen Menschen wehren würde. Jedoch blieb es immer bei den Gedankenspielen. Mein Mut reichte nicht aus, um ihn von seinen Taten abzuhalten. Ich ließ es über mich ergehen, wie bereits viele Male zuvor. Was sollte ich auch gegen ihn unternehmen?

Er war mein Vater!

Kapitel 16

ER

Entmutigt ließ Elena sich aufs Sofa fallen. „Eigentlich wussten wir es doch vorher schon! Die Polizei hat nicht genügend Anhaltspunkte, um etwas zu unternehmen!"

Kopfschüttelnd setzte er sich neben sie. „Aber sie hätten dich wenigstens ernst nehmen können!" Genervt verschränkte er die Arme vor der Brust. „Uns einfach mit der Begründung nach Hause zu schicken, dass sie ohne vollständigen Namen oder eindeutigen Hinweis auf die Identität des Briefverfassers keine Schritte einleiten können, finde ich unzumutbar!"

„Ist das dein Ernst? Wo sollen sie denn anfangen zu suchen? Sie können wohl kaum jede Kfz-Werkstatt nach Männern mit dem Namen Alex durchkämmen!"

„Ich finde die Aussage des Polizeibeamten trotzdem unglaublich!"

„Du meinst, dass erst etwas passieren müsse, um offiziell tätig werden zu können?" Elena wusste, auf was Ben anspielte.

„Wir sollten in Zukunft die Augen offenhalten, wer uns beobachtet!" Ben strich sich angespannt durch sein braunes Haar.

„Wir sollten uns in Zukunft einfach nicht mehr treffen! Das wäre die sicherste Variante, keine Gefahren einzugehen!", entgegnete sie.

„Auf keinen Fall! Ich lasse mich weder von diesem Alex noch von sonst Jemandem davon abbringen, mich frei zu bewegen. Und dazu gehört auch, dass ich mich mit der Frau treffe, mit der ich meine Zeit verbringen will."

„Aber …", wandte Elena zaghaft ein.

„Kein Aber! Wir können uns doch nicht von so einem Spinner verbieten lassen uns zu treffen! Klein beigeben ist nicht gerade meine Stärke!" Entrüstet sprach Ben seine Wut aus.

„Ich bin mir aber nicht sicher, ob ich das auch will! Ich dachte bisher immer, mein schlechtes Karma würde die Männer an meiner Seite ins Unglück stürzen. Wenn ich jetzt jedoch weiß, dass es da Jemanden gibt, der mir das Glück mit einem Partner nicht vergönnt und die Menschen, die ich liebe, umbringt, dann ist das für mich durchaus ein Grund, mich von dir fernzuhalten."

Überrascht wandte Ben sich Elena zu. „Ist das dein Ernst?"

Mit traurigem Blick nickte sie.

„Das akzeptiere ich nicht! Elena, wir müssen diesen Spinner herausfordern und ihn dazu bringen, einen Fehler zu machen! Oder willst du dich dein Leben lang verstecken und alleine bleiben?"

Elena kam sich vor wie eine Heulsuse. Sie konnte sich nicht erinnern, wie oft sie heute bereits geweint hatte. Dass jetzt erneut Tränen aus ihren Augen traten, machte sie fast schon wütend.

„Und was schlägst du vor? Dass ich mich in dich verliebe und er dich dann umbringt?", schrie sie ihn verzweifelt an.

Hastig zog er sie in seine Arme. „Der erste Teil würde mir jedenfalls gefallen! Aber Spaß beiseite! Wir sollten zusammen ausgehen und uns unauffällig umsehen, ob wir beobachtet werden. Vielleicht können wir ihn so schon entdecken und entlarven. Ich verspreche dir, ich passe auf dich auf!"

Verständnislos blickte sie ihn an. „Um mich habe ich keine Angst! Du bist derjenige, der in Gefahr ist!"

„Mir passiert schon nichts! Lass uns morgen zusammen Essengehen und sehen, was geschieht!", schlug er vor.

„Möglicherweise reicht dein heutiger Aufenthalt in meiner Wohnung schon aus, um Alex wütend zu machen!"

„Ich passe auf mich auf, versprochen!" Ben erhob sich und ging zur Haustüre. „Ich hole dich morgen um sieben Uhr ab, in Ordnung?" Im nächsten Moment verschwand er aus der Wohnung.

Kapitel 17

SIE

Als Elena am nächsten Abend von Ben abgeholt wurde, hatte sie ein ungutes Gefühl. Sie sah hinter jedem Baum, jedem parkenden Auto und jeder Hausmauer eine verdächtige Person. Erst als sie in Bens Wagen saß und er beruhigend seine Hand auf ihren Arm legte, brachte sie ein zaghaftes Lächeln zustande.

„Es ist alles in Ordnung! Mich hat gestern niemand verfolgt und ich habe auch keine beunruhigenden Zettel mehr in meiner Jacke gefunden. Vielleicht war das alles nur ein schlechter Scherz eines gekränkten Verehrers!" Gutgelaunt startete er den Motor und fuhr los.

„Glaubst du das ernsthaft?", wandte Elena sich erschrocken an ihn. „Hast du nicht erst gestern gesagt, wir sollten die Augen offenhalten?"

„Das machen wir auch! Aber ich möchte, dass du dich etwas entspannst! In der Öffentlichkeit wird er kaum einen Mordversuch unternehmen", versuchte er sie vergeblich zu beruhigen.

Sie beschloss, vorerst ruhig zu sein und lieber den nachfolgenden Verkehr zu beobachten, ob sich ein ihnen näherndes Fahrzeug auffällig verhielt.

Zwanzig Minuten später kamen sie in Garching an. Ben parkte sein Cabrio vor dem kleinen Restaurant und hielt anschließend Elena zuvorkommend die Wagentüre auf. Nachdem sie ihr mintgrünes Kleid bereits gestern getragen hatte, fiel die Entscheidung heute auf eine weiße Bluse und eine beige Hose, was den herbstlichen Temperaturen durchaus angepasst schien. Bevor sie das Lokal betraten, huschte ihr Blick über ihre Schulter. In Sekundenschnelle scannte sie die

Gegend nach verdächtigen Personen ab, erhielt jedoch ein enttäuschendes Resultat. Auf der gegenüberliegenden Straßenseite hielt sich lediglich eine junge Mutter mit einem Kinderwagen auf. Während die Frau die Straße entlang schlenderte, starrte sie konzentriert auf ihr Handy. Weitere Personen konnte Elena in dieser kurzen Zeit nicht ausmachen.

„Erzähl mir etwas von dir!", forderte Ben sie wenig später auf. Sie saßen an einem gemütlichen Tisch in der Nähe der Bar. Das Essen war bereits bestellt und die Getränke standen vor ihnen auf der weißen Tischdecke.

„Was willst du wissen? Ich habe dir bereits alles aus meiner Vergangenheit erzählt. Ich hatte drei Beziehungen – wovon alle schlecht ausgingen."

Lachend lehnte Ben sich zurück. „Ich glaube nicht, dass deine Ex-Freunde den Großteil deiner Vergangenheit ausmachen. Erzähl mir von deiner Kindheit, von deiner Jugend und wie du nach München gekommen bist!"

„Da gibt es nicht viel zu erzählen. Ich hatte eine unbekümmerte Kindheit - zumindest bis ich neun Jahre alt war – dann hat sich alles geändert."

„Warum? Was ist passiert?"

„Meine Mutter hat meinen Vater umgebracht!", warf sie ohne Vorwarnung in den Raum.

Ben verschluckte sich fast an seiner Weinschorle, welche er in diesem Moment zum Mund führte.

„Du nimmst mich auf den Arm?" Argwöhnisch betrachtete er die junge Frau.

Kaum sichtbar schüttelte sie den Kopf. „Eines nachts griff sie sich das große Küchenmesser und rammte es ihm in die Brust. Ich wachte von dem Lärm auf, lief in die Küche und sah meinen Vater tot in seiner Blutlache liegen. Meine Mutter wurde von zwei Polizeibeamten in Handschellen abgeführt. Ich weiß bis heute nicht, warum sie das getan hat. Ich dachte immer, sie waren glücklich!"

Entsetzt starrte Ben sie an. Er konnte einfach nicht glauben, was er da hörte. Es war schlimm genug, wenn Jugendliche auf die falsche Bahn gerieten und dadurch einen schweren Lebensweg zu beschreiten hatten. Aber wenn ein Kind von neun Jahren, für welches die Welt noch in Ordnung war, mit solch einem Ereignis konfrontiert wurde, konnte das schlimme psychische Schäden auslösen. Vielleicht hatte Elena deshalb das Gefühl, sie wäre schuld am Tod ihrer Freunde? Möglicherweise suchte sie unbewusst geradezu nach schicksalhaften Vorfällen, für welche sie sich die Verantwortung geben konnte?

„Das tut mir leid, Elena! Wie hast du das verkraftet?"

„Meine Mutter wurde zu fünfzehn Jahren wegen Totschlags verurteilt und ich kam in eine Pflegefamilie."

„Zu fünfzehn Jahren? Du bist jetzt fünfundzwanzig, richtig? Dann wurde deine Mutter vor einem Jahr entlassen. Hast du noch Kontakt zu ihr?" Er konnte seine Betroffenheit nicht verbergen.

„Ich habe meine Mutter seit dem Tag ihrer Festnahme nicht mehr gesehen. Sie kam sofort in Untersuchungshaft. Am nächsten Tag begann meine Erfahrung mit zahlreichen Pflegefamilien. Ich hielt es in keiner lange aus. Ich war aggressiv und gewalttätig, schlug meine Pflegegeschwister oder beschimpfte meine Pflegeeltern. Ich wollte dort einfach nicht sein! Ich wollte meinen Vater und meine Mutter zurück!" Obwohl Elena emotional sehr in ihre Erzählung eingebunden war, flossen dieses Mal keine Tränen. Als hätte sie bereits am Tag zuvor ihren gesamten Vorrat an salziger Tränenflüssigkeit vergossen.

„Wie waren deine Gefühle gegenüber deiner Mutter?" Er wusste nicht, warum er ausgerechnet diese Frage stellte.

„Du hörst dich an, wie einer der Psychologen, zu welchen sie mich damals geschleppt haben. Sie waren sich sicher, dass ich meine Mutter dafür hassen musste, dass sie meinen Vater umgebracht hatte. Aber dem war nicht so. Ich war nur unsagbar enttäuscht von ihr, dass sie unsere Familie dadurch auseinandergerissen hatte. Bereits in diesem jungen Alter wusste ich von Freundinnen, dass sich einige Eltern scheiden ließen, wenn sie nicht mehr miteinander auskamen. Die Väter zogen weg, aber sie besuchten ihre Kinder noch regelmäßig. Natürlich war ich traurig, dass mein Vater tot war, aber da meine Mutter im selben Moment verschwand, fiel ich in ein riesiges Loch der Wut. Ich verbrachte fünf Jahre lang in vier verschiedenen Pflegefamilien, bis das Jugendamt meine Oma überreden konnte, mich zu ihr zu nehmen. Warum sie mich nicht schon früher zu sich nahm, habe ich nie erfahren. Jedenfalls lebte ich von meinem vierzehnten bis zum achtzehnten Lebensjahr bei meiner Oma in Bremen.“

Der Kellner unterbrach für einige Momente das Gespräch, als er die beiden Pizzen brachte, die köstlich dufteten und über den Tellerrand hinaushingen.

Ohne das appetitliche Gericht vor sich zu beachten, beobachtete Ben weiterhin Elena. Er war neugierig, wie ihre Geschichte weiter ging. „War die Zeit bei deiner Oma wenigstens schön und behütet?“

Nachdenklich verzog sie das Gesicht. „Nicht wirklich! Sie kümmerte sich nur wenig um mich. Ich ging meinen eigenen Weg. Durch viel Glück schaffte ich meine Mittlere Reife und begann eine Ausbildung in der Kfz-Werkstatt, in welche meine Oma ihr Auto immer brachte. In der Berufsschule lernte ich dann Florian kennen.“ Den Rest der Geschichte kannte er bereits.

Schweigend, jeder in seine Gedanken versunken, aßen sie ihre Pizzen. Erst als die Teller leer waren, nahm Ben das Gespräch erneut auf.

„Wie hat es dich nach München verschlagen?"

„Nach Florians Verschwinden hielt ich es in Bremen kaum noch aus. Ich fieberte nur noch auf meine Volljährigkeit hin, um wegziehen zu können. Einen Tag nach meinem achtzehnten Geburtstag kündigte ich in der Werkstatt und stieg in einen Zug Richtung München."

„Einfach so? Ohne vorher zu planen, wo du hier wohnen könntest?" Er bewunderte ihren Mut.

„Ganz so spektakulär war es nicht. Über eine damalige Freundin bekam ich den Kontakt zu Miriam, welche ein Jahr zuvor nach München gezogen war. Bei ihr konnte ich vorübergehend unterkommen."

„Es ist trotzdem mutig, mit gerade mal achtzehn Jahren in eine fremde Stadt zu ziehen, ohne die feste Aussicht auf eine Wohnung oder einen Job", bemerkte er anerkennend.

„Durch Miriam fand ich Arbeit in einem Labor, in welchem ich abends putzen konnte. Schließlich begann ich eine Ausbildung zur Kauffrau für Büromanagement und fand meine Wohnung in Neuperlach. Um mir die Miete leisten zu können, musste ich weiterhin abends putzen gehen, aber das störte mich nicht."

„Für dein junges Alter hast du einen bemerkenswerten Lebenslauf vorzuweisen!", gab Ben zu.

„Danke! Aber wenn ich die Wahl gehabt hätte, wären die Weichen bereits mit neun Jahren anders gestellt worden."

Plötzlich klingelte Bens Telefon. Während er mit seinem Gesprächspartner sprach, schweifte Elenas Blick durch das kleine Lokal. Plötzlich traf sie der Blick eines jungen Mannes, welcher allein an einem Tisch am Fenster saß. Er prostete ihr lächelnd zu. Schlagartig wurde sie blass, fing unruhig an zu zappeln und legte ihre Hand auf Bens Arm.

„Ben?", flüsterte sie ihm zu, während er aufgebracht in den Hörer fluchte.

„Spinnt der total? Heute? Jetzt? Warum kann das nicht bis morgen warten?" Als er in Elenas Augen sah, wurde er augenblicklich still. Er erkannte sofort, dass sie panische Angst hatte. „Dennis? Ich bin in einer Stunde zu Hause, dann setz ich mich sofort an den Laptop, solange muss er noch warten." Ohne einen Abschiedsgruß legte Ben auf. „Elena, was ist los? Du schaust aus, als hättest du ein Gespenst gesehen!"

„Können wir bitte gehen? Jetzt sofort?", murmelte Elena ihm unverständlich entgegen.

Ohne eine weitere Frage hob Ben seine Hand und winkte den Kellner herbei. Nachdem er gezahlt hatte, stand er auf und führte Elena aus dem Lokal.

Kapitel 18

ER

„Jetzt sag schon: Was ist los?" Vor der Türe drehte er sie zu sich und blickte sie auffordernd an.

„Nicht hier!", flüsterte sie unauffällig und zog ihn ein Stück weiter zum Auto. Während Ben seinen Autoschlüssel suchte, wippte sie von einem Fuß auf den anderen, konnte keine Sekunde ruhig stehen.

„Mist!" Ben schrie und knallte seine flache Hand auf das Stoffdach seines Fahrzeuges.

„Was ist los?" Erschrocken zuckte Elena zusammen.

„Ich habe den Schlüssel in der Mittelkonsole liegen lassen! Da! Siehst du ihn? Was bin ich nur für ein Idiot?", beschimpfte er sich selbst.

„Wie kannst du ohne Schlüssel denn absperren? Vielleicht ist die Türe ja offen?"

„Es ist ein Funkschlüssel! Ich habe gewohnheitsmäßig nur den Knopf am Türgriff gedrückt, um das Fahrzeug abzuschließen. Wir müssen schnell zu mir nach Hause gehen, um den Reserveschlüssel zu holen!" Fragend stand er vor Elena und wartete auf eine Antwort von ihr.

„Ist es weit?"

„Nein! Etwa fünfzehn Minuten zu Fuß. Wenn du willst, kannst du auch hier warten, dann …", schlug er vor.

„Nein!", unterbrach sie ihn schreiend. „Ich komme mit!"

Nachdem sie etwa zweihundert Meter zurückgelegt hatten, fragte Ben erneut: „Was war denn im Lokal los? Wovor hattest du plötzlich solche Angst?"

„Ich habe da einen Typen gesehen … er war alleine da und … er hat mir zugelächelt!"

Ruckartig blieb Ben stehen. „Und das macht dir Angst? Vielleicht wollte er nur freundlich sein, weil du eine hübsche junge Frau bist?"

„Ist es möglich, dass das … Alex war?" Ängstlich sprach sie den Namen aus.

„Kanntest du ihn?"

„Nein!"

„Wie kommst du dann darauf, dass es Alex sein könnte?" Ben leuchtete ihre Logik noch nicht ein.

„Weil er …". Plötzlich hörten sie Schritte hinter sich. Elena schaute in die Richtung des Geräusches und erkannte den gleichen Mann, der ihr im Restaurant zugelächelt hatte. Er kam, mit einer brennenden Zigarette in der Hand, gemächlich auf sie zu.

Elena begann schlagartig am ganzen Körper zu zittern. Ben betrachtete skeptisch den Mann hinter ihnen, als er jedoch Elenas Gesichtsausdruck sah, legte er schnell den Arm um ihre Schultern und zog sie weiter. Elena spürte die Panik in jedem ihrer Knochen. Obwohl sie es vermeiden wollte, drehte sie sich mehrmals nach dem Verfolger um. Er befand sich noch immer hinter ihnen.

Als sie endlich Bens Reihenhaus in einer abgelegenen Straße erreichten, drängte Elena ihn regelrecht, die Türe schnell aufzusperren. Bevor sie durch den Türspalt schlüpfte, blickte sie zurück zur Straße, die jedoch leer und verlassen hinter ihnen lag.

Nachdem Ben die Türe geschlossen hatte, atmete Elena erleichtert aus.

„Glaubst du wirklich, das war Alex?" Ben konnte ihre Vermutung nicht teilen.

„Ich weiß es nicht, aber es hat sich so angefühlt!"

Plötzlich schreckte sie zusammen, als sie etwas an ihrem Knie spürte. Sie erkannte einen schwarz-weißen Kater, welcher sich schnurrend um ihre Beine wand.

„Hey Zorro! Du hast sicher Hunger!" Ben beugte sich zu dem großen Kater hinunter und hob ihn hoch.

„Darf ich vorstellen: Das ist Zorro! Seit vier Jahren mein treuer Hausbewohner."

Elena freute sich über die spontane Ablenkung. Sie streichelte das weiche Fell des Tieres und folgte Ben in die Küche, wo er mit geübten Griffen eine Packung Katzenfutter öffnete.

„Warum heißt er Zorro? Kämpft er gerne?" Der süße Kater schaffte es im Handumdrehen, Elena zum Lächeln zu bringen.

„Das auch, aber hauptsächlich wegen seiner schwarzen Maske!"

Beim genaueren Betrachten des Tieres fiel es auch Elena auf. Der gesamte Kopf war mit weißem Fell überzogen, lediglich die Augenpartien waren schwarz, als hätte der Kater eine Maske auf.

Bevor Elena hierauf etwas erwidern konnte, klingelte erneut Bens Handy.

Er nahm das Gespräch an und hörte einige Sekunden stumm zu, bevor er antwortete. „Dennis, ich sagte doch, dass ich … nein … weil ich Elena noch nach Hause bringen muss … geht dich das etwas an? … Ich kann sie ja fragen, warte …" Bedauernd nahm er das Telefon vom Ohr. „Es ist Dennis! Es gibt ein Problem mit Schmitz. Ich muss ihm sofort eine Kostenaufstellung übersenden, da er andernfalls möglicherweise einen anderen Architekten beauftragt. Ich sagte Dennis schon, dass ich dich erst nach Hause fahren muss, aber …"

„Ich kann doch solange warten. Es macht mir wirklich nichts aus, Ben! Ich weiß, wie wichtig der Kunde für uns ist!" Elena strahlte eine Gelassenheit aus, welche Ben ihr nicht zugetraut hätte. Vor allem nicht nach der Aufregung der letzten Minuten.

Erleichtert nahm Ben den Hörer erneut auf und beendete das Gespräch.

„Danke, dass du so verständnisvoll bist. Ich beeile mich. Du kannst es dir gerne gemütlich machen. Schau dich ruhig um, ich habe keine Geheimnisse! Wenn du mich suchst - ich bin in meinem Büro im Keller!" Ben zog sich einen Espresso aus seinem Kaffeevollautomaten und begab sich anschließend die Kellertreppe nach unten in den kleinen Raum neben der Waschküche, wo er sein Büro eingerichtet hatte.

Er wäre niemals auf die Idee gekommen, dass Elena in seinem Haus auf etwas stoßen könnte, was sie emotional total aus der Bahn warf.

Kapitel 19

ICH vor sechs Jahren

Seit längerem beobachtete ich diesen Kerl. Er war groß, schlaksig und trug viel zu lange Haare, um noch als attraktiv durchzugehen. Er fuhr einen schwarzen BMW mit Breitreifen, Alufelgen und tiefergelegtem Chassis.

Aber Elena gefiel er offenbar. Sie traf ihn regelmäßig und er hatte schon des Öfteren bei ihr übernachtet. Was sie da miteinander in ihrem Bett trieben konnte ich mir lebhaft vorstellen. Er wohnte nur einige Stockwerke unter ihr im gleichen Haus. Warum schliefen sie nur in ihrer Wohnung miteinander und nicht bei ihm? Hatte er etwas zu verbergen? Sicher! Jeder Mensch hatte seine Leichen im Keller - auch Tobias!

Warum hörte er nicht auf mich? Warum hielt er sich nicht von Elena fern? Ich hatte ihm mehrfach gedroht, dass ihm etwas zustoßen könnte, wenn er nicht die Finger von ihr ließ. Aber scheinbar war ihm das egal. Er ignorierte mich, genau wie den schädlichen Ausstoß seines Autos. Ihm ging es nur um Spaß und Aktion!

Den kannst du haben!

Ich hatte erfahren, dass Tobias gerne in die Berge fuhr. Genau auf diesen Moment habe ich gewartet. Morgen früh war es soweit. Mitten in der Nacht schlich ich mich ins Haus. Es war ein Kinderspiel, durch das Treppenhaus in die Garage zu gelangen. Glücklicherweise hatte er dort einen Stellplatz, was nicht alle Mieter von sich behaupten konnten. Ich hatte lange überlegt, welche Methode der Manipulation ich anwenden sollte, um ihn aus dem Weg zu schaffen. Da mir an diesem ruhigen Ort ein längeres ungestörtes Arbeiten möglich war, hatte ich mich für den Bremsschlauch entschieden. Geschickt bockte ich die linke Seite des Fahrzeuges auf, entfernte den vorderen Reifen und suchte die Stelle, an welcher der Bremsschlauch an der Bremsanlage befestigt war. Anschließend löste ich die Manschette und befestigte den Schlauch mit einem Kabelbinder neu. Jedoch zog ich diesen nur so fest an, dass er sich bei kräftigen Bremsmanövern, wie sie in den Bergen vorkamen, löste. Anschließend kam die rechte Seite des Fahrzeuges dran. Nach einer Stunde konzentrierter Arbeit hatte ich mein Vorhaben erfolgreich beendet.

Meine Aufregung wuchs ins Unermessliche. Ich war gespannt, ob es klappen würde und die Bremskraft im richtigen Moment aussetzte!

Dieses Gefühl der Vorfreude konnte mir keiner nehmen!

Kapitel 20

SIE

Neugierig zog Elena die Gardine im Wohnzimmer ein Stück zur Seite und spähte nach draußen. Die Straße war noch immer verlassen und menschenleer. Obwohl sie sich in Bens Haus sicher fühlte, löste sich ihr alarmierender Knoten im Bauch nicht auf. Sie setzte sich aufs Sofa und ließ ihren Blick durch das Zimmer schweifen. Es war modern eingerichtet und traf in weiten Teilen ihren Geschmack. Zorro schlich auf sie zu, schnupperte kurz an ihrer Hose und sprang schließlich auf ihren Schoß.

„Du bist ja ein Süßer! Bist du zu allen Leuten so zutraulich?", fragte sie ihn leise. Der junge Kater rollte sich neben ihr zusammen und ließ sich bereitwillig von ihr kraulen. *Was soll ich jetzt machen? Ich kann doch nicht einfach im Haus umherlaufen und in fremden Schränken spionieren?* Sie schaute auf ihre Uhr und stellte fest, dass es bereits nach zehn Uhr abends war. Morgen musste sie wieder früh raus, um rechtzeitig im Büro zu erscheinen.

Plötzlich hörte sie einen lauten Knall, gefolgt von Bens Flüchen. „Shit! Verdammt nochmal! Muss das gerade jetzt passieren?"

Blitzartig sprang Zorro auf und flüchtete aus dem Zimmer. Elena ging besorgt zur Kellertreppe.

„Ben? Kann ich dir helfen?", rief sie in seine Richtung.

Im nächsten Moment hörte sie seine Schritte, die stufenweise näher kamen. „Ich glaube nicht! Eines meiner Bücherregale ist zusammengestürzt, dabei ist meine Kaffeetasse auf den Laptop geknallt und der ist jetzt unbrauchbar."

„Kannst du jetzt die Aufstellung für Schmitz nicht fertigen?"

„Doch! Aber ich muss auf meinem privaten Laptop erst das Programm installieren und dann die Berechnungen erneut durchführen. Das kann dauern!" Ben kratzte sich verlegen am Hinterkopf. „Tut mir leid, dass du so lange warten musst!"

„Vielleicht ist es besser, wenn ich mir ein Taxi nehme? Ich will dich nicht aufhalten und es ist auch schon spät."

„Auf keinen Fall! Ich fahre dich nach Hause! Ich muss nur schnell die Aufstellung …"

„Ben, das musst du nicht!", entgegnete Elena ruhig.

„Ich weiß, aber ich will es! Zuerst der Schock mit diesem Typen im Restaurant und dann lasse ich dich hier alleine rumsitzen, während ich arbeiten muss. Das war alles nicht so geplant, weißt du?" Entschuldigend ging er einen Schritt auf sie zu.

„Du hast etwas geplant?", fragte sie erstaunt.

„Was? Äh … nein! Ich wollte damit sagen, dass es ein schöner Abend werden sollte und nicht mit so einem abrupten Ende. Hör zu, wenn du müde bist, kannst du dich gerne in mein Gästezimmer legen."

Nachdenklich schaute sie ihn an.

„Wir frühstücken morgen gemeinsam und fahren anschließend ins Büro. Was hältst du davon?"

Wenn sie es sich recht überlegte, hatte sie wirklich etwas Angst, alleine mit dem Taxi nach Hause zu fahren. Man wusste ja nie, wer in dem Taxi tatsächlich auf einen wartete. „Ich brauche aber frische Sachen!"

„Dann fahren wir vorher bei dir zu Hause vorbei. Das schaffen wir, versprochen!"

Sie merkte ihm an, dass er sie einerseits nicht gehen lassen wollte, es andererseits jedoch eilig hatte, zurück in den Keller an seinen Laptop zu kommen. Da sie ihm nicht noch mehr Schwierigkeiten bereiten wollte, willigte sie ein.

„Geh nach oben und nimm dir ein T-Shirt aus dem Schrank, damit du nicht in deinen Sachen schlafen musst. Im

Badezimmer findest du im Unterschrank eine neue Zahnbürste." Mit einem beherzten Kuss auf die Wange verabschiedete Ben sich und verschwand in sein unterirdisches Büro.

Als Elena im ersten Stock des gemütlich eingerichteten Hauses ankam, öffnete sie die erste Türe und stand in einem Schlafzimmer, ausgestattet mit einem Doppelbett, blau-türkisen Vorhängen sowie einem großen Kleiderschrank. *Vermutlich Bens Schlafzimmer!* Anschließend betrat sie das Badezimmer. Es war hell, weiß gekachelt und hatte eine Duschkabine mit Milchglasscheibe. Der letzte Raum im Obergeschoss war ein kleineres Schlafzimmer, welches fast an ein Jugendzimmer erinnerte. Neben einem in die Jahre gekommenen Futonbett befand sich in dem Raum ein kleiner Kleiderschrank, ein Schreibtisch mit Stuhl sowie gelbe Gardinen. An den Wänden hingen diverse Bilder von bekannten Bauwerken. Optisch hätte Elena zwar Bens Schlafzimmer bevorzugt, aber natürlich war sie Gast in seinem Haus und schlief in dem ihr zugeteilten Gästebett. Vorsichtig öffnete sie den Schrank und wunderte sich über dessen Inhalt. Sie hätte eher Bettwäsche und Handtücher erwartet, als eine komplette Männergarderobe. Sie entschied sich für ein graues T-Shirt, welches lang genug war, um über ihre Oberschenkel zu reichen. Müde wechselte sie die Kleidung, kroch unter die weiche Decke und schloss ihre Augen. Einige Momente später war sie bereits eingeschlafen.

Mitten in der Nacht wurde sie von Geräuschen geweckt. Sie riss die Augen auf, blickte an die von Schattenspielen übersäte Decke und benötigte einen Moment, um zu erfassen, wo sie sich gerade befand. Da war es wieder: Ein schlurfendes Geräusch, als würde sich jemand anschleichen. Ihr Herz hämmerte in ihrer Brust, während ihre Gedanken rasten. *Wer ist das? Ist das Ben? Oder ein Einbrecher?* Als sie einen Augenblick später ein Ziehen an ihrer Bettdecke spürte, schrie sie auf. Blitzschnell setzte sie sich auf und schlug auf den Nachttisch neben sich, auf welchem sie eine Lampe vermutete. Als sie den Schalter erwischte und das Licht aufflammte, traute sie ihren Augen kaum. „Ben?", schrie sie entsetzt, als sie ihn, lediglich mit einer Boxershorts bekleidet, vor ihrem Bett stehen sah.

Nicht weniger überrascht starrte Ben sie an. „Was machst du in meinem Bett?"

„In deinem Bett? Du hast doch gesagt …" Verwirrt versuchte sie sich zu erklären. Der Anblick seines nackten Oberkörpers trug jedoch nicht gerade dazu bei, dass sie sich schnell beruhigte. Plötzlich dämmerte es ihr. Mit rotem Gesicht krabbelte sie aus dem Bett. „Oh je! Das tut mir so leid! Ich dachte wirklich, dass dies hier das Gästezimmer ist."

„Schon in Ordnung! Es ist meine Schuld! Ich hätte dir das richtige Zimmer zeigen sollen, anstatt mich im Keller zu verkriechen!"

„Konntest du die Aufstellung fertigstellen? Hast du alles geschafft?" Ehrlich interessiert wartete sie auf seine Antwort.

„Zum Glück hat alles geklappt! Und ich habe auch schon Schmitz's Zusage, dass er unser Büro beauftragen wird."

„Glückwunsch! Ich gehe jetzt besser in das richtige Zimmer". Kleinlaut wollte sie das Zimmer verlassen.

„Warte!" Ben griff nach ihrem Arm. Sie spürte das Kribbeln, welches sich von dieser Stelle aus über ihren gesamten Körper verteilte. Und erst jetzt wurde ihr bewusst, dass sie nur sein T-Shirt trug.

„Du kannst hierbleiben, ich gehe ins Gästezimmer", ergänzte er entgegenkommend.

„Danke!" Als er ihren Arm losließ, wollte sie fast nach ihm greifen, um ihn am Weggehen zu hindern. Aber selbstverständlich tat sie das nicht. Sie durfte sich nicht verlieben!

Tief in ihrem Inneren wusste sie, dass dies gerade passiert war. Dazu reichte ein Blick, eine Berührung oder nur ein Wort. Die Liebe schlug unberechenbar schnell zu.

Als sie am nächsten Morgen aufwachte, roch sie den Duft von frischem Kaffee. Gutgelaunt schlug sie die Decke zurück und stieg aus dem Bett. Erwartungsvoll ging sie die Treppe hinunter und blieb ruckartig stehen, als sie Ben sah, der lediglich mit seiner Boxershorts und einem schwarzen T-Shirt bekleidet in der Küche stand. „Guten Morgen!", murmelte sie leiser als beabsichtigt. Als Ben sich zu ihr umdrehte, zog sich ein amüsiertes Grinsen über sein Gesicht.

„Guten Morgen! Hast du gut geschlafen? Übrigens, ein hübsches T-Shirt hast du da an!"

Ertappt blickte sie an sich hinunter. Plötzlich kam ihr wieder die nächtliche Verwechslung in den Sinn.

„Sorry, aber ich dachte wirklich, dass das große Schlafzimmer deines wäre und das kleine …"

„Du brauchst dich nicht zu entschuldigen! Es ist doch nichts passiert! Hast du wenigstens gut geschlafen?"

„Wie ein Stein!"

„Willst du einen Kaffee?"

„Gerne, danke!" Während sie sich die volle Tasse nahm und Zucker und Milch hinzufügte, klingelte erneut Bens Handy.

Genervt nahm er ab. „Ja?" Plötzlich änderte sich sein Gesichtsausdruck. „Das kann doch nicht …" Fassungslos blickte er auf seine Armbanduhr. „… In Ordnung, ich beeile mich, bis gleich!"

„Ist etwas passiert?", fragte Elena, nachdem Ben das Telefon zur Seite gelegt hatte.

„Mein Termin bei der Baubehörde wurde gerade von elf auf neun Uhr vorverlegt. Es tut mir leid, Elena, aber jetzt schaffe ich es nicht mehr, dich nach Hause zu fahren, bevor ich ins Büro muss."

„Kein Problem!" Elena dachte schnell nach. „Wenn ich kurz duschen dürfte, dann ziehe ich einfach meine Sachen von gestern Abend nochmal an."

Erleichtert nickte Ben. „Klar! Geh du zuerst, ich springe nach dir kurz unter die Dusche!"

Während das heiße Wasser auf ihren Rücken prasselte, dachte Elena an den gestrigen Abend. Jetzt kam ihr die Situation im Restaurant und anschließend auf der Straße seltsamerweise überhaupt nicht mehr bedrohlich vor. *Was habe ich mir da nur eingebildet?* Sie unterließ es, ihre Haare zu waschen, da es viel zu lange dauern würde, diese zu trocknen. Stattdessen schob sie wenige Minuten, nachdem sie die Dusche betreten hatte, die Glastrennwand zur Seite, griff nach einem der kuscheligen Handtücher und stieg aus der Duschwanne. Als ihr Blick auf den Spiegel über dem Waschbecken fiel, erstarrte sie vor Angst.

Oh mein Gott!

Kapitel 21

ER

Zuerst hörte er den Schrei, anschließend die Tür des Badezimmers und die schnellen Schritte auf der Treppe. Alarmiert lief er ihr entgegen. „Was ist los?"

Als sie vor ihm stand, lediglich von einem seiner blauen Badetücher umwickelt, sprach das blanke Entsetzen aus ihren Augen.

„Elena? Was ist? Was hast du?"

„Der Spiegel … da steht …", stotterte sie ängstlich.

Mit schnellen Schritten schob Ben sich an ihr vorbei und lief die Treppe hinauf. Als er das Badezimmer betrat und auf den Spiegel schaute, sah er … Nichts!

Mittlerweile erschien auch Elena wieder im ersten Stock.

„Da ist nichts, Elena! Was meinst du?"

Fassungslos starrte Elena auf den Spiegel, der sauber und klar an der Wand hing. „Wo ist die Schrift hin? Als ich aus der Dusche gestiegen bin, stand etwas auf dem Spiegel!", wisperte sie kleinlaut. Wüsste sie es nicht besser, würde sie sich für eine hysterische Kuh halten, die Szenarien erfand, um die Aufmerksamkeit eines Mannes auf sich zu ziehen.

„War der Spiegel beschlagen?" Ben hatte eine Vermutung.

„Ja!"

Zielgerichtet schloss er die Tür und drehte im nächsten Moment die Dusche auf.

„Was hast du vor? Willst du jetzt duschen?"

Lächelnd packte er sie an den Schultern und schob sie behutsam vor sich, so dass sie beide den Spiegel vor ihren Augen hatten. Während das heiße Wasser aus dem Duschkopf schoss, erfüllte sich der Raum mit Wasserdampf. Und plötzlich war sie wieder da. Die Schrift, die Elena vor wenigen Minuten in Panik versetzt hatte.

Hör auf damit!
Sofort!

Unbewusst hielt Elena den Atem an. Ben dagegen lief blitzschnell in die Küche und kam mit seinem Handy in der Hand zurück. Geistesgegenwärtig stellte er die Dusche ab und machte ein Foto von der Nachricht auf der reflektierenden Glasfläche.

„Wer war das?" Mit zitternder Stimme konnte Elena endlich ihre Gedanken aussprechen.

„Die Frage ist wohl eher: Wen spricht derjenige an? Dich oder mich?", grübelte Ben.

Ungläubig schüttelte sie den Kopf. „Mit was soll ich aufhören? Mit dir auszugehen?"

„Ich denke, die Nachricht ist eher an mich gerichtet! Woher sollte der Verfasser wissen, dass du heute hier übernachtest und vor mir unter die Dusche gehst?"

„Glaubst du, es war Alex?", flüsterte Elena ängstlich.

Konzentriert schloss Ben die Augen, umschloss mit seinen Fingern die Nasenwurzel und knetete sie unbewusst. Plötzlich schaute er sie selbstsicher an. „Ich würde einen Einbrecher ausschließen. Meine Alarmanlage war gestern die ganze Zeit eingeschaltet. Ich habe da einen anderen Verdacht!" Er wandte sich von Elena ab und verließ das Bad. Verwirrt folgte sie ihm zurück in die Küche.

„Was meinst du damit: Du hast einen Verdacht? Weißt du etwa, wer das war? Warum bist du dir so sicher, dass die Botschaft nicht von Alex ist?", plapperte sie unaufhaltsam auf ihn ein.

„Weil ich mir ziemlich sicher bin, dass es Kathy war!" Ben fiel es sichtlich schwer, dieses Thema vor Elena anzusprechen.

„Kathy?", flüsterte sie nachdenklich.

Ben konnte regelrecht sehen, wie sich ihre Gedankengänge um diesen Namen formten und die erforderlichen Informationen zusammenreimten. Es war ihm unangenehm, ihr nähere Einzelheiten zu erzählen.

Plötzlich hatte Elena die gesuchte Eingebung. „Du hattest eine Beziehung mit Kathy! Und deshalb ist sie jetzt eifersüchtig auf mich!"

„Ich hatte keine Beziehung mit ihr. Wir hatten nur eine … Affäre!", berichtigte Ben kleinlaut.

„Du brauchst dich nicht zu rechtfertigen. Das geht mich überhaupt nichts an. Wir sind ja nicht zusammen!" Ihr Tonfall sagte etwas anderes als ihre Worte. „Wann war sie das letzte Mal hier?"

„Gestern."

Elena schnappte nach Luft. *Gestern?* Er hatte am Abend ein Date mit ihr und traf sich tagsüber noch mit seiner Affäre? Hatte dieser Mann überhaupt kein Gewissen? Abgesehen davon, dass es sie schmerzte, sich in Ben so getäuscht zu haben, konnte sie gut nachvollziehen, dass Kathy auf die mögliche Nebenbuhlerin eifersüchtig war. *Ich habe wirklich genug eigene Probleme!* Vielleicht sollte sie das alles ein für alle Mal beenden, dann wäre auch Alex zufriedengestellt!

„Ich glaube, ich gehe jetzt besser", presste sie selbstbeherrscht durch ihre Lippen.

„Elena, bitte! Zwischen Kathy und mir ist nichts mehr! Bereits vor einigen Monaten habe ich mit ihr Schluss gemacht, aber sie lässt nicht locker, stalkt mich und stellt mir bei jeder Gelegenheit nach. Als sie erfuhr, dass ich mich für dich interessiere, wurde es noch schlimmer."

„Du musst dich wirklich nicht rechtfertigen! Am besten regelst du das mit Kathy und wir treffen uns nicht mehr, bis die Sache endgültig geklärt ist."

„Ich springe nur schnell unter die Dusche, dann können wir fahren." Ben drehte sich um und lief die Treppe hinauf.

Als er wenige Minuten später zurückkam, war Elena verschwunden.

Kapitel 22

SIE

Als Elena im Büro erschien, saßen ihre beiden Kollegen bereits an ihren Tischen.

„Guten Morgen Elena!", rief Dennis ihr lächelnd entgegen. „Kommt Ben vorher nochmal ins Büro oder fährt er direkt zum Bauamt?"

„Warum frägst du mich? Bin ich sein Babysitter?", motzte sie ihn unberechtigt an.

Sie ging in die Küche und holte sich einen Kaffee aus der Maschine. In diesem Moment hörte sie Bens Stimme. „Dennis? Kannst du mir bitte die Akte Brandner bringen? Ich muss gleich los!"

Elena versteckte sich regelrecht in der kleinen Küche, spähte jedoch neugierig ins Großraumbüro. Sie erkannte Dennis, der eilig den Raum verließ, um die gewünschte Akte zu holen. Dann fiel ihr Blick auf Ben, der sich an Kathy wandte.

„Macht dir das Spaß?", ging er sie unfreundlich an.

„Was meinst du?" Irritiert blickte sie zu ihm auf.

„Ich meine die kleine Botschaft, die du mir gestern nach deinem Besuch hinterlassen hast!"

„Ach das! Hat es etwas bewirkt?" Neugierig beobachtete sie seine Reaktion.

„Ob es etwas …? Spinnst du total? Ich halte nichts von Drohungen! Damit erreichst du überhaupt nichts!"

Erstaunt legte sie ihren Kopf zur Seite. „Das war doch keine Drohung! Das war …"

„Hier ist die Akte!" Dennis stürmte ins Büro und unterbrach damit die Unterhaltung.

„Wir sprechen uns noch!", drohte Ben der hübschen Frau mit erhobenem Zeigefinger, bevor er seinem Mitarbeiter die Akte aus der Hand riss und zum Ausgang stürmte.

Als Elena die Küche verließ spürte sie die vernichtenden Blicke ihrer Kollegin auf ihrem Rücken.

An diesem Vormittag konnte Elena sich nur schwer auf ihre Arbeit konzentrieren. Zu viel war seit dem gestrigen Abend geschehen. Der Mann im Restaurant, der möglicherweise nur ein harmloser Gast war, der zufällig den gleichen Nachhauseweg hatte, wie sie und Ben. Die Nachricht auf dem Spiegel, welche sie, selbst wenn sie von Kathy stammen sollte, nicht als harmlos empfand. Und der Zettel in Bens Jackentasche, von welchem sie immer noch nicht wussten, wer ihn geschrieben hatte. Sie sah auf und entdeckte Dennis, der sich gerade in Bens Büro aufhielt und einige Akten auf dem Schreibtisch sortierte. Voller Zuversicht stand sie auf und ging zu ihm.

„Dennis? Darf ich dich mal was fragen?", begann sie zögernd.

„Natürlich!", freundlich blickte er zu ihr auf.

„Bist du eifersüchtig auf Ben?" Im selben Moment, nachdem sie ihre Frage ausgesprochen hatte, wusste sie, dass dies nicht der richtige Weg war, um die Wahrheit herauszufinden.

„Wie kommst du jetzt darauf? Gibt es ein Problem?" Skeptisch kniff er die Augen zusammen.

„Nein! Oder doch, aber nicht hier in der Firma, also …" Ihr plötzliches Stottern nervte sie selbst.

„Hat er dir etwas erzählt? Ich meine von dem Geld oder so?" Abschätzend wartete Dennis auf eine Reaktion.

Geld? Welches Geld?

„Davon weiß ich nichts! Hast du ein Problem mit Ben?", steuerte sie plötzlich in eine andere Richtung.

„Allerdings, aber ich glaube kaum, dass er will, dass du davon erfährst! Wenn du wissen willst, ob ich auf ihn eifersüchtig bin – klar! Er verdient viel besser als ich, sieht gut aus und schleppt jede Frau ab, die er haben will! Außerdem wohnt er in einem schönen Haus und fährt ein Cabrio! Beantwortet das deine Frage?" Dennis war anzumerken, dass er das Gespräch für überflüssig hielt. Er hatte offenbar keine Lust über seine privaten Probleme zu sprechen.

„Ich meinte eigentlich wegen mir!" Wieder ärgerte Elena sich über ihre unkonkrete Wortwahl.

„Ich soll wegen dir eifersüchtig sein? Sorry Elena, ich finde dich nett, aber ich stehe auf einen anderen Typ Frau!"

Elena beschloss, ihn direkt danach zu fragen. „Hast du am Freitag einen Zettel in Bens Tasche gesteckt?"

„WAS?"

„Eine Drohung, er solle die Finger von mir lassen, sonst würde er es bereuen", erklärte Elena schnell.

„Warum sollte ich das tun?" Fassungslos schüttelte Dennis den Kopf.

„Sag du es mir! Offenbar hast du mit Ben ja ein privates Problem, aber deshalb gleich anonyme Drohbriefe zu schreiben finde ich etwas übertrieben!"

Langsam schritt Dennis an sie heran. Er beugte sich zu ihr hinunter und flüsterte ihr ins Ohr: „Meine Probleme mit Ben gehen dich einen Scheiß an! Wenn *er* diesen Drohbrief bekommen hat, dann soll das auch *er* mit mir klären!" Ohne auf eine Antwort zu warten stürmte Dennis aus dem Büro.

Elena lief es kalt über den Rücken. Obwohl Dennis sich äußerst gereizt und auffällig verhalten hatte, glaubte sie nicht, dass der Zettel von ihm stammte. Er war ehrlich überrascht, als sie ihn mit dem Text konfrontierte. Außerdem hatte er offensichtlich kein Motiv. Jedenfalls nicht das Motiv der

Eifersucht! Seine Aussage in Bezug auf seine Frauenwahl war absolut glaubwürdig.

Ihr Blick fiel durch die Scheibe nach draußen ins Großraumbüro. Katharina saß vor ihrem Computer und recherchierte offenbar gerade etwas im Internet. Elenas Verdacht gegen Kathy verhärtete sich. Schließlich hatte sie vorhin schon zugegeben, dass sie Ben die Botschaft im Badezimmer hinterlassen hatte. Wenn die Nachricht auf dem Zettel nicht von Kathy war, dann blieb nur noch Alex als Verfasser übrig – und das wollte Elena auf keinen Fall wahrhaben!

Fest entschlossen ging sie auf ihre Kollegin zu, tippte ihr auf die Schulter und bat sie, ihr in die Küche zu folgen.

„Was gibt es Elena? Brauchst du meine Hilfe?"

„Eigentlich wollte ich dich nur fragen, ob du Ben am Freitag einen Zettel zugesteckt hast. Wir wissen nicht genau von wem er ist und sind deshalb etwas beunruhigt. Wenn wir wüssten, dass er von dir ist, dann …", setzte Elena an und bemerkte schnell an Kathys Gesichtsausdruck, dass sie sich erneut unklar ausdrückte.

„Unterstellst du mir gerade, dass ich heimliche Liebesbriefe an meinen Chef schreibe?"

„Naja, um solch eine Art Brief handelt es sich dabei eigentlich nicht. Du weißt also nichts davon?"

„Was steht denn drin?", wollte Kathy neugierig wissen.

„Wenn er von dir wäre, wüsstest du es! Dann ist er also nicht von dir! Das wollte ich nur wissen!" Enttäuscht wandte Elena sich ab, wurde jedoch von Kathy zurückgehalten.

„Warte! Natürlich schreibe ich ihm Nachrichten! Ständig! Du musst mir schon erzählen, was drin steht, damit ich dir sagen kann, ob sie von mir ist." Sensationslüstern wartete sie auf eine Antwort.

Plötzlich war Elena sich nicht mehr sicher, ob sie Kathy mit dem Text konfrontieren sollte. Vielleicht war es doch besser, wenn Ben mit ihr darüber sprach. Sie focht einen innerlichen Kampf aus, welchen ihre Neugier gewann. „Lass die Finger von Elena, sonst wirst du es bereuen!", gab sie den Satz wieder, der in ihr Gedächtnis eingebrannt war.

„Wow! Wie einfallsreich!" Kathys Augen funkelten, Elena konnte nur nicht deuten, ob dies positiv oder negativ war.

„Findest du?"

„Eigentlich nicht! Das ist eine Drohung, richtig? Warum glauben heute alle, ich würde Drohungen aussprechen? Habe ich nichts Besseres zu tun?"

„Hast du ihn geschrieben?", hakte Elena ungeduldig nach.

„Natürlich nicht! Meine Nachrichten an ihn beinhalten freundliche Zeilen. Du weißt schon was ich meine!" Augenzwinkernd boxte sie Elena in den Oberarm. „Sonst noch etwas? Ich habe gerade echt viel zu tun, weißt du?"

Enttäuscht schüttelte Elena den Kopf und beobachtete Kathy, die hüftschwingend zurück zu ihrem Tisch ging.

Also bleibt nur Alex! Jetzt hatten sie wenigstens Klarheit.

Als zwei Stunden später Ben zurückkehrte, war ihre morgendliche Wut auf ihn bereits verflogen. Sie wollte ihm so schnell wie möglich ihre neuen Erkenntnisse überbringen.

„Ben? Hast du gerade Zeit?" Elena steckte ihren Kopf durch den Türspalt seines Büros und lächelte ihn erwartungsvoll an.

„Natürlich, komm rein!"

„Ich weiß jetzt, wer den Zettel an dich verfasst hat!"

„Ach ja? Wer?" Neugierig blickte er sie an.

„Alex!"

Enttäuscht lehnte Ben sich in seinem Ledersessel zurück, verschränkte die Arme hinter dem Kopf und streckte seinen Oberkörper. „Das hatten wir doch schon, Elena! Wir waren uns doch sicher, dass auch Dennis und Kathy in Frage kommen. Bevor wir nicht …"

„Das habe ich schon geklärt!", unterbrach Elena ihn hektisch.

Zweifelnd beugte er sich nach vorne. „Was hast du geklärt?"

„Ich habe Dennis und Kathy darauf angesprochen und keiner von beiden hat den Zettel geschrieben."

Bens Blick führte an Elena vorbei durch die Scheibe seines Büros. Er betrachtete seine beiden Kollegen, die konzentriert ihrer Arbeit nachgingen.

„Du hast WAS?", warf er ihr fassungslos entgegen. „Bist du verrückt? Haben wir nicht besprochen, dass wir das anders angehen? Warum unternimmst du etwas hinter meinem Rücken? Und wie kannst du dir überhaupt sicher sein, dass sie dich nicht angelogen haben?"

Mit dieser Reaktion hatte Elena nicht gerechnet. Er sollte sich doch freuen, dass sie einen Fortschritt in ihren Recherchen gemacht hatten. Wenigstens wussten sie jetzt sicher, dass es Alex war.

„Du hast Kathy doch auch wegen der Nachricht auf dem Spiegel angesprochen! Ich dachte …"

„Belauschst du mich etwa? Das ist etwas, womit ich nicht gut umgehen kann, Elena! Ich erwarte von meinen Mitarbeitern absolute Loyalität und Ehrlichkeit!"

„Ich bin ehrlich! Wirf mir nichts vor, was du selbst nicht erfüllst! Kathy hat mir erzählt, dass sie dir ständig Liebesbriefe zukommen lässt. Das hast du mir gegenüber auch verschwiegen! Außerdem hat Dennis erwähnt, dass er mit dir ein Problem hat, bei welchem es wohl um Geld geht. Auch davon wusste ich nichts!"

Ben riss entsetzt seine Augen auf. Das ging zu weit! Elena mischte sich in Sachen ein, die sie einfach nichts angingen.

„Warum interessiert es dich auf einmal, was ich in meinem Privatleben mache? Hast du nicht heute Früh noch erzählt, wir sollten uns nicht mehr treffen, bis die Sache ausgestanden ist?"

„Es interessiert mich nicht, was du privat machst! Aber wenn wir Briefe von Alex bekommen, in welchen er sowohl mich, als auch dich bedroht, dann ist mir das nicht egal! Ich will nicht, dass dir etwas zustößt!" Mit Tränen in den Augen saß sie ihm gegenüber und ärgerte sich, dass sie sich für ihr Interesse, die Angelegenheit zu klären, rechtfertigen musste.

Ben knickte ein. Er konnte seine Wut gegen Elena nicht aufrechterhalten, selbst wenn er es wollte. Er wusste spätestens seit heute Morgen, dass er sich in sie verliebt hatte und gegen die Mauer dieses Gefühls konnten nicht einmal die Waffen der Enttäuschung etwas anrichten.

„Was willst du wissen?", fragte er behutsam.

„Wie meinst du das?"

„Frag mich etwas, ich werde dir antworten!" Ermutigend lächelte er sie an.

„Schreibt dir Kathy immer noch Liebesbriefe?"

„Bist du etwa eifersüchtig?"

„Schon möglich! Also … tut sie es?"

„Ja. Ich bekomme fast täglich eine Nachricht auf mein Handy oder ein paar gekritzelte Worte auf einer Serviette, wenn wir bei einem Geschäftsessen sind. Auch handgeschriebene Briefe hat sie mir schon zugesandt."

„Wie reagierst du darauf?"

„Ich ignoriere sie!"

„Sie war mir gegenüber sehr überzeugend, dass sie so eine Drohung, wie sie auf dem Zettel stand, niemals schreiben würde. Glaubst du trotzdem, dass sie die Nachricht im Badezimmer hinterlassen hat?"

„Möglicherweise! Ich muss mit ihr nochmal darüber sprechen, da wir vorhin von Dennis unterbrochen wurden."

„Erzählst du mir auch von Dennis?", setzte Elena unsicher an.

„Ungern, nur so viel: Er leiht sich seit längerem Geld von mir und dieses Mal habe ich ihn abgewiesen. Deshalb ist er sauer auf mich!"

„Ich glaube nicht, dass er etwas mit der Drohung zu tun hat!"

„Das kann ich mir auch nicht vorstellen! Ich werde jetzt erst einmal mit Kathy klären, was das mit der Nachricht auf dem Spiegel auf sich hat. Und ich bitte dich, uns dieses Mal nicht zu belauschen!"

„Ich habe euch nicht belauscht! Ich stand in der Küche und ihr habt euch nebenan unterhalten. Hätte ich mir die Ohren zuhalten sollen?" Entrüstet verteidigte sie sich.

„Unter diesen Umständen: Ja!" Er stand auf und verließ sein Büro.

Elena blieb auf dem Stuhl vor seinem Schreibtisch sitzen und beobachtete, wie Ben mit Kathy das Großraumbüro verließ.

Kapitel 23

ICH

Mein Weg führt mich ins Bahnhofsviertel. Ich weiß zwar nicht genau, wo man sich hier illegal eine Waffe besorgen kann, aber irgendwie muss das doch möglich sein. In allen Großstädten gibt es Gegenden, in welchen sich die Verstoßenen der Gesellschaft herumtreiben. Und wie in den meisten Großstädten sind es auch in München die Straßen rund um den Hauptbahnhof. Ich ziehe die Kapuze meines Shirts tiefer in mein Gesicht und die Jeansjacke enger um meinen Körper. Mit meiner ausgewaschenen Jogginghose sowie den seit Jahren gerne benutzten Sneakers falle ich unter den hier verkehrenden Personen kaum auf. An einer Ecke stehen zwei junge Frauen, welche auf den nächsten Freier warten.

„Hey! Wisst ihr, wo ich hier was kaufen kann?", frage ich auffällig lässig.

„Was willst du denn kaufen? Stoff oder Frauen?" Kichernd stecken die beiden ihre Köpfe zusammen.

„Eine Knarre!"

Schlagartig erhalte ich ihre Aufmerksamkeit zurück.

„Frag mal da vorne bei Sammy! Das ist der Schwarze mit den goldenen Schuhen!", rät die Blonde der beiden Frauen, welche vermutlich nicht älter als sechzehn Jahre ist.

Mit einem dankenden Nicken ziehe ich weiter zur nächsten Gruppe, welcher der besagte Sammy angehört.

„Hey!", begrüße ich das Quartett.

Mit auffälliger Gestik ignorieren sie mich.

„Hey, ich will was kaufen!", erkläre ich etwas lauter.

Erneut nimmt keiner der Anwesenden Notiz von mir.

„Wenn ihr kein Interesse habt, mit mir ein Geschäft zu machen, dann sagt es gefälligst, aber behandelt mich nicht wie einen eurer Lakaien, die am Straßenrand stehen und darauf warten, dass sie einen Schwanz lutschen dürfen. Ich biete euch viel Geld für gute Ware! Wenn ihr mein Geld nicht wollt, dann gehe ich eben zu einem eurer Konkurrenten. Die wissen vielleicht, wie man mit Kunden umgeht!"

Sammy dreht sich langsam zu mir um, blickt mir ins Gesicht und lächelt verhalten.

„Was willst du denn kaufen?" Seine tiefe Stimme überrascht mich.

„Eine Waffe! Revolver oder Automatik!" Jetzt habe ich sein Interesse geweckt.

„Komm mit!" Er deutet mir, ihm in den Hauseingang zu folgen. Durch die Hintertür verlassen wir das Gebäude wieder und steuern auf einen Streugutbehälter der Stadtwerke zu, welcher am Rand des kleinen Hofes steht.

„Wie viel hast du?", will Sammy geschäftsmäßig von mir wissen.

„Genug!", entgegne ich schlagfertig.

Sammy lacht amüsiert und öffnet den Deckel der großen Truhe. Vor meinen Augen erscheinen verschiedene Waffen aller Art. Von einer kleinen handlichen Frauenpistole für die Handtasche bis zu einer Pumpgun ist alles vorhanden. Nach kurzer Überlegung entscheide ich mich für eine halbautomatische Glock 20, die gut in meiner Hand liegt.

„Wie viel?", frage ich kurz angebunden.

„Fünfzehn!", kommt die prompte Antwort.

„Sorry Großer, aber die kostet im Handel gerade mal einen Tausender!"

„Dann geh doch in den Handel und hol sie dir legal!" Grinsend demonstriert er seine Überlegenheit.

„Ich gebe dir siebentausend und die Patronen sind dabei!", schlage ich versöhnlich vor.

„Wenn du mir deinen Namen sagst, bekommst du sie für zehn!" Sammy war ein knallharter Verhandler.

„Zehntausend? In Ordnung!" Ich greife in meinen Rucksack und ziehe ein weißes Kuvert heraus. Glücklicherweise hat er nicht mehr verlangt, da mir lediglich der geforderte Betrag zur Verfügung steht. Unauffällig zähle ich die Scheine ab und reiche sie dem Mann mit den goldenen Schuhen. Er reicht mir die Waffe nebst einer Schachtel Patronen, gibt sie jedoch noch nicht frei.

„Zuerst deinen Namen!"

„Warum ist der so wichtig?

„Du weißt wie ich heiße, also will ich auch wissen, mit wem ich es zu tun habe", antwortet er nüchtern.

„Alex! Mein Name ist Alex!"

Kapitel 24

ER

Da Ben wusste, dass Kathy gelegentlich gerne eine Zigarette rauchte, führte er sie in den kleinen Park neben dem Bürogebäude und setzte sich mit ihr auf eine Parkbank.

„Womit habe ich denn diese Aufmerksamkeit verdient? Du legst mit mir eine freiwillige Raucherpause ein?" Kathy war ehrlich überrascht.

„Warum drohst du mir?" Ben beschloss, Klartext mit ihr zu reden.

„Ich soll dir drohen? Weißt du, dass Elena mich heute auch schon darauf angesprochen hat?" Sie hoffte, ihn gegen seine neue Eroberung aufbringen zu können.

„Das weiß ich, sie hat es mir erzählt."

„Dann weißt du sicherlich auch, dass ich mit diesem ominösen Zettel nichts zu tun habe. Wie dir bekannt sein dürfte, schreibe ich dir lieber lange, ausführliche Liebesbriefe … und anderes!" Lasziv schmiegte sie sich an ihn.

„Du meinst wohl deine Enthüllungen, mit welchem Sextoy du dich befriedigt hast. Die interessieren mich nicht!"

„Aber du liest sie, oder?" Hoffnungsvoll legte sie ihre Hand auf sein Bein.

Schlagartig rückte Ben ein Stück zur Seite. „Kathy, hör auf! Hast du die Nachricht an meinen Spiegel geschrieben, oder nicht?"

„Spiegel? Auf welchen Spiegel?"

„Du warst gestern Mittag bei mir zu Hause und hast mir deutlich erklärt, dass du es nicht akzeptieren würdest, wenn ich mit Elena zusammen käme. Willst du das etwa bestreiten?"

„Nein! Ich bestreite gar nichts! Aber welcher Spiegel?", fragte sie erneut verwirrt.

„Als ich dich rausgeschmissen habe, wolltest du noch einmal kurz auf die Toilette. Was hast du da getan?"

„Was macht eine Frau wohl auf der Toilette? Sich den Lidstrich nachziehen?" Beleidigt wandte sie sich von ihm ab.

„Kathy, du hast heute Morgen zugegeben, dass du mir eine Botschaft hinterlassen hast! Jetzt streite es nicht ab!" Ungeduldig zeigte Ben seine Empörung.

„Ich habe dir etwas hinterlassen, aber keine Nachricht auf dem Spiegel! Für wie primitiv hältst du mich eigentlich? Hast du meine Botschaft noch nicht gefunden? Du öffnest doch jeden Abend deinen Nachttisch, um ein Pfefferminz zu essen? Ich weiß, dass das eine Angewohnheit ist, die du gerne vor anderen verstecken würdest, aber mir ist es aufgefallen. Auch wenn wir später ins Gästezimmer gezogen sind, weil das Bett dort …"

„Kathy!", unterbrach Ben sie barsch. „Komm zur Sache!"

„Ich will dir ja die Überraschung nicht verderben, aber ich habe dir in deinem Nachttisch eine kleine Botschaft hinterlassen, die dich richtig heiß machen und auf Touren bringen soll!" Sie schmiegte sich an ihn, während ihre Hand über seinen Oberschenkel glitt.

Oh Gott! Ihm wurde übel.

„Jetzt sag mir endlich was es ist!", forderte er sie streng auf und wehrte ihre Berührung ab.

„Es ist mein pinker Slip, der mit den hübschen Spitzen. Ich habe ihn ausgezogen und in deinen Nachttisch gelegt, damit du mich immer bei dir hast, wenn dir danach ist."

Angewidert betrachtete Ben die Frau neben sich. Was hatte er nur jemals an ihr gefunden.

„Und das ist alles?"

„Natürlich! Ist das nicht genug? Ich kann dir das nächste Mal gerne auch etwas anderes geben, wenn dir das nicht reicht!" Sie begriff nicht, dass sie bei Ben auf taube Ohren stieß.

Genervt stand er auf und lief ohne Rücksicht auf Kathy zurück ins Bürogebäude.

Kapitel 25

SIE

Konzentriert ging Elena die neuen E-Mails durch, als völlig unerwartet Ben an ihrem Schreibtisch vorbeirauschte. Schwungvoll schloss er seine Bürotür und versank in seinem bequemen Sessel. Elena konnte auf seinem Gesicht ablesen, dass er genervt war. Als ihre Blicke sich trafen, winkte er sie mit einer kaum sichtbaren Handbewegung zu sich.

„Hast du mit Kathy gesprochen?", eröffnete Elena wenige Momente später behutsam das Gespräch.

„Allerdings!", gab er wütend von sich.

„Und? War sie es?" Zaghaft tastete Elena sich an das aktuelle Thema heran.

„Sie streitet es ab, aber ich glaube trotzdem, dass sie es war. Wer soll es sonst gewesen sein?"

Leise setzte sich Elena ihm gegenüber. Die Anspannung, die von ihm ausging, erfüllte den Raum und schüchterte sie ein.

„Warum glaubst du nicht, dass es Alex war?", hakte sie vorsichtig nach.

„Weil es nicht möglich ist, dass er unbemerkt in mein Haus gekommen ist! Es gab weder Einbruchsspuren, noch hat der Alarm angeschlagen! Es muss Kathy gewesen sein!" Mit einer unbedachten Handbewegung fuhr er sich durchs Haar.

„Hattest du vielleicht sonst irgendeinen Besucher? Oder gibt es jemanden, der einen Schlüssel zu deinem Haus hat?"

Bens Augen verengten sich. „Nur Henja! Meine Putzfrau! Sie kommt einmal in der Woche, mittwochs!"

„Vielleicht hat sie …", setzte Elena sachte an.

„Nein! Henja ist die treueste Seele, die ich kenne! Außerdem ist sie fast Sechzig und verheiratet!" Kopfschüttelnd wies Ben ihre Anschuldigung ab.

„Und wenn Alex ihr den Schlüssel gestohlen hat, damit er unbemerkt ins Haus konnte?", grübelte Elena laut.

„Warum legst du so viel Wert darauf, dass es Alex war? Es scheint fast so, als würdest du dir *wünschen*, dass er mit der Sache zu tun hat!"

„Das stimmt doch gar nicht! Ich mache mir nur ernsthaft Sorgen! Du weißt, was meinen Ex-Freunden zugestoßen ist! Ich nehme solche Drohungen ernst!"

„Hat es damals auch Drohungen gegeben? Ich meine, bevor deine … Männer diese Unfälle hatten?"

„Nein!", antwortete sie spontan, kam jedoch im selben Moment zu einer Überlegung. „Aber möglicherweise haben sie persönlich irgendwelche Nachrichten erhalten, von welchen sie mir nichts erzählt haben."

„Ich glaube immer mehr daran, dass es diesen Alex überhaupt nicht gibt. Die Unfälle deiner Freunde waren tatsächlich schreckliche Unglücke und die Drohungen kommen von Kathy, die sich meiner Meinung nach etwas zu weit aus dem Fenster lehnt. Am besten ignorieren wir sie, dann wird sie schnell wieder damit aufhören!"

„Und woher sollte sie von Florian, Tobias und Christoph wissen?"

„Heutzutage kannst du alles googeln! Kathy ist die beste Ermittlerin, die ich kenne. Deshalb habe ich sie schließlich eingestellt! Wenn jemand eine Leiche im Keller vergraben hat, findet Kathy sie!"

„Mein Bauchgefühl sagt mir aber etwas ganz anderes! Ich denke, es ist besser, wenn wir uns vorerst nicht mehr nach Büroschluss treffen", flüsterte Elena traurig.

„Ist das dein Ernst? Du lässt dich von einer eifersüchtigen Kollegin einschüchtern?"

„Nein! Ich höre auf mein Bauchgefühl! Und das sagt mir, dass ich dein Leben gefährde, wenn ich mich weiterhin mit dir treffe!"

„Wie lange willst du das durchziehen?", fragte Ben wenig begeistert.

„Solange es dauert! Bitte versuch mich wenigstens zu verstehen! Ich glaube nicht, dass Tobias und Christoph an einem zufälligen Unfall gestorben sind. Selbst wenn ich mir das nur einrede, ändert es nichts daran, dass ich es mir mein Leben lang vorwerfen werde, wenn ich jetzt gegen dieses warnende Gefühl handele und dir etwas zustößt." Offensichtlich hatten ihre Tränendrüsen wieder ausreichend Flüssigkeit gebildet, denn sie konnte die Tränen in diesem Moment nicht mehr zurückhalten.

Mit gesenktem Kopf verließ sie sein Büro und kehrte zu ihrem Schreibtisch zurück.

Kapitel 26

ER

Seit fast zwei Wochen beschränkte sich sein Kontakt zu Elena lediglich auf die geschäftliche Zusammenkunft im Büro. Er vermisste sie. Wenn er abends alleine auf dem Sofa saß, schalt er sich einen törichten Jungen, der einer Beziehung mit einem Mädchen nachtrauerte, welche niemals bestanden hatte. Sie hatten sich noch nicht einmal geküsst – und trotzdem war da ein Gefühl der Leere in seiner Brust, welches er unbedingt mit ihrer Anwesenheit ausfüllen wollte. Jeden Abend saß er mit seinem Smartphone in der Hand da und überlegte, ob er sie anrufen sollte. Aber jedes Mal, wenn er ihre Nummer wählte, ging die Mailbox dran und er legte auf, ohne eine Nachricht zu hinterlassen.

Im Büro ging sie ihm aus dem Weg. Nur selten begleitete sie ihn zu Geschäftsessen, meistens schickte sie Kathy vor, um ihm auszurichten, dass sie sich nicht wohl fühle und deshalb lieber im Büro bliebe. Kathy kamen die offensichtlichen Ausreden ihrer Kollegin zur rechten Zeit, so konnte sie sich vor Ben als kompetente Begleitung erweisen.

Als Ben an diesem Freitagabend erneut alleine zu Hause saß, überlegte er, ob er es wagen sollte, Elena einfach abzuholen, um mit ihr ins Kino oder zum Essen zu fahren. Er hatte keine Lust, sich erneut mit Tim und seinen Freunden zu treffen. Letztes Wochenende war er ziemlich versumpft - in Alkohol und Selbstmitleid. Die Joints die er sich nebenbei reingezogen hatte, halfen ihm dabei, sich zu entspannen und die Sehnsucht nach Elena für einige Momente zu vergessen. Die Erkenntnis, dass sich die Frau, welche er liebte, von ihm abwandte, traf ihn jedoch jeden Morgen erneut mit voller Wucht.

Vollkommen in Gedanken versunken, merkte er plötzlich, wie Zorro auf seinen Schoß sprang. In seinem Maul hatte er einen weißen Briefumschlag, welchen er auf Bens Bein ablegte.

„Hey Kleiner! Was bringst du mir denn da?" Zorro war ein außergewöhnlicher Kater. Er verhielt sich gelegentlich wie ein Hund, der Bälle oder Socken apportierte, um sein Herrchen aufzufordern, mit ihm zu spielen.

Ahnungslos drehte Ben den Umschlag in seiner Hand. Er war unbeschrieben.

„Wo hast du den Brief her, Zorro?", wandte er sich verblüfft an seinen Kater, der jedoch lieber schnurrend zu seiner Rechten lag, als Fragen seines Herrchens zu beantworten.

Neugierig öffnete Ben das Kuvert und zog das Schriftstück heraus. Für den Bruchteil einer Sekunde schoss ihm ein beunruhigender Name ins Gedächtnis: Alex! Im nächsten Moment jedoch wusste er, von wem der Brief war.

Lieber Ben,

du hast gesagt, du unterstützt mich nicht mehr. Das ist dein gutes Recht! Jedoch möchte ich dich darauf hinweisen, dass DU *derjenige warst, der damals sagte, er würde immer in meiner Schuld stehen. Du würdest mich immer unterstützen, wenn ich deine Hilfe benötigte. Warum weist du mich dann ständig ab, jetzt, wo ich ein letztes Mal auf deine Hilfe angewiesen bin? Ich könnte dir mit unserer gemeinsamen Vergangenheit drohen, ich könnte deinem Chef erzählen, was du in deiner Jugendzeit getrieben hast, aber ich vermute, das schüchtert dich nicht mehr ein. Glaube mir, ich mache das nur ungern, aber es geht dieses Mal um* mein *Leben!*

Gib mir das Geld, sonst könnte es sein, dass Elena etwas zustößt!

Ich werde mir die Hände nicht selbst schmutzig machen, dafür schätze ich Elena als Kollegin zu sehr, aber ich könnte den Männern, welche mich bedrohen, erklären, dass Elena das nötige Druckmittel ist, um an ihr Geld zu kommen. Ich kenne ihre Adresse! Denen ist es egal, wen sie verletzen oder töten, Hauptsache sie bekommen ihre Kohle!

Überlege es dir gut! Ich gebe dir bis morgen Mittag, 12 Uhr Zeit! Melde dich!

Fassungslos senkte Ben den Brief. Und plötzlich baute sich eine solche Wut in ihm auf, dass er nach dem nächsten Gegenstand griff, der sich in seiner Nähe befand und ihn mit voller Wucht an die gegenüberliegende Wand warf. Leider war das ausgerechnet sein Handy, welches krachend zu Boden fiel.

Dennis! Dieser Mistkerl! Wie konnte er es wagen, Elena zu bedrohen? Wenn er nicht bis morgen das Geld besorgte, war sie ernsthaft in Gefahr. Die Geldeintreiber, mit welchen es Dennis zu tun hatte, hegten keinerlei Skrupel, eine unschuldige Frau zu verletzten, um an ihr Geld zu kommen. Er musste sofort mit Dennis reden! Ihn davon abhalten, Elenas Namen preis zu geben! Am besten gab er ihm einfach das Geld!

Er hörte das Klingeln, nahm es aber nicht wahr. Erst nachdem kräftig an die Haustüre gehämmert wurde, schreckte er hoch. *Wer ist da?* Ein Blick auf die Uhr verriet ihm, dass er seit zwei Stunden in der mittlerweile eingebrochenen Dunkelheit saß, ohne von seiner Außenwelt Notiz genommen zu haben. Das war bestimmt Dennis, der eine Antwort von ihm wollte. Die konnte er haben!

Fest entschlossen stand er auf, stürmte zur Haustüre und riss sie auf. „Wenn du glaubst …", brüllte er los, ohne seinen Besucher zu identifizieren. Als er erkannte, wer vor ihm stand, fiel seine Aggression augenblicklich ab. „Elena?", stieß er überrascht aus.

„Geht es dir gut?", wollte sie besorgt wissen.

„Was machst du hier?", kam die irritierte Gegenfrage.

„Ich habe mir Sorgen um dich gemacht. Du gehst nicht an dein Handy und …" Ihre zitternde Stimme unterstrich ihre Worte.

„Komm erst mal rein!" Ben blickte sich suchend auf der Straße um, bevor er die Türe wieder schloss.

Als sie das Wohnzimmer betraten, schaltete Ben das Licht an. Er bemerkte sein zerstörtes Smartphone am Boden und hob es auf.

„Was ist passiert? Warum ist dein Handy kaputt?" Ängstlich wartete Elena auf eine Antwort.

„Das ist jetzt nicht wichtig! Warum bist du hier? Hat dich jemand bedroht?"

Abschätzend beobachtete Elena ihn. Er wirkte desorientiert und verwirrt. Die Haare standen ihm wirr vom Kopf ab, seine Augen musterten sie angsterfüllt. Dabei müsste eigentlich sie Angst haben - um ihn!

„Ich hatte einen Traum, aber … geht es dir wirklich gut?", hakte sie unsicher nach.

„Was für einen Traum? Bist du deshalb hergekommen?" Sie setzten sich gemeinsam aufs Sofa.

„Ich habe geträumt, dass du erschossen wurdest. Als ich aufwachte, wollte ich dich sofort anrufen, aber dein Handy war aus. Ich dachte …", brach sie überwältigt ab.

„Es war nur ein Traum! Mir geht es gut!" Spontan nahm Ben sie in die Arme und zog sie an sich. Er konnte nachempfinden, was sie gefühlt hatte, ihm ging es vor zwei Stunden nicht anders. Sie lagen sich länger in den Armen, als es eine freundschaftliche Geste erfordert hätte. Schließlich schaute sie zu ihm auf. Als sich ihre Blicke trafen wussten sie beide, dass sie sich der Anziehungskraft nicht länger entziehen konnten.

Bens Lippen umschlossen ihren Mund und einigten sich mit ihren Lippen zu einem innigen Kuss. Als er sie wenige Minuten später hochhob und ins Gästezimmer trug, wehrte sie sich nicht gegen die bevorstehende Zweisamkeit. Sie genoss jede Berührung und jeden Kuss, ohne dabei auch nur einmal an Alex zu denken.

Kapitel 27

SIE

Sie wachte am nächsten Morgen auf und bemerkte sofort, dass die Matratze neben ihr leer war. Mit einem wohligen Gefühl erinnerte sie sich an die vergangene Nacht. Obwohl sie nur wenig Schlaf hatte, fühlte sie sich ausgeruht und wohl. Wie konnte sie nur glauben, sich einer Liebe, wie der zu Ben, entziehen zu können? Keine Drohungen der Welt konnten die Gefühle in ihr abstellen! *Alex!* Schlagartig verkrampfte sich ihr Magen, sie spürte, wie sich die Übelkeit ausbreitete. Sie sprang aus dem Bett, stürmte geradewegs ins Badezimmer und übergab sich in die Toilettenschüssel.

Als sie wenige Minuten später in die Küche kam, stand Ben bereits am Herd und verbreitete mit seinen Kochkünsten den Duft von gebratenen Eiern. Lächelnd drehte er sich zu ihr um. „Guten Morgen! Hast du gut geschlafen?" Er begrüßte sie mit einem liebevollen Kuss.

„Sehr gut! Nur etwas wenig, schätze ich!" Verlegen senkte sie den Blick.

„Alles in Ordnung mit dir?" Besorgt betrachtete er ihr blasses Gesicht.

„Mir war nur etwas übel, aber es geht schon wieder."

„Musstest du dich übergeben?", fragte er beunruhigt.

Elena nickte stumm.

„Muss ich mir Sorgen um dich machen? Ich meine, kann es sein, dass …" Sein Blick fiel auf ihren Bauch.

Elena verstand sofort, auf was er hinauswollte und fing laut an zu lachen. „Von wem wurdest du denn aufgeklärt? Nach der ersten Nacht kann ich kaum schon Schwangerschaftssymptome haben! Außerdem nehme ich die Pille!" Zur Bestätigung ihrer Sorglosigkeit boxte sie ihm in die Seite.

„Dann bin ich ja beruhigt! Ist dir immer noch schlecht?", fragte er fürsorglich.

„Alles wieder gut! Ich dachte nur einen Augenblick an Alex und da …"

„Hey!" Mit einem Schritt stand Ben sofort vor ihr und nahm sie liebevoll in den Arm. „Du hast selbst gesagt, du hattest früher nie Drohbriefe von Alex bekommen! Trotzdem hatten deine Freunde schreckliche Unfälle, für die keiner etwas kann! Schon gar nicht du! Alex ist irgendein Spinner, dem es Spaß macht unschuldigen Leuten zu drohen. Wenn wir ihn nicht mehr beachten, wird er uns auch in Ruhe lassen!" Seine Worte waren Balsam auf ihrer Seele. *Vielleicht hat Ben recht?*

Zehn Minuten später bekam sie die Antwort!

„Was ist eigentlich mit deinem Handy passiert?", fragte sie ihn, während sie sich ein Stück der aufgeschnittenen Tomate in den Mund schob.

„Ich war wütend und habe es an die Wand geschmettert!"

„Hast du öfters solche Wutausbrüche? Muss ich mich vor dir in Acht nehmen?" Neckend rempelte sie ihn leicht an.

Ben hatte bereits am gestrigen Abend beschlossen, Elena nichts von dem Brief zu erzählen. Er sah keine Notwendigkeit darin, sie unnötig zu beunruhigen. Er würde Dennis heute das Geld übergeben und damit wäre die Sache erledigt.

„Wo ist eigentlich Zorro?" Suchend blickte Elena sich in der Küche um.

„Zorro!", rief Ben laut und schnalzte mit der Zunge. Ihm fiel erst jetzt auf, dass sein junger Kater sein Frühstück noch nicht eingefordert hatte. „Zorro! Komm mein Junge, wo bist du?" Er blickte aus dem Fenster auf die Terrasse und blieb wie angewurzelt stehen. „Oh, nein!", flüsterte er entsetzt. Im nächsten Moment stürmte er ins Wohnzimmer, riss die

Terrassentür auf und trat auf die grauen Betonplatten. Vor ihm lag der reglose Körper des schwarz-weißen Katers in seiner eigenen Blutlache, die Augen weit geöffnet. Der unbekannte Täter schnitt dem armen Tier die Kehle durch und ließ es grausam verbluten.

Als Elena auf die Terrasse hinaustrat schrie sie instinktiv auf und schlug sich ihre Hand vor den Mund. Ben erkannte sofort, dass für Zorro jede Hilfe zu spät kam, für Elena jedoch nicht. Als er sich umdrehte bemerkte er gerade noch, wie sie in sich zusammensackte. Er fing sie blitzschnell auf und trug sie ins Wohnzimmer, wo er sie auf dem weichen Sofa absetzte.

Verwirrt öffnete sie die Augen. „Ben? Was ist los?"

„Du bist ohnmächtig geworden."

Ihr Blick fiel auf die Terrasse und sofort überfiel sie die Erinnerung an Zorro, der auf so grausame Weise getötet wurde.

„Du musst die Polizei rufen! Das war Alex! Ganz sicher!", stammelte sie mit bleichem Gesicht.

„Ich bin mir da nicht sicher! Außerdem unternimmt die Polizei bei einer toten Katze nichts. Tiere gelten rechtlich als Sachen und der Mord an ihnen wird höchstens als Sachbeschädigung behandelt. Ich glaube, ich weiß, wer das war!"

„Wer?", wollte Elena neugierig wissen.

„Dennis!"

„Dennis?" Elenas Gesicht nahm einen Ausdruck an, als würde er ihr gerade erklären, der Papst hätte für Abtreibung gestimmt. „Wie kommst du auf diese abwegige Idee? Warum sollte Dennis so etwas machen?"

Augenblicklich brach Ben sein Versprechen sich selbst gegenüber, Elena nichts von Dennis' Brief zu erzählen.

„Erinnerst du dich an das Geld, welches er von mir wollte und ich ihm verweigert habe?"

Sie nickte kurz.

„Er hat mir gestern mit einem Brief gedroht, dich zu verletzen, wenn ich ihm das Geld nicht geben würde."

„Er hat WAS? Das glaube ich nicht!" Ungläubig rückte Elena ein Stück von ihm weg. „Welcher Brief? Dieser hier?" Sie hielt ein Stück hellblaues Papier in die Höhe, welches auf dem Tisch lag und erst jetzt von ihr bemerkt wurde. Nach seinem Gesichtsausdruck zu urteilen, hatte Ben den Brief auch erst jetzt entdeckt. Er nahm ihr die Nachricht aus der Hand und las zuerst leise, dann laut vor:

Wer nicht hören will -
muss fühlen!

Ben dachte augenblicklich an Dennis, obwohl er nicht verstand, warum dieser Zorro umbringen sollte. Er hatte ihm bis heute Mittag Zeit gegeben zu antworten und Ben hatte gegen acht Uhr morgens bei dem Jüngeren angerufen und ihm mitgeteilt, dass er das Geld noch am selben Tag erhalten würde, solange er Elena aus dem Spiel lasse.

Elena dagegen dachte sofort an Alex. Sie war sich sicher, dass Zorro sterben musste, weil sie sich mit Ben eingelassen hatte. Er hatte auch in der Vergangenheit immer erst zugeschlagen, nachdem sie mit dem betreffenden Mann im Bett war.

„Was machen wir jetzt?", unterbrach sie die drückende Stille.

„Nichts!"

„Nichts?"

„Ich fahre zu Dennis! Du kannst hierbleiben, wenn du willst! Aber zuerst bringe ich Zorro weg." Gefasst stand er auf, holte aus der Küche einen Müllbeutel und betrat die Terrasse. Elena konnte und wollte das nicht mit ansehen und hielt sich währenddessen in der Küche auf.

Anschließend ging Ben nach oben und zog sich hastig an. Elena folgte ihm nachdenklich.

„Ich kann mir einfach nicht vorstellen, dass Dennis deinen Kater tötet!"

Ben hatte im Moment keine Lust auf eine Diskussion, deshalb speiste er sie mit einer kurzen Erklärung ab. „Er hat mir mitgeteilt, dass er die Drecksarbeit nicht selbst machen würde, sondern irgendwelche Typen dich verletzen, falls ich ihm das Geld nicht gebe. Ich fahre jetzt zur Bank und bringe ihm die scheiß Kohle!", erzählte er wütend. „Kein Geld der Welt ist dein Leben wert! Oder das von Zorro!", ergänzte er leise.

Elena runzelte die Stirn. Sollte sie sich so in Dennis getäuscht haben? Er wurde ihr gegenüber bisher erst einmal etwas barsch, als sie ihn mit der ersten Nachricht auf dem Zettel konfrontierte. Sonst war er immer freundlich und zuvorkommend.

Eilig zog Ben sich seine Schuhe an und nahm die Lederjacke vom Haken an der Garderobe. „Ich beeile mich! Ich muss allerdings noch kurz ein neues Handy besorgen, das Alte ist wohl hinüber. Wartest du hier?", fragte er hoffnungsvoll.

„Klar! Ich habe heute nichts vor. Ben? Kannst du vielleicht die Alarmanlage anschalten, wenn du gehst? Mir ist nicht wohl dabei, allein in diesem großen Haus zu bleiben!"

Schmunzelnd beugte er sich zu ihr hinunter und gab ihr einen liebevollen Kuss. „Das Haus ist überhaupt nicht groß! Und hör auf, dich vor diesem Alex zu fürchten! Das war Dennis!"

„Im Vergleich zu meiner kleinen Wohnung ist das hier ein Palast!", rief sie ihm noch hinterher, dann schloss sich die Türe und sie hörte das leise Piepen der eingeschalteten Alarmanlage.

Elena ging ins Obergeschoss, duschte und blickte ängstlich auf den sich beschlagenden Spiegel, der jedoch keinerlei Buchstaben mehr aufwies. Anschließend zog sie sich an und begab sich in die Küche, um das Frühstück abzuräumen. Obwohl sie es vermeiden wollte, das Wohnzimmer zu betreten, weil ihr Blick dann automatisch auf die blutverschmierte

Terrasse fallen würde, zog es sie magisch an. Sie setzte sich aufs Sofa und blickte sich um. Seit ihrem ersten Besuch vor zwei Wochen hatte sich nicht viel verändert. Lediglich die kleine Schramme an der Wand war neu, verursacht durch Bens Handywurf. Plötzlich entdeckte sie die Ecke eines weißen Zettels, welcher unter dem Sofa hervor lugte. Offensichtlich war er auf den Boden gefallen und unter das Möbelstück geraten. Sie zog ihn heraus und las die Nachricht.

Lieber Ben,

du hast gesagt, du unterstützt mich nicht mehr. Das ist dein gutes Recht! ...

Nachdem sie den ganzen Brief gelesen hatte, legte sie ihn schockiert in ihren Schoß. Warum machte Dennis das? Sie las ihn erneut und fragte sich anschließend, warum Ben glaubte, Dennis hätte Zorro umgebracht. Das ergab doch überhaupt keinen Sinn! Nachdem sie den Brief zum dritten Mal gelesen hatte, kam eine andere Frage in ihr auf. *Was war in Bens Vergangenheit vorgefallen, dass Dennis ihn damit erpressen konnte?*

Plötzlich klopfte es an der Haustüre. Elenas Rücken versteifte sich augenblicklich. Am besten tat sie so, als wäre niemand zu Hause. Ben war ja tatsächlich nicht da – und von ihrer Anwesenheit konnte ja niemand wissen! Neugierig schlich sie dennoch zur Türe und spionierte durch das kleine Seitenfenster hinaus. Als sie den Besucher erkannte, hielt sie schlagartig die Luft an. *Oh nein! Es war der Typ vom Restaurant! War das Alex? Was wollte er hier?*

„Hallo?", rief der ungebetene Besucher und klopfte erneut an die Türe. „Ich weiß, dass Sie da drinnen sind! Sie brauchen sich nicht zu verstecken, ich habe Sie vorhin gesehen!"

Elena sank in die Knie. Sie fing an zu zittern und bekam Schweißausbrüche. *Was will der hier? Was will der von mir?*

„Ich wohne einige Häuser neben Ihnen und habe ein Paket für Sie angenommen!", rief der Mann gegen die geschlossene Tür.

Das kann ja jeder behaupten! Er will nur, dass ich ihm die Türe öffne, damit er ... Damit er was? Elena, reiß dich zusammen! Das ist nicht Alex!

„Ich kann es auch wieder mitnehmen, aber ich fahre jetzt eine Woche in Urlaub und dachte, Sie hätten es gerne vorher!" Er schien nicht aufgeben zu wollen.

„Stellen Sie es vor die Türe!", rief Elena spontan aus. Im nächsten Moment hätte sie sich für diese Unachtsamkeit am liebsten geohrfeigt. *Was zum Teufel ist in dich gefahren?*

Bei seinen nächsten Worten gefror ihr das Blut in den Adern. „Sind Sie Elena?"

Sie saß zusammengekauert neben der Tür und rührte sich keinen Millimeter. Sie traute sich nicht einmal zu atmen. *Alex! Es kann nur Alex sein! Er kennt meinen Namen! Woher sollte ein angeblicher Nachbar meinen Namen kennen?*

„In Ordnung! Ich lege das Paket und den Brief hier ab, aber beschweren Sie sich nicht, wenn es gestohlen wird! Der Brief lag übrigens auf dem Boden neben dem Pflanzkübel!"

Leise vernahm sie die sich entfernenden Schritte des Mannes. Wie ein verschüchtertes Tier krabbelte sie hoch und schielte aus dem Fenster. Sie erkannte den Mann, wie er drei Eingänge weiter sein Haus betrat. Vorsichtig öffnete sie die Haustüre und betrachtete das vor ihr liegende Paket. Während sie noch überlegte, ob sie es aufheben sollte, schrillte plötzlich ein lauter Alarm los, der sich durch das schnelle Schließen der Türe zwar abstellen ließ, jedoch offensichtlich als stiller Alarm fortbestand. *Verdammt!* Schnell öffnete sie erneut die Haustüre, zog das Paket in den Flur und schloss sie wieder.

Auf dem Absender des Paketes las sie *Fressnapf*. Augenblicklich zog sich ihr Magen zusammen. Ben hatte Katzenfutter bestellt – für Zorro! Auf dem großen Paket lag ein Kuvert, auf welchem in geschwungenen Lettern *Elena* stand. Der Nachbar sagte, der Brief wäre auf dem Boden neben der Tür gelegen, aber stimmte das auch? Oder hat er ihn selbst geschrieben und wollte ihn ihr persönlich übergeben?

Ihre Neugier überstieg die Angst, so dass sie ungeduldig den Brief öffnete.

Liebe Elena,

es tut mir leid, dass wieder jemand sterben musste, aber warum hast du das getan? Beende es endlich, bevor die Person zu Schaden kommt, die du wirklich liebst!

Alex

Elena raufte sich die Haare. Sie glaubte durchzudrehen, wenn sie nicht endlich erfuhr, wer dieser Alex war. Was er wollte, wusste sie genau. Er wollte, dass sie sich von Ben fernhielt. Und er wusste, dass sie letzte Nacht mit ihm geschlafen hatte. Aber woher?

Plötzlich hörte sie den Schlüssel im Schloss. Die Tür öffnete sich und Ben tippte eilig eine Zahlenkombination in das kleine Gerät neben dem Eingang. Als er Elena am Boden erblickte, beugte er sich besorgt zu ihr hinunter. „Was ist passiert? Wollte jemand einbrechen?"

Sie war so froh, dass er hier war, dass sie ihm schluchzend in die Arme fiel. Sie drückte sich an ihn, ohne auf seine Frage zu antworten.

Mit der Ferse kickte Ben die Haustüre zu, dann entdeckte er das große Paket der Futterlieferung.

„Ohje! Hat dich das Paket so aus der Fassung gebracht?", vermutete er mitfühlend.

„Alex war da! Er hat mir einen Brief gegeben! Er weiß, dass wir heute Nacht zusammen waren und er droht damit, dich umzubringen! Und er hat Zorro getötet!" Mit wenigen Sätzen schmetterte sie ihm ihre Erkenntnis entgegen und überreichte ihm den neuen Drohbrief.

„Was? Er war hier? Du hast ihn gesehen?"

„Ja! Aber ich habe die Türe nicht aufgemacht!"

„Kennst du ihn?"

„Nein! Er sagte, er wäre dein Nachbar und er habe dieses Paket für dich angenommen. Dann hat er angeblich diesen Brief neben dem Pflanzenkübel gefunden. Ich bin erst hinaus, als er schon weg war."

„Mein Nachbar?"

„Ich habe gesehen, wie er drei Eingänge weiter in das Haus gegangen ist", berichtete Elena von ihrer Beobachtung.

„Dann schauen wir mal, wer das ist!" Ben öffnete die Türe und wollte gerade hinausgehen, als Elena ihn zurück hielt.

„Bitte nicht! Er wird dich umbringen!", bettelte sie weinerlich.

„So ein Schwachsinn! Am helllichten Tag bringt man keine Menschen auf der Straße um!", entgegnete Ben zuversichtlich.

„Hast du schon mal Nachrichten gesehen? Außerdem sind Tobias und Christoph …"

„Elena!", unterbrach Ben sie. „Mir wird nichts passieren, in Ordnung?"

Ängstlich nickte sie und ließ den Mann ihres Herzens gehen.

Erneut beobachtete sie durch das schmale Seitenfenster die Nachbarhäuser. Dieses Mal sah sie Ben, der sich auf das betreffende Haus zubewegte, klingelte und einen Moment später mit einer Person sprach, die sie jedoch nicht erkennen konnte, weil sie sich außerhalb ihres Blickfeldes befand. Sie starrte auf Ben und versuchte in seinen Gesichtszügen zu erkennen, ob er sich in Gefahr befand. Nach einem kurzen Gespräch wandte er sich lächelnd ab und kam zurück.

„Was hat er gesagt?", wollte Elena sofort nach seiner Rückkehr wissen.

„Erschrecke bitte nicht, aber er heißt tatsächlich Alex. Alex Richter! Er ist vor zwei Wochen erst hier eingezogen, daher kannten wir uns noch nicht. Er war ziemlich irritiert, dass du ihm die Tür nicht geöffnet hast. Ich sagte ihm, du wärst nackt gewesen und konntest ihm deshalb nicht gegenübertreten."

„Nackt?" Erschrocken riss Elena die Augen auf.

„Alles in Ordnung! Er hat es mir abgenommen! Er ist ein netter Kerl!" Ben erzählte das in einem Ton, als gäbe es die vielen Drohbriefe nicht.

„Findest du es nicht komisch, dass er auch Alex heißt und gerade mal zwei Wochen hier wohnt? Genau so lange, wie der erste Brief zurückliegt?" Elena ließ sich nicht so leicht täuschen, wie Ben. „Und woher weiß Alex wohl, dass ich heute Nacht hier war?"

„Elena! Ich glaube nach wie vor nicht, dass dieser Alex mir etwas antun wird. Willst du etwa, dass ich Herrn Richter bei der Polizei anzeige? Nur auf den Verdacht hin, weil er Alex heißt?"

Hoffnungsvoll schaute sie ihn an. „Warum bin ich nicht selbst auf diese Idee gekommen! Sie müssen sein Alibi und seine Herkunft überprüfen, außerdem nehmen sie dann seine Fingerabdrücke!", sprudelte es aus Elena heraus.

„Langsam! Ich werde ihn nicht anzeigen! Wir haben überhaupt nichts gegen ihn in der Hand!"

„Doch! Wir haben die Drohbriefe! Die Polizei muss überprüfen, ob sie von ihm stammen!"

„Auf unseren Wunsch hin werden die überhaupt nichts unternehmen. Und nur weil Herr Richter Alex mit Vornamen heißt, werden sie ihn nicht gleich auf die Wache bitten!"

Entmutigt sank Elena zusammen. „Müssen wir warten, bis er dich umgebracht hat?"

„Vermutlich ja, aber das wird nicht geschehen! Das verspreche ich dir!" Ben nahm sie in die Arme und küsste sie.

Er hoffte, ihr die Sorgen damit nehmen zu können, was ihm jedoch nicht gelang. Angespannt kuschelte sie sich an seine Brust und starrte in den Garten, vorbei an dem Ort, an welchem Zorro so grausam starb.

„Ich möchte in meine Wohnung. In diesem Haus …“, brach sie schmerzvoll ab.

„Das verstehe ich. Die Ereignisse haben sich in den letzten Stunden überschlagen. Zorro war ein lieber unschuldiger Kater.“ Erst jetzt nahm Ben sich die Zeit, über das Geschehene nachzudenken und um den Verlust seines treuen Haustieres zu trauern.

„Kommst du mit?“ Elena schaute zu ihm auf.

„Ich fahre dich selbstverständlich!“

„Ich meine – kommst du mit zu mir nach Hause und bleibst bis morgen?“ Hoffnungsvoll blickte sie ihn an. Statt einer Antwort erhielt sie sein Lächeln, welches in diesem Moment mehr sagte, als tausend Worte.

Kapitel 28

ICH

Armer schwarzer Kater! Ich habe nichts gegen Tiere. Im Gegenteil, sie sind nicht so verdorben, eitel und egoistisch wie die Menschen. Sie folgen lediglich ihren Instinkten, sowohl beim Töten als auch bei der Fortpflanzung. Sie missbrauchen den Partner nicht zu ihrem eigenen Vergnügen! Ich wollte ihn nicht töten, aber mir blieb keine andere Wahl. Wie sonst sollte ich meine Worte, die kontinuierlich ignoriert werden, unterstreichen und verdeutlichen, dass ich es ernst meine? Ben belächelt meine Drohungen und glaubt nicht einmal, dass es mich wirklich gibt. Ha! Jetzt bezahlt er die Rechnung dafür! Und Elena lässt sich noch immer von ihren Gefühlen leiten. Ihre lächerliche Liebe zu diesem Mann ist größer, als die Furcht ihn zu verlieren. Aber auch das wird sich ändern!

Warum musste sie sich auch auf ihn einlassen, mit ihm schlafen und ihm ihren wertvollen Körper schenken? Ohne Rücksicht darauf, was sie mir - was sie uns - damit antut! Sie weiß nicht, wie sehr ich darunter leide, wenn ein Mann sie berührt – welchen körperlichen Schmerz ich allein bei der Vorstellung daran ertragen muss.

Und jetzt musste dieser arme Kater sterben, nur damit sie wachgerüttelt wird. Das war meine letzte Warnung! Wenn sie sich jetzt nicht endlich gegen ihre falschen Gefühle wehrt und ihn verlässt, werde ich eingreifen.

Und zwar endgültig!

So, wie die letzten Male!

Ich werde ihn umbringen!

Kapitel 29

ER

Als Ben sein Auto vor dem großen Hochhaus in Neuperlach parkte, fing es bereits an zu nieseln. Sie stiegen hastig aus und eilten zum Hauseingang. Bevor beide den Fahrstuhl betraten, leerte Elena pflichtbewusst ihren Briefkasten, der neben etlichen Werbeprospekten auch einen grauen Briefumschlag enthielt. Argwöhnisch las sie den Absender: *Dr. Kempfer, Notar.* Während der Fahrt in den zehnten Stock des Gebäudes betrachtete sie den geschlossenen Brief in ihren Händen.

„Was will denn ein Notar von mir?"

„Mach ihn auf, dann weißt du es!", ermutigte Ben sie.

„Ich habe in letzter Zeit echt genug von Überraschungen in Briefen. Was ist, wenn das wieder eine Nachricht von Alex ist? Vielleicht hat er sie nur gut getarnt?" Sie wusste selbst, dass sie langsam paranoid wurde, allerdings war das bei den Ereignissen der letzten Tage auch kein Wunder.

„Dieser Alex ist kein Genie! Er ist ein armer Stalker, der dich verängstigen will!"

„Er hat Zorro umgebracht!", erinnerte sie ihn wütend.

„Das Leben besteht aus den unglaublichsten Zufällen. Und du hast sicher schon gehört, dass es Fanatiker gibt, die den Satanskult ausleben und regelmäßig Katzen töten. Wir können nicht beweisen, dass es Alex war." Ben wollte einfach nicht glauben, dass eine der Drohungen möglicherweise schon in die Tat umgesetzt wurde.

Mit einem leichten Ruck hielt der Fahrstuhl an und die automatischen Türen öffneten sich. Beleidigt steuerte Elena auf ihre Wohnungstüre zu. „Warum sträubst du dich dagegen? Warum kannst du dir nicht einfach eingestehen, dass es ihn wirklich gibt und er ein böser Mensch ist?" Sie steckte den

Schlüssel in das Schloss und öffnete die Türe. Gemeinsam betraten sie die ordentliche Wohnung.

„Darum geht es doch überhaupt nicht! Es ist einfach untypisch, dass er dir nur droht, aber sich niemals zeigt! Wenn ihm etwas an dir liegt, dann müsste er doch Kontakt zu dir aufnehmen wollen. Warum hält er sich versteckt und spricht dich nicht direkt an?"

„Ist das dein Ernst? Du machst dir mehr Sorgen darüber, dass er mich nicht persönlich bedroht, als dass er deine Katze getötet hat?" Fassungslos warf sie den Brief auf den Tisch, während sie die Prospekte im Papierkorb entsorgte.

„Das habe ich nicht gesagt! Du drehst mir die Worte im Mund um!" Wütend nahm er wahr, dass sich ihre Unterhaltung zu einem Streitgespräch entwickelte.

„Das stimmt nicht, du hast …" Plötzlich stand er vor ihr, schlang die Arme um ihren Körper und küsste sie.

„Ich will nicht mit dir streiten! Schon gar nicht über einen Typen, der etwas dagegen hat, dass wir zusammen sind. Wir müssen rausfinden, wer er ist, nur so können wir die Sache beenden", erklärte er liebevoll.

„Dann fangen wir am besten bei deinem Nachbarn an", schlug sie hartnäckig vor.

Resignierend ließ er sie los und schaute ihr fest in die Augen. „In Ordnung! Auch wenn ich mir sicher bin, dass Alex Richter nicht der ist, den wir suchen, werde ich die Polizei auf die Namensgleichheit hinweisen. Ich fahre sofort morgen Früh auf die Polizeiinspektion und spreche mit einem der Beamten. Zufrieden?"

Still nickte sie und kostete lediglich in Gedanken ihren kleinen Sieg aus. Anschließend wandte sie sich ab und ging ins Schlafzimmer. „Ich zieh mir schnell was Frisches an."

Bens Blick fiel währenddessen auf das ungeöffnete Kuvert auf dem Tisch. „Soll ich den Brief für dich öffnen?", schlug er freundlich vor.

„Ja, bitte! Wahrscheinlich ist das auch nur Werbung!"

Ben riss den Umschlag auf und zog das Schriftstück heraus. Nachdem er es überflogen hatte, runzelte er die Stirn.

„Was steht drin?", fragte Elena, die soeben wieder zurück ins Wohnzimmer kam.

„Es ist jemand gestorben!", flüsterte er nachdenklich. Im nächsten Moment las er die ersten Zeilen laut vor:

Sehr geehrte Frau Sattler,

leider müssen wir Ihnen mitteilen, dass Frau Magdalena Pruß am 7. September verstorben ist.

...

„Kennst du diese Frau?" Neugierig schaute Ben auf.

Langsam nickte sie. „Das ist meine Oma!"

„Das tut mir leid! Der Notar schreibt weiter, dass er den Nachlass deiner Oma verwaltet und am 12. September die Beerdigung stattfindet. Das ist übermorgen, am Dienstag!"

Elena sank auf das Sofa. Ihre Gedanken schweiften ab in die Zeit, als sie bei ihrer Großmutter wohnte. Sie war keine besonders herzliche Frau, aber sie ließ Elena ungestört aufwachsen, was ihr in den Pflegefamilien zuvor nicht möglich war.

„Fährst du zur Beerdigung?", riss er sie aus ihren Gedanken.

„Ich glaube schon. Würdest du mich begleiten?" Flehend sah sie ihn an.

„Nach Bremen? Das sind über sechs Stunden Autofahrt! Ich habe am Mittwoch einen wichtigen Termin, den ich nicht absagen kann!"

„Dann fliegen wir eben! Wir könnten nach der Beerdigung sofort zurückfliegen und wären am Dienstagabend wieder hier." Sie wollte auf keinen Fall alleine die Reise in ihre Vergangenheit antreten.

126

Ben hasste es, wenn seine Termine so knapp aufeinander lagen, dass er keinen Puffer für unvorhersehbare Ereignisse hatte. Er wusste nur zu gut, dass immer etwas dazwischenkommen konnte. Die Beerdigung dauert länger – der Flug hat Verspätung – die Besprechung wird nach vorne verlegt! Aber beim Blick in Elenas traurige braune Augen wusste er auch, dass seine Entscheidung bereits gefallen war.

„Dann muss ich aber morgen im Büro eine Extraschicht einlegen, um die Vorbereitungen für den Termin abzuschließen. Kümmerst du dich um den Flug?"

„Danke!" Elena fiel ihm um den Hals und küsste ihn überschwänglich. Sie konnte sich nicht erklären, warum sie sich auf die Reise freute, aber ihr Bauchgefühl drängte sie zurück in die Stadt, in welcher sie ihre Kindheit verbracht hatte.

Kapitel 30

SIE vor elf Jahren

Es war Elenas vierzehnter Geburtstag. Ihre Pflegeeltern wollten ihr eine schöne Feier ausrichten, aber sie wehrte sich gegen jegliche Freundlichkeit und Liebe. Sie beschimpfte und ignorierte die verzweifelten Eheleute genauso, wie sie es bei den vorherigen Pflegefamilien gemacht hatte. Sie wollte keine neuen Eltern! Wenn sie ihre eigenen Eltern nicht haben konnte, dann gar keine! Das Jugendamt sah schließlich nur noch die Möglichkeit, Elena in ein Erziehungsheim einzuweisen, sollte nicht doch noch die letzte Verwandte sich dazu entschließen, das Kind bei sich aufzunehmen. Völlig unerwartet meldete sich Magdalena Pruß in diesen Tagen beim Jugendamt und teilte mit, dass sie Elena gerne zu sich nehmen würde. Einen Tag später stand der Umzug an.

Elena erinnerte sich noch gut an ihre Oma. Sie war eine lustige, liebevolle Frau, die ihre grauen Haare gerne zu einer Hochsteckfrisur drapierte. Als sie ihrer Großmutter jedoch an diesem Tag gegenüberstand, erkannte sie diese nicht wieder. Mit strengen Gesichtszügen, tiefen Falten um die Mundwinkel und an der Stirn, fixierte die alte Frau das Kind. Elena lief ein kalter Schauder über den Rücken, als sie dieser fremden Frau, die eigentlich ihre liebe Oma sein sollte, übergeben wurde. Ihre Hoffnung, endlich wieder einem ihrer vertrauten Familienmitglieder nahe sein zu können, zerplatzte augenblicklich.

Als sie wenig später ihr neues Zuhause betrat, erkannte sie alles wieder. Die große Küche, in welcher Oma mit ihr immer Plätzchen gebacken hatte, versprühte noch denselben Duft. Der überdimensionale Ohrensessel, welcher mittlerweile offensichtlich geschrumpft war, stand noch immer neben der Heizung am Fenster. Sogar das kleine Gästezimmer, in welchem Elena als Kind immer schlafen durfte, war unverändert. Sie kannte jedes der einzelnen Stofftiere auf dem Bett beim Namen. Vom Igel bis zum Tiger, alle waren noch da. Nur die Herzlichkeit ihrer Oma war verschwunden. Sie redete nur wenig und wenn sie etwas zu sagen hatte, waren es meistens Regeln und Zurechtweisungen.

„Du kannst in dem Bett schlafen, das kennst du ja schon. Aber lass dir nicht einfallen, dass du hier in der Wohnung rauchst!" Mit strengem Blick schaute Oma sie an.

„Ich rauche überhaupt nicht!", versuchte Elena zu erklären.

„Du gehst regelmäßig zur Schule und hilfst mir bei schweren Hausarbeiten! Deine freie Zeit kannst du verbringen wie du willst. Aber schleppe mir ja keine Freunde an, ich mag keine fremden Leute in meiner Wohnung!" Das waren die Regeln und daran hielt sie sich auch.

Eines Abends bekam Elena starke Bauchschmerzen. Als sie auf die Toilette ging, entdeckte sie in ihrem Slip eine rote Blutlache. Schreiend lief sie zu ihrer Oma.

„Oma, ich bin krank! Ich verblute!" Nachdem sie ihrer Großmutter die schrecklichen Einzelheiten ihrer tödlichen Krankheit erzählt hatte, erwartete sie beruhigende Worte oder zumindest Trost bezüglich der unsagbaren Schmerzen. Ihre Oma starrte sie jedoch nur kalt an. „Du stirbst nicht! Nimm die Binden, die im Bad liegen und wechsle sie regelmäßig!"

Elena war außer sich. Sie verstand nicht, warum ihre Großmutter so kaltherzig war, warum sie sich seit damals so verändert hatte. Aus ihrer Verzweiflung heraus schrie sie ihre Oma an: „Warum bist du so gemein zu mir? Früher warst du immer lieb, hast mit mir gekuschelt und mich gerne gehabt! Jetzt bist du nur noch ein kalter, gemeiner Brocken! Was habe ich dir denn getan?" Tränen des Kummers liefen ihr über die Wangen.

Blitzschnell sprang ihre Oma auf und stand einen Augenblick später direkt vor ihr. Mit erhobenem Zeigefinger schrie sie zurück. „Das fragst du noch? Wegen dir sitzt meine Tochter im Gefängnis! Deine Mutter wollte dich beschützen, nur deshalb hat sie das getan!"

Elena fiel die Kinnlade hinunter. Die Anschuldigung traf sie mitten ins Herz. Sie sollte schuld daran sein, dass ihre Mutter im Gefängnis saß? Aber sie hatte doch überhaupt nichts gemacht! „Wegen mir? Warum?", stotterte sie verwirrt. Aus ihrer Oma war jedoch keine weitere Information mehr herauszubekommen. Als diese sich besann, was sie gerade von sich gegeben hatte, kehrte sie schnell zurück zu ihrem Sessel, nahm das Strickzeug in die Hände und ignorierte ihre Enkeltochter, wie sie es die Wochen zuvor bereits tat.

Seit diesem Abend hatte Elena eine vage Vorstellung, warum ihre Großmutter so verbittert und streng war. Sie vermisste ihre Tochter! Genauso, wie Elena ihre Mutter vermisste! Sie trugen dasselbe Schicksal und konnten sich trotzdem nicht gegenseitig trösten.

Als Elena vier Jahre später auszog, verlief der Abschied sehr kühl. Ihre Oma sah nicht einmal von ihrer Zeitschrift auf, als ihre Enkeltochter sich mit einem kleinen Koffer in der Hand verabschiedete.

Kapitel 31

ER

Am Dienstagmorgen fuhren sie gemeinsam zum Flughafen München, stellten den roten Mazda im Parkhaus ab und gingen zum Gate, wo sie auf den unbequemen Stühlen auf ihr Boarding warteten. Elena kuschelte sich müde an Bens Schulter, während er konzentriert die Unterlagen studierte, welche er am nächsten Tag zum Verhandlungsgespräch vorlegen musste.

Als sie schließlich im Flieger auf ihren Plätzen saßen, wandte Elena sich kleinlaut an ihn.

„Ich muss dir etwas beichten."

Neugierig blickte er auf. „Ist es so schlimm?" Lächelnd ermutigte er sie, weiterzureden.

„Als du am Samstag bei Dennis warst und ich alleine bei dir zuhause, da … habe ich den Brief entdeckt … den von Dennis meine ich", begann sie zögernd.

Wissend nickte er. „Und du hast ihn gelesen?"

„Es tut mir leid! Ich wusste nicht, dass er so privat ist … ich dachte, er würde dir einfach nur drohen!"

Er drehte seinen Kopf zur Seite und blickte stumm aus dem Fenster.

„Bist du jetzt sauer? Es tut mir wirklich leid! Ich weiß, dass ich das von deiner Vergangenheit nicht erfahren soll und …", plapperte sie entschuldigend drauf los.

„Schon gut! Willst du es wissen?", unterbrach er sie ruhig.

„Was wissen?"

„Mit was Dennis mich erpresst hat? Ich meine außer damit, dass er dir etwas antun wollte!"

„Nur wenn du es wirklich erzählen willst! Eine gute Beziehung hält auch ein paar Geheimnisse aus!"

„Das hast du schön gesagt!" Zärtlich küsste er ihre Lippen. „Ich bin mir nur nicht sicher, ob du mich anschließend noch mit denselben Augen siehst. Oder ob du mich für das, was ich getan habe, verachtest."

„Hast du jemanden umgebracht?" Sie lachte, obwohl ihr nicht danach zumute war.

„Nein! Dazu kam es glücklicherweise nicht. Aber nachdem du meine Geschichte erfahren hast, wirst du verstehen, warum ich nicht will, dass mein Chef davon erfährt. Ich erzähle dir das nur, weil ich dir vertraue und will, dass du alles von mir kennst. Auch meine dunkle Vergangenheit, auf die ich in keinster Weise stolz bin."

„Ich werde dich nicht verachten! Dafür sind meine anderen Gefühle viel zu stark!" Liebevoll strich sie ihm über seinen Unterarm.

Ben lehnte sich zurück und begann zu erzählen:

„Meine Kindheit war sorgenfrei und behütet. Erst in der Pubertät fingen die Schwierigkeiten an…"

Kapitel 32

ER vor dreizehn Jahren

Ben zog eine Zigarette aus der ihm angebotenen Schachtel und steckte sie sich in den Mund. Er befand sich mit fünfzehn Jahren für alt genug rauchen zu dürfen. Seine Eltern waren in seinen Augen nur Spießer. Während seiner Kindheit hatten sie kaum Zeit für ihn, schoben ihn an Au-Pair-Mädchen ab, die abends und an den Wochenenden auf ihn aufpassen mussten. Unter der Woche befand er sich in einer privaten Ganztagsschule, die nach Meinung der gutbetuchten Eltern ihr Geld dadurch verdiente, dass sie jedes der mehr oder minder begabten Kinder bis zur Hochschulreife führte und selbstverständlich erst mit einem guten Abschluss entlasse. Ben fügte sich den Vorstellungen seiner Eltern, bis kurz vor seinem fünfzehnten Geburtstag. Da lernte er Marion und Kai kennen, beide bereits ein Jahr älter als er und in seiner Schule als die heimlichen Anführer bekannt. Wer mit ihnen befreundet war, hatte von anderen Schülern nichts mehr zu befürchten. Ben war eigentlich kein typisches Opfer, er war eher ruhig und zurückgezogen. Er stellte keine großen Ansprüche an sein Leben, spielte am liebsten Strategiespiele wie *Anno* oder *Die Siedler* und befolgte im Großen und Ganzen die Regeln seines Elternhauses.

Die beiden Schüler wurden erst auf Ben aufmerksam, als sie sitzen blieben und in seine Klasse kamen. Sie suchten neue Anhänger für ihre Clique, die bereits aus mehr als zehn Jungen und Mädchen verschiedenen Alters bestand. Bisher hatte Ben die beiden immer nur aus der Ferne beobachtet, hatte mehr Angst als Interesse an ihnen und war froh, nicht von ihnen beachtet worden zu sein. Als Marion ihn jedoch am zweiten Schultag ansprach und fragte, ob er mit zum See kommen wolle, war es um ihn geschehen. Er verliebte sich augenblicklich in ihre schönen grünen Augen. Ab diesem Tag war er ihr fast hörig. Er veränderte sein Aussehen, sein Verhalten und seine Prioritäten. Sofern seine Eltern überhaupt noch Interesse an seinem Leben zeigten, diskutierten sie dieses mit den Lehrern, die sie für jegliche Defizite in Bens Erziehung verantwortlich machten. Es war nur eine Frage der Zeit, bis Ben über Zigaretten zu Joints und später zu härteren Drogen kam. Ein Jahr nach ihrem Kennenlernen kam er mit Marion zusammen. Sie experimentierten mit verschiedenen Pillen und liebten sich anschließend im Rausch der Betäubungsmittel, bis sie erschöpft zusammenbrachen. Irgendwann reichten ihnen die Pillen und Joints nicht mehr. Sie griffen zu Heroin. Während Ben ziemlich schnell zu Crystal Meth umstieg, weil ihm ein Konsum durch die Nase lieber war, als sich Spritzen zu setzen, blieb Marion an der bekanntesten Droge der Welt hängen. Sie brauchte immer mehr von dem farblosen Pulver und setzte sich bereits ein Jahr später den goldenen Schuss. Zu dieser Zeit war Ben bereits nicht mehr mit ihr zusammen. Die Umstände, welche ein von der Abhängigkeit gesteuerter Konsum von Drogen mit sich brachte, ließ keinen Raum für Beziehungen. Vereinfacht gesagt: Ben brauchte Geld! Anfangs stahl er aus den gut gefüllten Geldbörsen seiner Eltern ein paar Scheine, was nicht sonderlich auffiel. Eines Tages jedoch beschlossen diese, nicht mehr so viel Bargeld mit sich zu führen und zahlten sämtliche Ausgaben nur noch mit der Kreditkarte. Ben erbat mehrfach Vorschüsse auf sein Taschengeld, was ihn allerdings nicht lange über Wasser hielt. Er überlegte einen Job an der Kasse eines Supermarktes anzunehmen, war jedoch von dem angebotenen Stundenlohn von 8,50 EUR nicht gerade begeistert. Schließlich traf er durch Zufall am Hauptbahnhof auf Kai, der an einer Wand lehnte und eine Zigarette rauchte.

„Hey, Kai! Was machst du denn hier? Wartest du auf jemanden?", begrüßte er seinen Schulkameraden.

„Eigentlich schon, warum?", kam die gelangweilte Gegenfrage.

„Ich brauch Kohle! Weißt du zufällig, wo ich ordentlich verdienen kann?" Er fragte mehr aus Gewohnheit heraus, da er grundsätzlich nach dieser Frage eine lachende Absage erhielt.

„Klar! Wenn du dir für den Job nicht zu schade bist!", erklärte Kai abschätzend.

„Ich bin mir für nichts zu schade. Ich brauch den Stoff, um die Schule zu schaffen. Ohne Schule bekomme ich kein Taschengeld mehr, und ohne Geld keinen Stoff!"

„Ich verdiene einen Hunderter in der Stunde!", gab Kai stolz an.

„Echt? Was musst du dafür machen?" Bens Interesse war geweckt.

„Meistens nur die Beine breit, manchmal auch was anderes!" Kai beobachtete die Reaktion seines Schulkameraden genau.

Bevor Ben verstand, um welchen Job es sich handelte, wurde Kai von einem Mann im schwarzen Anzug angesprochen.

„Hallo Kai! Hast du Zeit?"

„Klar!" Kai drehte sich zu Ben und zwinkerte ihm verschwörerisch zu. „Bis später!"

Anschließend trottete er mit dem Anzugträger in Richtung Toiletten.

Ben wurde schlecht. Er glaubte, sich übergeben zu müssen. Glücklicherweise war sein Magen leer, daher bestand keine Gefahr, dass er mitten auf den Bahnhofsplatz kotzen würde. Angewidert lief er nach Hause.

Am nächsten Morgen kam er kaum aus dem Bett. Hektisch durchsuchte er seine Jeanshose, die Jackentasche und seinen Geldbeutel. Alles leer! Schließlich erinnerte er sich wieder, dass er die letzte Dosis gestern vor der Schule genommen hatte. Er begann zu zittern, bekam Schweißausbrüche und vor seinen Augen flimmerte es. *Das schaffe ich nicht!* Er wusste, dass die

Schule mit der Anwesenheit der Schüler sehr streng umging und unentschuldigte Fehlzeiten sofort den Erziehungsberechtigten mitgeteilt wurden. Seine Eltern erwarteten nicht viel von ihm – nur, dass er regelmäßig zur Schule ging und einen guten Abschluss machte. *Aber ohne Meth schaffe ich das nicht!* Bens Gedanken kreisten nur noch um den Stoff. Und plötzlich fiel ihm Kai ein, wie er lässig an der Wand in der Bahnhofshalle lehnte und seinen Freier empfing. Ben dachte immer, dass Männer, die sich bei Strichern den Sex erkauften, alte, eklige Typen wären. Kais Kunde jedoch war gepflegt, gut gekleidet und hatte sich vornehm ausgedrückt. Er wusste in diesem Moment selbst, dass er versuchte, sich diesen Job schönzureden. Aber er sah keine andere Wahl! Er brauchte den Stoff! Jetzt!

So schnell er konnte, schlüpfte er in seine Klamotten, schnappte sich seinen Schulrucksack und verließ das Haus. Er machte absichtlich einen Umweg über den Hauptbahnhof, um sein guterzogenes Ego, das sich gegen sein Vorhaben vehement sträubte, zu überlisten. Er redete sich ein, dass er neugierig sei, ob sich überhaupt ein Freier für ihn interessieren würde. Möglicherweise konnte er ihm das Geld abziehen, ohne die gewünschte Leistung dafür erbringen zu müssen. Er wollte es wenigstens versuchen.

Lässig, mit den Händen in den Hosentaschen, lehnte er sich an die Mauer, mit Blick über das Bahnhofsgelände. Es dauerte nur fünf Minuten, da wurde er von einem älteren Mann angesprochen. Beruhigend nahm Ben zur Kenntnis, dass er einen Anzug trug und gepflegt aussah.

„Hast du Zeit?", wollte der Kunde freundlich wissen.

Stumm nickte Ben, seine Kehle war wie zugeschnürt. Er folgte dem unbekannten Mann in die Toilette.

„Sind fünfzig o.k.?", wollte der Anzugträger wissen.

„Wofür?", platzte es aus Ben heraus.

Skeptisch betrachtete der Kunde seinen Auserwählten. „Handarbeit?"

In Bens Hirn ratterte es unablässig. Er wägte in Sekundenbruchteilen ab, ob er es machen sollte oder nicht. *Handarbeit! Ich schließe einfach meine Augen und stelle mir vor, es ist mein Ding, welches ich bearbeite!*

Noch bevor er dem Freier zugesagt hatte, zog dieser Ben in eine der Kabinen und stand mit heruntergelassener Hose vor ihm. Mit einer Mischung aus Neugier und Ekel fasste Ben das steife Glied des Fremden an und rieb es nach dessen Wünschen. Sein Vorsatz, dabei an sein eigenes Ding zu denken, funktionierte nicht eine Sekunde. Es war einfach nur eklig und erniedrigend, was er hier tat. Glücklicherweise war der Kunde schneller als erwartet fertig und überreichte Ben zufrieden den Fünfzig-Euro-Schein. Nachdem Ben sich ausgiebig die Hände gewaschen hatte, führte sein Weg umgehend in eine andere Ecke des Bahnhofes, an welcher er seinen heißersehnten Stoff bezog. Noch an Ort und Stelle konsumierte er das Pulver, indem er es tief durch die Nase einzog. Erst danach ging er beruhigt und hoch konzentriert in die Schule, wo sein Fehlen in der ersten Unterrichtsstunde noch nicht einmal aufgefallen war, da Französisch an diesem Tag entfiel.

Die kommenden Tage und Wochen nutzte Ben immer häufiger den Hauptbahnhof, um das benötigte Geld zu beschaffen. Dass die Freier mittlerweile auch andere Leistungen von ihm forderten, redete er sich mit dem hohen Verdienst schön, außerdem wurde es irgendwann zur Routine, mit welcher jeder Stricher umzugehen wusste.

Es kam, wie es kommen musste: Bens Eltern erfuhren durch einen Bekannten von seiner ungewöhnlichen Nebentätigkeit und warfen ihren siebzehnjährigen Sohn aus dem elterlichen Haus. Da keiner seiner Freunde ihn bei sich aufnehmen konnte oder wollte, blieb ihm nichts anderes übrig, als am Bahnhof zu übernachten. Er gesellte sich auf eine Stufe mit den Pennern und Obdachlosen, welche er vor kurzer Zeit noch verächtlich belächelt hatte.

In einem abgelegenen Teil des Bahnhofgeländes fand er eine Schlafmöglichkeit. Er war der einzige Gast, der hier sein Lager aufschlug. Das ging drei Nächte lang gut, in der vierten Nacht tauchte jedoch eine Bande Jugendlicher auf, die nach einem hilflosen Opfer Ausschau hielt. Mit Bierflaschen bewaffnet steuerten sie grölend auf den schlafenden Ben zu. Dieser hörte die Betrunkenen zwar, versuchte jedoch sich nicht zu bewegen, um keine unnötige Aufmerksamkeit auf sich zu ziehen. Der Plan funktionierte nicht!

Der erste Tritt traf ihn im Rücken. Die nächsten zwei Schläge spürte er an den Beinen und am Kopf. Als ihn eine Hand am Kragen packte und umdrehte, riss er wütend die Augen auf. „Haut ab, ihr Idioten! Lasst mich gefälligst in Ruhe!", schrie er laut und fuchtelte mit den Armen um sich. Als er plötzlich das Blitzen einer Messerklinge erkannte, bekam er Panik. Er sprang auf und rannte los. Leider viel zu langsam, denn der bewaffnete Jugendliche holte ihn nach wenigen Metern ein und warf ihn zu Boden. Er setzte sich auf Bens Brust und nahm ihm somit jegliche Bewegungsfreiheit. Dann hob er in einer theatralischen Geste sein Messer in die Höhe und legte es langsam an Bens Kehle.

„Dafür wirst du bezahlen, du Penner!"

Ben spürte den Druck, den die scharfe Klinge auf seinen Hals ausübte, er erkannte das Leuchten in den Augen des Wahnsinnigen, der Gefallen daran fand, einen wehrlosen Obdachlosen abzustechen.

„Sag Goodbye!", zischte er Ben mit ekelerregendem Atem entgegen, als im nächsten Moment der Kopf des Betrunkenen zur Seite schleuderte. Bewusstlos blieb er neben Ben liegen.

„Los, steh auf!", rief ein Junge mit grüner Strickmütze ihm zu. Ben griff nach der angebotenen Hand und wurde von seinem Retter auf die Beine gezogen. „Schnell! Wir müssen abhauen, bevor die anderen wiederauftauchen!" Im nächsten Moment rannte der Junge los und Ben folgte ihm, ohne einen weiteren Gedanken an den Verletzten zu verschwenden.

Als sie wenige Minuten später schwer atmend in einem Hauseingang hielten, blickte Ben sich nach seinen Verfolgern um. Die Straße war menschenleer.

„Danke! Warum hast du mir geholfen?", fragte Ben überrascht.

„Was ist das denn für eine blöde Frage? Glaubst du ich schaue zu, wie diese Ärsche einen wehrlosen Mann abstechen? Ich habe dich schon länger beobachtet und fast erwartet, dass das eines Nachts passiert. Du hast dir einen ungünstigen Platz zum Schlafen ausgesucht!"

„Ich wollte nicht bei den Pennern liegen!" Aus Bens Worten war Verachtung zu hören.

„Vorsicht! Pass auf, was du sagst! Du bist selbst ein Penner!" Der Junge ging in den Hauseingang, dessen Türe offenstand. Erst jetzt bemerkte Ben, dass es sich um ein unbewohntes Haus handelte. Ein sogenanntes Abrisshaus, von welchen es in Berlin einige gab.

„Komm mit!" Der Junge winkte Ben zu sich und lief die Treppe ins zweite Obergeschoss hinauf. Dort befand sich in einem der leeren Räume ein Schlafsack, ein großer Rucksack, eine Kiste, welche als Tisch verwendet wurde sowie mehrere Kanister Wasser.

„Lebst du hier etwa?", fragte Ben überrascht.

„Besser als der Bahnhof, oder?", antwortete der Junge. Ben schätzte ihn jünger als sich selbst ein, konnte sich aber durchaus auch irren.

„Wie hast du es vorhin geschafft, dass die anderen Typen plötzlich verschwunden sind?", wollte er von seinem Retter wissen.

„Ich kenne die Bande. Vor einer Woche habe ich sie vor den Bullen gewarnt, so dass sie noch rechtzeitig abhauen konnten. Ich habe vorhin einfach behauptet, dass ein Stück weiter vorne ein reicher Schnösel mit seiner Kohle umher wirft."

„Und das haben sie geglaubt?"

„Offensichtlich! Sonst wären sie nicht wie die Irren dorthin gelaufen!" Grinsend amüsierte sich der Junge über seine funktionierende Lüge.

„Wie heißt du?", wollte Ben plötzlich wissen.

„Dennis und du?"

„Ich bin Ben. Wie alt bist du, Dennis?"

„Fünfzehn!"

„Warum wohnst du nicht bei deinen Eltern?" Ben war entsetzt, dass ein Junge von fünfzehn Jahren auf der Straße lebte.

„Das willst du nicht wissen! Gehst du anschaffen?", konfrontierte der Jüngere ihn direkt.

Als Ben nicht antwortete lachte Dennis. „Ich weiß, dass du es machst! Ich habe dich gesehen, Mann! Der Bahnhof ist mein Zuhause! Ich kenne jeden Stricher, jeden Freier und jeden Dealer. Du brauchst also nichts zu erzählen. Ich weiß mit wem du in der Toilette verschwunden bist und ich kenne deinen Lieblingsdealer. Vor mir bleibt nichts geheim!"

Erstaunt betrachtete Ben den Jungen vor sich. „Wie lange lebst du hier schon?", fragte er verwundert.

„Seit einem Jahr etwa! Meine Alte ist mit ihrem neuen Freund abgehauen und mein Vater hat sich ins Grab gesoffen. Da stellte mich das Jugendamt vor die Entscheidung: Pflegefamilie oder Heim. Ich entschied mich für die Familie, weil man da leichter abhauen kann. Tja, eine Woche später fuhr ich per Anhalter von Hamburg nach Berlin und seitdem bin ich hier."

„Und von was lebst du?", fragte Ben interessiert.

„Ich mach den gleichen Job wie du, nur dass es vor einem Jahr noch einfacher für mich war, bevor ich so schnell gewachsen bin. Damals ging ich noch als Kind durch, wenn du verstehst was ich meine. Da habe ich das Doppelte verdient, wie heute. Aber ich kann mich nicht beschweren, habe mittlerweile meine Stammfreier, die mich gut behandeln und bezahlen."

Plötzlich wurde Ben nachdenklich und kleinlaut.

„Ich verdanke dir mein Leben! Das werde ich dir nie vergessen!"

„Schon gut! Ich komme bei Gelegenheit darauf zurück!", versicherte Dennis mit einem jungenhaften Augenzwinkern. „Was hat dich auf die Straße getrieben? Deine Eltern?"

Gute Frage! „Ja, auch!", antwortete Ben schnell, bevor er in sentimentales Schweigen verfiel.

„Wenn du willst, kannst du hier pennen! Ist sicherer als auf der Straße!"

Seit diesem Tag verbrachten Ben und Dennis jeden Abend zusammen in ihrer kleinen *Wohnung*, wie sie die vier kahlen Wände nannten. Sie freundeten sich an und unterhielten sich sowohl über die guten, als auch die schlechten Dinge ihres Lebens. Ben ging weiterhin zur Schule, er konnte nicht erklären warum, aber solange sie ihn dort nicht hinauswarfen, wollte er versuchen, das Abitur zu schaffen, um wenigstens Aussicht auf eine gesicherte Zukunft zu haben. Wie sich diese als obdachloser Jugendlicher mit einem eindeutigen Drogenproblem entwickeln sollte, wusste er jedoch nicht.

Eines Tages stand ein Mann vor ihm, der in keiner Weise einem typischen Freier entsprach. Er wirkte eher wie ein Sozialarbeiter, der sich für die Person hinter dem Problem interessierte, nicht für den jungen Körper als Sexobjekt. Er hieß Hans und erzählte, dass Ben seinem verstorbenen Sohn ziemlich ähnlichsah. Er kam jeden Tag zur gleichen Zeit, unterhielt sich einige Minuten mit Ben und ging dann wieder. Es war ein Mittwoch im August, als Hans den Mut aufbrachte, den Jungen zu sich nach Hause einzuladen.

„Keine Angst! Ich will mich wirklich nur mit dir unterhalten. Ich habe Kuchen gekauft und du kannst eine kalte Cola haben, oder auch Kaffee wenn du willst. Ich weiß nicht genau, was junge Männer, in deinem Alter trinken." Unsicher plapperte er darauf los. Ben sah ihm an, dass er nervös war, konnte diese Aufregung jedoch nicht richtig deuten. Vielleicht war er ein Perverser, der besondere Sexspielchen mit ihm veranstalten wollte? Oder er war ein Geisteskranker, dessen Ziel es war, ihn in seiner Wohnung abzuschlachten? Ben war durch das Leben auf der Straße mittlerweile gut geschult im Umgang mit *besonderen Menschen*. So bezeichnete er die Personen, die ihre sexuellen Fantasien bei Prostituierten auslebten. Er erkannte sie bereits aus der Ferne, an ihrem Blick, ihrem Gang sowie ihrer Haltung. Bei Hans traf keines dieser Merkmale zu. Er war einfach nur nett und auffällig zurückhaltend. Ben glaubte, dass Hans sich einfach nicht von seinem verstorbenen Sohn trennen konnte und ihn deshalb täglich auf der Straße besuchte.

„Ich weiß nicht … ich muss Geld verdienen. Wenn ich den ganzen Nachmittag mit dir verbringe, gehen meine Freier zu einem Konkurrenten", jammerte Ben in seiner gespielten Naivität. Er wusste mittlerweile auch, wie man einem Kunden ein paar Euro mehr aus der Tasche ziehen konnte.

„Ich zahle dir den Ausfall! Sag mir einfach, wie viel du willst!" Ein solches Angebot hatte Ben bisher noch nie bekommen. *Wo ist der Haken? Ist er doch pervers?* Skeptisch betrachtete Ben den kleinen Mann. Er war ihm körperlich überlegen, außerdem sagte ihm seine Menschenkenntnis, dass er keiner dieser *besonderen Menschen* war. Plötzlich hatte er eine Idee.

„Wäre es denn in Ordnung, wenn ich meinen Freund mitnehme, damit er weiß, wo ich bin? Er geht dann auch gleich wieder", schlug Ben vorsichtig vor.

„Natürlich, gar kein Problem!", antwortete Hans umgehend, was Ben in seiner Annahme bestätigte, dass dieser Mann nichts Böses im Schilde führte.

Ben und Hans gabelten unterwegs Dennis auf und verließen gemeinsam die Innenstadt. Sie fuhren mit der Bahn ein Stück außerhalb in eine schöne Wohngegend, mit Einfamilienhäusern und schicken Vorgärten. Viel angenehmer, als die Gegend, in welcher Ben aufgewachsen war. Dort waren nur riesige Villen, welche von hohen Zäunen abgeschirmt waren.

Hans gab Dennis großzügig fünfzig Euro, damit dieser sich auf den Rückweg zum Bahnhof machen konnte. Anschließend öffnete er die Tür zu seinem kleinen Reich.

„Ich habe dir ja schon erzählt, dass du meinem Sohn sehr ähnlich siehst. Das ist er! Marcel war damals dreizehn Jahre alt!" Hans hielt ein Foto in die Höhe, welches einen hübschen Jungen zeigte. Sein Lächeln entblößte eine Zahnspange und auf der Nase befanden sich vereinzelt Sommersprossen. Ben erkannte ehrlich gesagt nicht viele Gemeinsamkeiten zwischen sich und Marcel, außer den braunen Haaren und den blauen Augen. Aber er wollte Hans die Illusion nicht nehmen.

„Willst du ein Stück Kuchen?"

„Danke, gerne!", antwortete Ben freundlich.

„Ich habe von Anfang an bemerkt, dass du kein typisches Straßenkind bist. Mich würde interessieren, welche Umstände dich dorthin verschlagen haben. Aber wenn du nicht willst, musst du es mir nicht erzählen."

„Ich nehme Drogen und brauche das Geld, das ich auf dem Strich verdiene!"

„Oh! So einfach ist das also heutzutage", nachdenklich kratzte er sich seine hohe Stirn. Ben bemerkte, dass Hans zögerte, sich nicht traute, weiterzureden.

„Was willst du wirklich von mir, Hans?" Mit festem Blick fixierte er den kleinen Mann auf dem Stuhl.

„Ich … äh … das ist mir etwas unangenehm", stotterte er los. „Kannst du dir vorstellen … äh … hier zu wohnen?"

Also doch! Ben warf das Stück Kuchen, von welchem er bereits zweimal abgebissen hatte, zurück auf den Teller und stand auf. „Das mache ich nicht, Hans! Ich binde mich nicht an einen Freier, der dann die Macht über mich hat. Ich möchte selbst entscheiden, wem ich einen runterhole und wem nicht."

Abwehrend hob Hans die Hände. „Nein! Nein! Du verstehst das falsch!", bettelte er regelrecht um Aufmerksamkeit.

„Ich glaube nicht! Tut mir leid!" Ben drehte sich um und stürmte zur Haustüre.

„Bitte gehe nicht!", schrie Hans ihm hinterher. „Hör dir erst an, was ich dir anbiete! Wenn du dann trotzdem gehen willst, werde ich dich nicht aufhalten, versprochen! Aber lass mich bitte zuerst ausreden!". Verzweifelt stand er im Flur.

Ben drehte sich langsam um. Argwöhnisch betrachtete er den Mann vor sich.

„Würdest du dich noch einmal kurz hinsetzen? Bitte!" Hans deutete mit einer ausladenden Handbewegung auf den Stuhl im Wohnzimmer. Gemeinsam gingen sie zurück in den gemütlichen Raum und setzten sich gegenüber.

„Ich möchte dir eine sichere und gute Zukunft ermöglichen. Du sollst hier bei mir wohnen, ohne auf den Strich gehen zu müssen. Du hast die Möglichkeit dein Abitur zu machen und zu studieren. Ich komme für deinen Unterhalt auf und gewähre dir monatliches Taschengeld."

„Und warum solltest du das alles für einen Fremden machen?", hakte Ben nach.

Hans sank in sich zusammen. Er begann zu schluchzen und hielt sich dabei die Hände vors Gesicht. „Ich will meinen Sohn zurück! Seit seinem dritten Lebensjahr war ich alleinerziehend! Meine Frau ist an Brustkrebst gestorben, ich hatte nur noch ihn. Ich habe ihn geliebt und verwöhnt, bis eines Tages dieser betrunkene Autofahrer um die Ecke raste und mir meinen Jungen nahm. Er war erst dreizehn Jahre alt! Seitdem bin ich nur noch ein halber Mensch. Ich kann das Leben nicht mehr genießen. Ich habe versucht mich umzubringen, aber selbst das wollte mir nicht gelingen. Ich gehe tagtäglich zur Arbeit, komme abends nach Hause und sitze vor dem Fernseher, bis ich schlafen gehe. Was ist das für ein Leben? Ich wollte meinen Sohn gut erziehen, ihm eine Ausbildung ermöglichen, die ihn zu seinem Traumjob bringen sollte. Er wollte Pilot werden! Und er hätte es auch geschafft. Er war so ehrgeizig, so gewissenhaft und so klug. Ich weiß, dass du nicht mein Sohn bist und die Ähnlichkeit zu ihm bilde ich mir wahrscheinlich nur ein. Aber du hast etwas an dir, was mich berührt, was den Vaterinstinkt in mir erneut weckt und das gibt mir Zuversicht. Ich würde mich einfach nur daran erfreuen, wenn du ein schönes Leben führst und ich mit meinem Geld etwas Gutes bewirkt habe, anstatt es auf dem Sparkonto anzuhäufen und nicht einmal zu wissen, wem ich es vererben könnte."

Ben saß bewegungslos auf seinem Stuhl. Solch einen Gefühlsausbruch hatte er nicht erwartet. Er hatte Mitleid mit diesem Mann, aber durfte er dessen Situation wirklich zu seinen Gunsten ausnutzen? Durfte er ihm das Geld aus der Tasche ziehen, nur damit dieser seine Vatergefühle befriedigen konnte?

„Es tut mir leid, was deinem Sohn zugestoßen ist! Aber ich bin nicht so ehrgeizig, gewissenhaft und klug wie er. Ich würde dich nur enttäuschen, wenn ich seine Stelle einnehmen würde."

„Du könntest mich niemals enttäuschen. Du müsstest nur dein Leben genießen und das Beste daraus machen."

„Wo ist der Haken? Welche Gegenleistung erwartest du von mir?"

Plötzlich ließ Hans seine Hände in den Schoß fallen und sah Ben mit ernstem Blick an. „Du musst mit den Drogen aufhören!"

Also doch! „Und wenn ich das nicht kann? Oder nicht will?"

„Nicht zu wollen wäre dumm! Und wenn du es alleine nicht schaffst, kannst du in eine Entzugsklinik gehen. Was man will, schafft man auch!" Hans begann, ohne es zu ahnen, mit seinen Erziehungstipps. Ratschläge, die Ben in seinem Elternhaus nie erhalten hatte. Dort war oberste Priorität Leistung zu bringen. Das Lösen von Problemen kam dort nur selten zur Sprache.

„Ich will es versuchen! Aber wenn ich es nicht schaffe? Wirfst du mich dann wieder auf die Straße?", fragte Ben skeptisch.

„Sobald ich dich als meinen Sohn annehme, bist du das auch. Ich werde dich niemals in deinem Leben verstoßen, egal was du machst. Ich bin mir allerdings sicher, dass du alles schaffst, was du dir vornimmst!" Hans freute sich aufrichtig über Bens Entscheidung. Ben wusste noch nicht genau, wie er das Gesagte umsetzen sollte. Aber er hoffte darauf, dass Hans ihm dabei helfen würde.

Und so kam es auch. Ben ging zwei Wochen später in eine Entzugsklinik, welche er nach sechs Monaten geheilt verließ. Zwei Jahre später machte er sein Abitur mit einer Gesamtnote von 1,8 und studierte im Anschluss daran Architektur. Nach acht Semestern beendete er das Studium mit seinem Bachelor of Arts und ging nach München, um dort im Architekturbüro Seiler zu arbeiten.

Kapitel 33

SIE

Während das Flugzeug zur Landung ansetzte, starrte Elena stumm auf die Rückenlehne des Vordersitzes. Sie war sprachlos, überrascht und entsetzt. Mit vielem hatte sie gerechnet, nicht aber mit einer Vergangenheit, wie Ben sie soeben geschildert hatte.

„Bist du jetzt schockiert? Ich würde verstehen, wenn du mich jetzt mit anderen Augen siehst!" Unsicher sprach er sie von der Seite an.

„Ich sehe dich tatsächlich mit anderen Augen!" Schwungvoll wandte sie sich ihm zu und blickte ihn ernst an. „Aber das ändert nichts an meinen Gefühlen zu dir. Ich bewundere deine Stärke! Du hast dich aus einer aussichtslosen Situation zu einem erfolgreichen Architekten hochgearbeitet!"

„Das war nicht allein mein Verdienst! Hans hat mich während meines Studiums so gut unterstützt, dass ich nicht einmal arbeiten musste, um nebenher Geld zu verdienen. Er war ein absoluter Glücksgriff in meinem Leben!"

„Und er wollte wirklich niemals eine Gegenleistung? Ich meine …" Elena brach beschämt ab.

„Sex? Nein! Er war mir ein besserer Vater als mein Erzeuger. Das, was ich heute bin, habe ich einzig und allein Hans zu verdanken!" Plötzlich bemerkte er ihre feuchten Augen. „Was ist los?"

Abwehrend schüttelte sie den Kopf. „Ich denke nur gerade daran, wie wohl mein Vater gewesen wäre … vielleicht wäre meine Jugendzeit auch anders verlaufen, wenn …ach vergiss es!"

„Dein Vater war sicher ein großartiger Mann! Und ich hoffe für dich, dass du irgendwann erfährst, warum deine Mutter ihn umgebracht hat!"

Im nächsten Moment rumpelte es leicht, als die Maschine auf der Landebahn aufsetzte.

Dreißig Minuten später erreichte das Taxi den Friedhof. Am Tag zuvor telefonierte Elena noch mit dem Notar, welcher den Nachlass ihrer Großmutter verwaltete und sie über deren Tod informiert hatte. Er erklärte ihr, dass ihr Erscheinen in seinem Büro nicht notwendig wäre, da Alleinerbin ihre Mutter geworden sei und darüber hinaus nach Abzug der Bestattungskosten kaum verwertbares Vermögen übrigbliebe. Elena traute sich in diesem Gespräch nicht, nach ihrer Mutter zu fragen, hoffte jedoch insgeheim, dass diese zur Beerdigung erscheinen würde.

Als sie in der Aussegnungshalle stand und auf den dunklen Eichensarg mit der Aufschrift *Magdalena Pruß* blickte, konnte sie ihre Tränen nicht zurückhalten.

Fürsorglich legte Ben seinen Arm um ihre Schultern. Einen Augenblick später wurde die Trauergemeinde zum Gottesdienst aufgerufen. Elenas Blick flog über die Anwesenden. Sie kannte kaum einen der trauernden Gäste, nur vereinzelt entdeckte sie ein bekanntes Gesicht aus der Zeit, als sie noch in Bremen lebte. Als ihr Blick auf eine zierliche Frau fiel, welche komplett in schwarz gekleidet beim Pfarrer stand, stockte ihr der Atem. Da war sie! Sie war frei! Elenas Knie zitterten, als die trauernde Frau sich umdrehte und ihr direkt in die Augen blickte. *Mama!* Ihre Gefühle überschlugen sich. Freude, Liebe, Trauer und Wut prasselten ungefiltert auf sie ein. Sie wollte ihrer Mutter in die Arme fallen, sie ohrfeigen und sie nie wieder loslassen. Alles gleichzeitig! Als ihre Mutter mit vorsichtigen Schritten auf sie zukam, krallte sie sich an Bens Arm fest, um nicht umzukippen.

„Elena?", fragte die stark gealterte Frau leise. Obwohl ihr Instinkt ihr verriet, dass es sich bei der hübschen jungen Frau um ihre Tochter handelte, wollte sie nicht riskieren, einer Fremden um den Hals zu fallen.

Mit Tränen in den Augen nickte Elena und lag im nächsten Moment in den Armen ihrer Mutter. Sie umklammerten sich, als würde ein Orkan an ihnen zerren, der sie auseinanderzureißen und in alle Himmelsrichtungen zu zerstreuen drohte. „Mama!", wisperte Elena an die Schulter der etwas kleineren Frau.

Der straffe Zeitplan des Pfarrers ließ ihnen nicht die gewünschte Zeit, ihre lange Trennung zu verarbeiten. Die Orgelmusik kündigte den Beginn der Trauerfeier an. Überwältigt von einer Schwermut, die nicht nur den Verlust ihrer Großmutter umfasste, setzte sich Elena neben ihre Mutter. Als die Musik verstummte, begann der Pfarrer mit seiner Trauerrede. Es fiel Elena schwer, sich auf die bedachten Worte des Redners zu konzentrieren. Ihr Interesse galt in diesem Moment nur einem Menschen: Ihrer Mutter.

Aufgewühlt überstand sie den halbstündigen Gottesdienst, anschließend begab sich der Trauerzug auf den Weg zum Grab. Elena ging die ganze Zeit neben ihrer Mutter, hielt ihre Hand umschlossen und weichte keinen Zentimeter von deren Seite. Ben blieb einige Schritte hinter Elena und beobachtete sie besorgt. Sie wirkte so zerbrechlich auf ihn, dass er befürchtete, sie könnte jeden Moment umkippen.

Nach dem Herablassen des Sarges in das ausgehobene Grab, begaben sich die Trauernden zum Abschied an den Rand der Grube und warfen ihre Blumengeschenke in das Erdloch. Anschließend kondolierten sie gegenüber Elena sowie ihrer Mutter und verließen danach mit gesenkten Häuptern den Friedhof.

Erst als der letzte Gast verschwunden war und nur noch Elena, ihre Mutter sowie Ben vor dem offenen Grab standen, traute Elena sich, ihren Gefühlen nachzugeben. Schluchzend fiel sie ihrer Mutter um den Hals. „Mama! Ich habe dich so vermisst! Warum hast du das getan?" Nach sechzehn Jahren wollte sie endlich eine Antwort auf die einzige Frage, die ihr seither im Kopf herumschwirrte.

„Mein kleines Mädchen! Ich habe dich auch vermisst! Du kannst dir gar nicht vorstellen wie sehr!" Claudia Sattler schob ihre Tochter ein Stück von sich und wischte ihr zärtlich die Tränen von den Wangen. „Kommt ihr noch mit auf einen Kaffee zu mir nach Hause?"

Ben schaute instinktiv auf seine Uhr, da er den Rückflug auf keinen Fall verpassen wollte. Schließlich nickte er zustimmend, legte seinen Arm um Elenas Schultern und verließ mit den beiden Frauen den Friedhof.

Ein Taxi brachte sie in eine Wohngegend, welche Elena nur verschwommen aus ihrer Kindheit bekannt war. Im zweiten Stock des Mehrfamilienhauses schloss ihre Mutter die beige gestrichene Türe auf und betrat vor ihren Gästen die Wohnung. Sofort bemerkte Elena den Duft, der sie empfing. War das Parfum? Sie glaubte den Geruch zu erkennen, er löste in ihr auf der Stelle ein wohliges und behütetes Gefühl aus.

Während Claudia Sattler in der Küche die Kaffeemaschine anstellte, betraten Ben und Elena das kleine Wohnzimmer. Es war gemütlich eingerichtet, jedoch fehlten dem Heim individuelle Gegenstände, wie Bilderrahmen, die ihm einen Hauch von Persönlichkeit verliehen.

„Geht es dir gut?" Leise wandte Ben sich an seine Freundin.

„Ich glaube schon. Ich bin froh, dass ich meine Mutter wieder getroffen habe und ich werde hoffentlich gleich erfahren, warum sie das damals getan hat!", flüsterte Elena zurück.

Als Claudia das Zimmer betrat spürte Elena erneut den bekannten Schmerz in ihrer Brust, den die Sehnsucht der vergangenen Jahre auslöste.

„Bitte, setzt euch doch! Bist du Elenas Freund?", wandte sie sich neugierig an Ben.

Er wusste nicht genau, ob er sich schon als ihr Freund bezeichnen sollte. Wenn es nach ihm ginge, wäre er das, aber …

„Ben ist mein Chef! Aber seit ein paar Tagen sind wir zusammen!" Lächelnd nahm Elena ihm die Befürchtung, sie würde ihre Beziehung verleugnen.

„Hallo Ben! Wir hatten noch gar nicht die Gelegenheit uns richtig vorzustellen. Ich bin Claudia, Elenas Mutter!", begrüßte sie ihn und reichte ihm förmlich die Hand.

„Das habe ich mitbekommen!", entgegnete er lächelnd.

„Wie ist es dir ergangen, mein Schatz?" Interessiert wandte sie sich an ihre Tochter. „Es tut mir so leid, dass ich die letzten Jahre nicht für dich da sein konnte. Deine Oma hat mir erzählt, dass du ein paar Jahre bei ihr gelebt hast?"

„Du hast mit Oma darüber gesprochen?", wandte Elena überrascht ein.

„Natürlich! Ich wurde vor knapp einem Jahr entlassen. Ich habe sie die letzten Monate gepflegt!"

„Warum … ich meine … warum hast du dich nicht gemeldet?" Verständnislos sah sie ihre Mutter an.

„Ich hatte keine Adresse von dir! Auch Oma wusste nicht, wo du hingezogen bist! Außerdem hatte ich, ehrlich gesagt, Angst, wie du auf mich reagieren würdest. Meine Mutter erzählte mir, du wärst sauer auf mich gewesen!"

Was sollte Elena darauf antworten? Es stimmte, sie war wütend auf ihre Mutter.

„Aber nicht so sauer, wie Oma auf dich war! Sie hat es allerdings an mir ausgelassen. Nach dem … Unfall mit Papa war sie nicht mehr wie früher. Sie wollte mich anfangs nicht zu sich nehmen, ich musste zu Pflegeeltern. Erst als ich es dort nicht mehr ausgehalten habe, hat sie mich aufgenommen." Elena kam es vor, als würde sie petzen. Sie fühlte sich wieder wie das sechsjährige Mädchen, das ihre beste Freundin, Karin, an ihre Mutter verriet. Karin wollte unbedingt die schöne rote Glaskugel in der Hand halten. Elena wusste jedoch, dass ihre Mutter dies strengstens verboten hatte, weil die Kugel ein Geschenk ihres eigenen Großvaters war und damit unersetzlich und wertvoll. Als die Kugel ihrer Freundin schließlich aus den Händen glitt und klirrend zu Boden fiel, wusste Elena sofort, dass ihre Mutter mehr als traurig über den Verlust sein würde. Sie fegte sorgfältig die Scherben auf und warf sie in den Mülleimer, nicht bedenkend, dass ihre Mutter sie dort zwei Stunden später finden würde. Karin war bereits lange zu Hause, als Claudia Sattler in das Zimmer ihrer Tochter stürmte und sie anschrie. „Hast du die Kugel meines Opas kaputt gemacht? Wie oft habe ich dir gesagt, dass du sie nicht anrühren sollst?" Obwohl Elena ihre Freundin nicht verraten wollte, war es für sie schlimmer, die Wut ihrer Mutter auf sich zu spüren. Außerdem hatte sie ein sehr ausgeprägtes Gerechtigkeitsempfinden und konnte nur schwer dagegen ankämpfen.

„Das war Karin! Sie hat sie einfach genommen und dann hat sie sie fallengelassen! Es tut mir leid, Mama!", erzählte sie weinend, weil sie wusste, wie wichtig ihrer Mutter dieser Gegenstand war.

Genau dieses Gefühl der Erleichterung gemischt mit dem schlechten Gewissen empfand sie jetzt wieder.

„Wirklich? Das hat mir Oma aber anders erzählt! Sie meinte, du wärst ungehorsam und frech gewesen. Sie erzählte auch, dass du den ganzen Tag über mich geschimpft hättest!" Irritiert betrachtete Claudia ihre Tochter. Sie wusste momentan nicht, wem sie glauben sollte.

„Ich habe euch vermisst! Dich und Papa! Und ich habe einfach nicht verstanden, warum du ihn umgebracht hast!" Flehend sah sie ihre Mutter an. Sie hoffte auf eine glaubwürdige und rationale Erklärung, warum ihr Vater sterben musste.

Claudia senkte traurig den Kopf. Sollte sie ihrer Tochter erzählen, wie es damals wirklich war?

„Bitte, Mama! Ihr wart auf einen Schlag beide weg! Ich konnte mich weder von dir noch von Papa verabschieden! Man hat euch beide aus meinem Leben gerissen und ich war mit neun Jahren keineswegs bereit dazu. Was hat Papa gemacht? Hat er dich geschlagen? Ist er fremdgegangen? Was war so schlimm, dass du ihn erstochen hast?", forderte Elena eine Antwort.

Mit traurigen Augen blickte Claudia zu ihrer Tochter auf. „Ich habe dich nur beschützt, wie eine gute Mutter es macht!"

„Beschützt? Vor wem? Vor Papa?" Elenas Augen weiteten sich ängstlich. „Was hat er getan? Ich kann mich nicht erinnern, dass er mich jemals schlecht behandelt hätte. Er hat mich weder geschlagen noch gedemütigt! WARUM HAST DU IHN UMGEBRACHT!", schrie sie verzweifelt.

„Ich habe ihn nicht getötet!"

„Wie meinst du das? Wer dann?"

„Du hast ihn erstochen! Und ich habe die Schuld auf mich genommen!"

Kapitel 34

Mit einem Mal drehte sich die Welt um Elena. Ihr wurde schwindlig, sie bekam keine Luft mehr und ihr Sichtfeld wurde derart eingeschränkt, dass sie nur noch wie durch einen Tunnel sah. Langsam sank sie zur Seite, wurde von Ben aufgefangen und verlor im nächsten Moment das Bewusstsein.

Nach zwei sachten Schlägen auf ihre Wangen war sie wieder wach. Sie lag auf dem Sofa, Ben hielt ihre Beine in die Höhe und ihre Mutter streichelte ihr sanft über den Kopf. „Geht es wieder, Kleines?"

Elena brauchte einen Moment, um zu begreifen wo sie sich befand und was soeben geschehen war. Sie schaute zu Ben, der ihr bedauernd zulächelte. War das wahr, was ihre Erinnerung ihr gerade in kurzen Bildern wiedergab?

„Das kann nicht sein, Mama! Ich habe Papa nicht erstochen! Das wüsste ich doch!" Ungläubig setzte sie sich auf. „Warum sollte ich das tun?"

„Ich weiß es nicht! Du warst hinterher total verstört! Du hast mir nicht auf meine Fragen geantwortet. Mein einziger Gedanke war, dass ich dich beschützen musste und nicht zulassen würde, dass du in die Psychiatrie kämst."

„Warum sollte ich in die Psychiatrie kommen?" Verständnislos starrte Elena ihre Mutter an.

„Weil neunjährige Kinder, die ihren Vater mit dem Messer abstechen meistens ein psychisches Problem haben. Oder siehst du das anders?"

Elena musste sich eingestehen, dass ihre Mutter recht hatte. Allerdings konnte sie sich an Nichts erinnern. Das einzige was sie wusste …

„Ich weiß nur noch, dass ich in meinem Bett aufgewacht bin, weil es im Flur laut war. Ich bin aufgestanden und … da waren diese Männer, Polizisten, die dich in Handschellen abführten. Als ich in die Küche kam, lag dort Papa, seine Brust war voller Blut." Mit Entsetzen gab sie ihre grauenhaften Erinnerungen wieder.

„Es tut mir leid. Aber wenigstens hast du die Tat verdrängt. Dein Unterbewusstsein wollte dich schützen und hat diese Minuten des Grauens offenbar aus deinem Gedächtnis gestrichen."

Plötzlich schaltete sich Ben ein. „Wenn wir logisch an die Sache rangehen, bleiben nur wenige Gründe, warum ein kleines Mädchen beschließt ihren Vater so brutal niederzustechen. Misshandlung, Missbrauch oder eine schwere psychische Störung des Kindes."

Zweifelnd schüttelte Elena den Kopf. „Mein Vater hat mich weder missbraucht noch misshandelt! Und wenn ich psychisch gestört war, hätten das die Ärzte doch festgestellt!" Fragend wandte sie sich an ihre Mutter. „Mama! Hast du irgendetwas in der Art mitbekommen? Hat Papa mich geschlagen?"

Unbeholfen zuckte Claudia ihre Schultern.

„Ist dein Mann vielleicht in der Nacht öfters aus dem Schlafzimmer geschlichen?" Bens Frage ging in eine völlig andere Richtung.

„Ben!", tadelte Elena ihren Freund.

Abwartend betrachteten beide die gebrechliche Frau, die beschämt den Kopf senkte.

„Mama? Glaubst du etwa er hat mich missbraucht?" Sie spürte, wie ihr ein kalter Schauder über den Rücken lief.

„Ich weiß es nicht! Wenn ich da war, ist er nicht aufgestanden, da bin ich mir fast sicher. Ich hatte einen leichten Schlaf und bemerkte es immer, wenn er morgens zur Arbeit ging. Aber …", stockte sie nachdenklich.

„Was aber?", hakte Elena beunruhigt nach.

„Ich hatte oft Nachtschicht. Weißt du nicht mehr, dass ich als Krankenschwester gearbeitet habe? Ich kann nicht sagen, was zu Hause vorgefallen ist, während ich nachts arbeitete!"

„Das hört sich an, als wenn du ihm schlimme Dinge zugetraut hättest! Er war ein guter Vater! Er hat mich nicht angefasst! Hört auf, mich so anzusehen! Warum glaubt ihr mir nicht?" Elena war außer sich vor Wut. Sie fühlte sich ungerecht behandelt und wollte es nicht zulassen, dass Ben und ihre Mutter das Andenken ihres Vaters in den Dreck zogen.

„Selbst wenn ich es verdrängen würde, was ihr beide wahrscheinlich vermutet, glaubt ihr doch nicht im Ernst, dass ein neunjähriges Kind einen sexuellen Missbrauch vollständig vergessen kann! Niemals!"

Mit ruhiger Stimme lenkte Ben ein. „In Ordnung! Dann legen wir diese These beiseite. Was könnte dich als Kind dazu gebracht haben, deinem Vater ein Messer in die Brust zu stechen?"

Unschlüssig breitete sie die Arme aus. „Vielleicht war es ein Unfall?", fragte sie verzweifelt. „Was hast du genau gesehen, Mama?"

Konzentriert schloss Claudia die Augen, versuchte die Bilder der Vergangenheit so detailliert wie möglich in ihr Gedächtnis zurück zu holen. „Ich war in der Arbeit, durfte aber früher gehen, weil an diesem Abend wenig los war und ich meine Überstunden abbauen sollte. Ich kam zwei Stunden früher nach Hause als geplant. Ich schloss die Haustüre auf und betrat den Flur. Die Wohnung war stockdunkel und ruhig. Leise schlich ich in die Küche, weil ich mir noch ein Glas Wasser holen wollte. Als ich das Licht anschaltete schrie ich vor Schreck auf. Ich kam mir vor, wie in einem schlechten Horrorfilm. Peter lag am Boden, auf seinem weißen T-Shirt und auf dem Boden unter seinem Körper befand sich eine große Blutlache. In der Gerichtsverhandlung wurde ausgeführt, das Messer habe unterhalb des Herzens die Arterie durchstoßen. Vor ihm standest du mit einem großen Küchenmesser in der Hand. Du hast stumm auf seinen leblosen Körper gestarrt. Als ich dich ansprach sahst du mich teilnahmslos an. *Mama*, flüstertest du nur. Ich war völlig außer mir. Ich schrie dich an, warum du das getan hast, erhielt aber keine Antwort. Ich blickte an dir hinab. Auf deinem dunkelroten Nachthemd fanden sich keine Spuren der Tat, aber vielleicht habe ich es auch nur übersehen. Deine Hände jedoch waren beide voller Blut. Ich wusste aus Erfahrung, was mit psychisch kranken Kindern passierte. Sie wurden weggesperrt und unter Medikamente gestellt. Das wollte ich aber für dich nicht. Ich wollte nicht, dass deine Kindheit mit diesem Tag enden musste. Deshalb nahm ich dir vorsichtig das Messer aus der Hand, zog dich zum Spülbecken und säuberte deine Hände. Anschließend schickte ich dich zurück ins Bett."

„Lag auf dem Boden noch irgendetwas anderes, außer deinem Mann, meine ich?", fragte Ben einfühlsam.

Claudia krauste ihre Stirn, schien angestrengt zu überlegen. „Ich glaube Scherben von einem zerbrochenen Glas!"

Hoffnungsvoll mischte Elena sich wieder ein. „Dann ist es doch möglich, dass es ein Unfall war. Er wollte sich ein Glas Wasser holen, während ich mir ein Brot aufschnitt und dann ist er gestolpert … oder …" Hilfesuchend hob sie die Arme in die Höhe.

„Elena? Bist du schon mal schlafgewandelt?", wollte Ben plötzlich von ihr wissen.

„Du glaubst, ich habe ihn im Schlaf umgebracht? Nein! Ist das überhaupt möglich?"

„Normalerweise nicht!", schaltete Claudia sich ein. „Schlafwandler sind nur mit sich selbst beschäftigt, üben bestimmte Tätigkeiten aus, reagieren aber nicht auf andere Personen. Wenn man sie anspricht, wachen sie meistens auf!"

„Was geschah, nachdem ich wieder im Bett war?", fragte Elena neugierig.

„Ich habe die Polizei angerufen und erzählt, dass ich meinen Mann erstochen habe."

„Warum hast du das getan?"

„Das habe ich doch schon gesagt: Ich wollte dich beschützen! Ich habe bei der Polizei ausgesagt, dass er mich gedemütigt und geschlagen habe und dass es eine Kurzschlussreaktion war. Deshalb ist die Strafe auch nur auf fünfzehn Jahre wegen Totschlags ausgefallen und nicht lebenslänglich wegen Mordes."

„Mama! Das war Irrsinn!" Elena konnte das Gehörte kaum fassen.

„Eigentlich hätte ich nach sieben Jahren bei guter Führung entlassen werden müssen, dann hätte ich während deiner Jugendzeit bei dir sein können." Bedauernd knetete Claudia ihre Hände. „Aber durch einen dummen Zufall geriet ich zwei Wochen vor meinem Haftprüfungstermin in Schwierigkeiten, welche meine bis dahin gute Führung und somit die Hafthalbierung zunichtemachten."

„Was ist passiert?", fragte Ben interessiert.

„Sie hieß Nadja und nahm sich üblicherweise, was und wen sie wollte. Von mir wollte sie meinen Verdienst von der Wäscherei bzw. bestimmte Gegenstände, die ich ihr von meinem Geld besorgen sollte. Als ich diese Leistungen verweigerte stand sie eines Tages in der Wäscherei mit einem selbstgebauten Messer in der Hand vor mir. Sie drückte mich hinter eine der großen Maschinen und bedrohte mich. Ich wollte meine vorzeitige Entlassung nicht gefährden und redete beruhigend auf sie ein. Aber Nadja interessierte das wenig. Sie drückte die scharfe Klinge an meinen Hals und wollte die Zusicherung, dass ich ihr eine Stange Zigaretten besorgen würde. Ich versprach ihr alles was sie verlangte, schließlich wäre ich in zwei Wochen raus und könnte somit Nadja und all die anderen Erlebnisse des Gefängnisses hinter mir lassen. Sie lächelte mich an und nahm das Messer von meinem Hals, als sie plötzlich nach hinten gezogen wurde. Sarah eine junge Mitinsassin, die sich gerade in der Hierarchie nach oben kämpfte, sah wohl ihre Chance, die lästige Nebenbuhlerin aus dem Weg zu schaffen. Sie packte Nadjas Handgelenk, drehte ihren Arm zur Seite und stach die Klinge mit Wucht in Nadjas Brust. Die kräftige Russin brach leblos zusammen. Anschließend riss Sarah die Waffe an sich und drückte sie mir in die Hand. *Ich war daran nicht beteiligt, verstanden?,* flüsterte sie mir noch eindringlich zu, bevor die Wärterinnen kamen und mich sofort in einen separaten Verhörraum brachten. Ich versicherte mehrmals, dass ich es nicht war, aber das änderte nichts. Der Direktor erklärte mir, dass, selbst wenn eine andere Insassin Nadja erstochen hätte, meine Beteiligung trotzdem im Raum stünde und somit eine Entlassung wegen guter Führung nicht mehr in Frage käme. Ich könnte den nächsten Termin frühestens nach drei Jahren beantragen. Mir war klar, dass ich die drei Jahre kaum überleben würde, wenn ich Sarah verriet. Also hielt ich meinen Mund und wurde somit beschuldigt Nadja getötet zu haben. Ich musste meine Haftstrafe voll absitzen. Und ich hatte noch Glück, dass kein neues Verfahren wegen versuchtem Mord eröffnet wurde."

„Wie hast du das alles nur durchgestanden? Ein solches Leben verändert doch jeden Menschen!" Elena war entsetzt und traurig zugleich, dass ihre Mutter die letzten fünfzehn Jahre wegen ihr unter solchen Umständen leben musste.

„Ich habe mich auch verändert! Du kannst dich nur nicht erinnern!"

Verstohlen sah Ben auf seine Armbanduhr. „Elena, unser Flug geht in einer Stunde."

Elena erhob sich und umarmte ihre Mutter herzlich. „Wir müssen leider los, aber ich werde versuchen mich zu erinnern, was in jener Nacht vorgefallen ist. Das bin ich dir schuldig!"

Liebevoll küsste Claudia ihre Tochter auf die Wange. „Das spielt jetzt keine Rolle mehr! Wir sollten in die Zukunft blicken und die Tage, die uns noch bleiben, genießen. Du lebst jetzt in München, richtig? Vielleicht kann ich dort hinziehen? Dort gibt es auch Krankenhäuser, die engagierte Schwestern brauchen."

„Das würde mich freuen. Ich gebe dir meine Handynummer, dann können wir in Kontakt bleiben." Kurzerhand notierte sie ihre Nummer auf einer am Tisch liegenden Zeitung. „Ich bin froh, dass wir uns heute getroffen haben. Auch wenn ich mir niemals verzeihen werde, was ich dir angetan habe." Elena drückte die zierliche Frau ein letztes Mal, bevor sie mit Ben die Wohnung verließ.

Kapitel 35

ER

Die Fahrt zum Flughafen dauerte nur wenige Minuten, welche beide schweigend nebeneinander auf dem Rücksitz des Taxis verbrachten. Jeder hing seinen eigenen belastenden Gedanken nach. Während Ben grübelte, welche Umstände eine Neunjährige dazu gebracht haben konnten, ihren Vater anzugreifen, kämpfte Elena gegen ihre Fassungslosigkeit über die soeben erfahrene Geschichte an.

Nachdem sie das Flughafengebäude betreten hatten steuerten sie zielgerichtet auf die Abflughalle zu. „Wir müssen uns beeilen, das Boarding beginnt gleich!", bemerkte Ben und führte Elena in die gewünschte Richtung. Plötzlich blieb sie stehen. Wie erstarrt blickte sie auf den vor ihnen befindlichen Zeitungskiosk, in welchem sich mehrere Kunden befanden.

„Was ist los? Komm weiter!" Ben zog leicht an ihrem Arm.

„Das gibt es doch nicht!", flüsterte sie ungläubig.

„Was?" Ben folgte ihrem Blick zu einem jungen Mann, der gelangweilt in einer der Zeitschriften blätterte. Im nächsten Moment riss Elena sich von ihm los und lief mit schnellen Schritten auf den Kunden zu. Als sie ihn fast erreicht hatte, blickte er auf, erkannte sie und wandte sich ruckartig von ihr ab.

„Flo?", rief sie seinen Namen.

Völlig unerwartet stürmte der junge Mann los und rannte die Wartehalle hinunter. Auch Elena lief los, um ihm zu folgen, was Ben dazu veranlasste, die Verfolgung ebenfalls aufzunehmen. Die Jagd endete nach hundert Metern, da eine Gruppe Asiaten dem jungen Mann unabsichtlich den Weg versperrten. Zwei Sekunden später packte Elena ihn am Ärmel.

„Florian Wieser? Du bist es tatsächlich! Warum läufst du vor mir weg?", fragte Elena atemlos, da sie der kurze Sprint unverhältnismäßig angestrengt hatte.

„Elena?", stieß er ängstlich aus.

„Wie geht es dir? Ich dachte du wärst tot!", freudig überrascht tätschelte sie seinen linken Arm.

Ben blieb mit einigen Metern Abstand hinter Elena stehen und beobachtete irritiert das Gespräch.

„Nein! Noch bin ich nicht tot!", brachte er mühsam hervor. Ihm war anzusehen, dass er sich in Elenas Gegenwart äußerst unwohl fühlte und sein Fluchtreflex ihn weiterhin antrieb, was dazu führte, dass sich seine Beine ständig auf der Stelle bewegten.

„Was ist los? Hast du vor irgendetwas Angst?" Sie erkannte in seinem Gesicht die Furcht und blickte neugierig nach allen Seiten, um die Quelle seiner Panik auszumachen.

„Was willst du von mir?", stieß er gequält aus.

Erstaunt riss sie ihre Augen auf. Was meinte er damit? „Nichts! Ich freue mich nur, dass wir uns nach so langer Zeit wiedersehen! Ich würde mich gerne mit dir über damals unterhalten!"

„Elena?" Ben trat ungeduldig von hinten an sie heran. „Wir müssen wirklich los, unser Flieger geht in wenigen Minuten!"

„Darf ich vorstellen: Das ist Florian, ich habe dir doch von ihm erzählt. Und das ist Ben, mein Freund", machte sie die beiden Männer miteinander bekannt. Sie nickten sich kurz zu, wobei Florian nachdenklich die Stirn krauste.

„Warum willst du dich mit mir unterhalten? Du hast gesagt, ich soll verschwinden und nie wieder hier auftauchen! Ich bin auch schon wieder auf dem Weg nach Marseille, ich war nur wegen dem Geburtstag meiner Mutter hier. Ich wollte mein Versprechen nicht brechen, wirklich!" Aufgeregt plapperte Florian drauflos.

„Was erzählst du da? Ich verstehe kein Wort!" Elena konnte weder seine Aufregung noch seine Worte richtig deuten.

„Kannst du dich nicht mehr daran erinnern? An unsere Nacht im Zelt?", fragte Florian vorsichtig.

„Natürlich! Es war wunderschön, bis du am nächsten Morgen plötzlich verschwunden warst. Deine Eltern sagten, du wärst ins Ausland gegangen. Sie wollten mir weder deine neue Nummer noch die Adresse geben. Warum bist du einfach abgehauen? Habe ich dir damals so wenig bedeutet?" Fassungslos erwartete sie eine Erklärung von ihm.

„Ich habe dich geliebt!", gab er kleinlaut zu.

„Warum bist du dann ohne ein Wort weggegangen?"

„Weil du es so wolltest!" Florian schaute sie abschätzend an. Er verstand ihre bohrenden Fragen nicht.

„Was erzählst du da? Ich …"

„Du hast mich mitten in der Nacht geweckt und mir einen Schraubenzieher unter mein Auge gedrückt. Du warst sehr überzeugend, als du mir klar gemacht hast, wenn ich dir noch einmal im Leben begegnen würde, wäre ich ein toter Mann!"

Schockiert taumelte Elena zwei Schritte zurück. „WAS? Das war ich nicht! Das kann nicht sein!", stotterte sie unbeholfen.

Plötzlich war Florians Angst wie weggeblasen. Elenas Unsicherheit gab ihm das Selbstbewusstsein zurück, welches er in ihrer Gegenwart verloren hatte. „Glaub mir, du warst es. Und du warst nicht mehr die Elena, die ich geliebt habe, sondern eine eiskalte Person, die über Leichen ging, um ihren Willen durchzusetzen!"

Ihr starrer Blick schien sich in seine Brust zu brennen. Sie fühlte sich wie gelähmt, körperlich, als auch geistig.

„Elena! Elena!", hörte sie wie durch Watte Bens Stimme. „Wir müssen los! Sie rufen uns bereits aus!" Plötzlich drangen auch die Worte der Durchsage an ihr Ohr. „Letzter Aufruf für Herrn Benjamin Teschler und Frau Elena Sattler, bitte begeben sich unverzüglich zum Gate A01."

Ihr Blick huschte zwischen Florian und Ben umher. Sie wollte noch mehr von Florian erfahren, brauchte dringend noch weitere Informationen, was in dieser betreffenden Nacht vorgefallen war. Aber sie wusste auch, dass Ben diesen Flug erwischen musste, um rechtzeitig seinen Termin wahrnehmen zu können.

„Ich bleibe hier. Ich kann noch nicht zurückfliegen!", wandte sie sich entschuldigend an Ben.

„Ist das dein Ernst?"

„Ich muss einfach wissen, was damals passiert ist! Ich kann mich nicht daran erinnern und das ist jetzt schon das zweite Mal heute, dass ich etwas Schlimmes in meiner Vergangenheit getan habe, an das ich keine Erinnerung habe. Florian, du musst ..."
Sie drehte sich zu ihrem Jugendfreund um und blickte auf einen grinsenden Japaner, der sich freundlich vor ihr verbeugte.

Florian war verschwunden.

Kapitel 36

SIE

„Ich glaube, ich drehe durch!" Elena lehnte sich in ihrem Sitz zurück und blickte entmutigt aus dem ovalen Kabinenfenster. Nachdem Florian so plötzlich verschwunden war, musste sie davon ausgehen, dass er kein Interesse daran hatte, sich weiter mit ihr zu unterhalten. Außerdem wusste sie nicht, wo sie ihn suchen sollte. Sie konnte ja schlecht nach Marseille fliegen und dort auf den Straßen entlanglaufen, bis sie ihm ein zweites Mal durch Zufall über den Weg lief.

Sie spürte Bens warme Hand auf ihrer und drehte sich zu ihm. „Was hältst du davon?"

„Wovon? Dass du durchdrehst, oder dass Florian behauptet, du hättest ihn bedroht?"

Nachdenklich runzelte sie die Stirn. „Glaubst du etwa, er hat gelogen? Ich finde, es hat sich sehr glaubhaft angehört, was er erzählt hat. Außerdem, welchen Grund sollte er haben, so eine Story zu erfinden?"

„Da gäbe es einige Gründe!"

„Wirklich? Welche zum Beispiel?"

„Mangelndes Selbstwertgefühl!"

Zweifelnd riss Elena ihre Augen auf, so dass Ben ihr umgehend seine Erklärung gab. „Er hat dich so sehr geliebt, dass er für dich etwas Besseres wollte als sich selbst. Er glaubte, er wäre dir nie genug und du könntest nur mit einem anderen Mann glücklich werden."

„Hast du das in einem Frauenmagazin gelesen? Wer glaubt denn solch einen Blödsinn?", äußerte sie verwundert.

„Oder Feigheit!"

„Wie bitte?"

„Er wollte sich noch nicht fest binden und war zu feige, es dir zu sagen. Da ist er lieber klammheimlich in der Nacht geflohen. Jetzt im Nachhinein ist es ihm peinlich und er tischt dir diese Geschichte auf."

Genervt verdrehte Elena ihre Augen. „Hast du noch mehr so geistreiche Theorien auf Lager?"

„Ich kann mir gerne noch ein paar überlegen, wenn du willst."

„Jetzt mal ernsthaft, Ben! Hast du nicht die Panik in seinen Augen gesehen? Er hatte wirklich Angst vor mir! Auch wenn es für mich unvorstellbar ist, glaube ich ihm, wenn er sagt, ich hätte ihn bedroht! So etwas denkt man sich doch nicht aus!"

„Und warum sollst du das getan haben?", hakte Ben neugierig nach.

„Warum habe ich meinen Vater attackiert? Ich weiß es nicht!" Sie sprach lauter, als sie es beabsichtigte. Beschämt sah sie sich um, bevor sie leise fortfuhr: „Jedenfalls glaube ich sowohl meiner Mutter als auch Florian."

„Vielleicht solltest du zu einem Arzt gehen? Der kann möglicherweise herausfinden, wenn etwas mit dir nicht stimmt."

„Verdammt!", stieß sie völlig unerwartet aus.

„Was ist?"

„Ich hätte Florian fragen können, ob er einen Alex kennt." Verärgert presste sie ihre Lippen zusammen.

„Falls es stimmt, dass Florian das Land aufgrund deiner Drohung verlassen hat, dann hatte Alex damit nichts zu tun. Dann ist er vielleicht erst in München auf dich aufmerksam geworden."

„Oder…", überlegte Elena laut. „…Alex hatte damals schon Florian bedroht und er wollte es mir jetzt nur nicht sagen."

„Du findest *meine* Theorien unglaubwürdig? Wenn Alex Florian bedroht hätte, könnte er es dir doch einfach erzählen. *Da war ein verrückter Typ, der mir gedroht hat, ich solle die*

Finger von dir lassen. Das wäre jedenfalls glaubwürdiger als seine jetzige Geschichte."

„Das heißt, wir stehen wieder ganz am Anfang?" Elenas hoffnungsloser Tonfall berührte ihn.

„Wir stehen mittendrin. Nur mit ein paar Erkenntnissen mehr im Gepäck", versuchte er sie aufzumuntern, was ihm jedoch nicht gelang. Er legte den Arm um sie und zog sie zu sich heran. „Wir werden herausfinden wer Alex ist und warum du dich nicht mehr an die Nacht, in welcher dein Vater starb, erinnerst."

Kapitel 37

ICH

Warum reagiert er nicht auf meine Drohungen? Ist er lebensmüde? Will er sterben? Und warum versteht Elena nicht, dass es für sie besser wäre ihn wegzuschicken? Ich gebe ihm noch eine letzte Chance, sich von ihr zu trennen. Wenn er diese erneut nicht nutzt, muss ich tun, was mir mein Herz befiehlt. Dann muss er sterben, wie die beiden Männer vor ihm.

Langsam gehe ich zu meinem Wandschrank, öffne das kleine Versteck in der Rückwand und ziehe behutsam die schwere Waffe heraus. Bewundernd drehe ich die Glock in meinen Händen, poliere ihren Lauf mit einem weichen Tuch und überprüfe, ob die Patronen eingelegt sind. Ich werde versuchen, sie nicht benutzen zu müssen, schließlich soll es aussehen wie ein Unfall, aber wenn er mir keine andere Wahl lässt, werde ich ohne zu zögern abdrücken.

Für Elena, für mich, für uns!

Kapitel 38

SIE

Nach ihrer Ankunft am Münchner Flughafen schlug Ben ihr vor, sie solle sich die restlichen Tage der Woche frei nehmen.

„Vielleicht erinnerst du dich wieder an etwas, wenn du dir die Ruhe gönnst, die dein Gedächtnis jetzt benötigt. Es waren einfach zu viele Informationen auf einmal, die du bewältigen musstest. Dazu kommt noch die emotionale Belastung durch den Tod deiner Oma und das Wiedersehen mit deiner Mutter. Entspanne dich, schlafe viel und schalte einfach mal ab."

„Ich kann doch nicht einfach krankmachen, wenn mir nichts fehlt!", wehrte sie sich gegen die Vorstellung, grundlos zu Hause zu bleiben.

„Dir fehlt aber etwas! Deine Erinnerung! Außerdem bin ich dein Chef und kann dich beurlauben, wenn ich es für nötig halte."

„Ich mag es nicht, wenn du deine Stellung ausnutzt und mich bevormundest!", entgegnete sie beleidigt.

„Ich weiß! Trotzdem bitte ich dich, dir ein paar Tage Auszeit zu nehmen. Ich habe im Büro verdammt viel um die Ohren und kann mich besser konzentrieren, wenn ich weiß, dass es dir gut geht." Liebevoll küsste er sie, bevor sie ins Auto einstiegen.

Am nächsten Morgen kroch Elena müde aus dem Bett, trottete ins Badezimmer, duschte und zog sich anschließend an. Als sie sich mit ihrem Morgenkaffee ans Fenster stellte, drängten die Ereignisse des letzten Tages zurück in ihr Gedächtnis. *Vielleicht sollte ich wirklich einen Arzt aufsuchen? Ich will mich unbedingt erinnern!* Entschlossen nahm sie ihr Handy und suchte nach einem Psychologen in der Nähe.

Nachdem sie einen geeigneten Arzt gefunden hatte, wählte sie spontan dessen Nummer.

„Praxis Dr. Küster, guten Tag!", meldete sich eine freundliche Frauenstimme.

„Hallo, mein Name ist Elena Sattler. Ich hätte gerne einen Termin bei Herrn Dr. Küster."

„Der nächste freie Termin wäre am … 5. Dezember", erklärte die Telefonistin.

„Am 5. Dezember? Das sind noch zwei Monate!", rief Elena entsetzt aus. Entweder gab es so viele psychisch gestörte Menschen in München oder einfach nur zu wenig Ärzte auf diesem Fachgebiet. Man kann doch eine kranke Person nicht so lange vertrösten, wenn sie dringend mit einem Arzt, noch dazu einem Psychologen, reden will!

„Tut mir leid … allerdings …", ergänzte die Dame zögernd. „… wenn Sie heute spontan Zeit hätten … der Termin um zehn Uhr wurde vorhin gerade abgesagt."

Schnell blickte Elena auf die Uhr. *In einer halben Stunde! Das schaffe ich!* „Ich mache mich gleich auf den Weg!" Glücklich über diesen unverhofften Zufall legte sie auf und verließ wenige Minuten später ihre Wohnung.

Die Praxisräume befanden sich in einem Bürogebäude in der Nähe des Perlacher Einkaufzentrums. Sie fuhr in den dritten Stock, verließ den mit Spiegeln verkleideten Fahrstuhl und betrat die geräumige Praxis durch eine große Glastüre.

„Sind Sie Frau Sattler? Das ging aber schnell!", begrüßte sie die freundliche Empfangsdame, die Elena auf Anfang Dreißig schätzte. „Wenn Sie noch einen Moment Platz nehmen wollen, der Doktor ist gleich fertig. Bitte füllen Sie noch diesen Anmeldebogen aus."

Nachdem sie rasch ihre Kontaktdaten in das dafür vorgesehene Formular eingetragen hatte, setzte Elena sich auf einen der einladenden Wartestühle, zog ihren Mantel aus und legte ihn sich auf den Schoß. Sie fühlte sich wohler, wenn sie etwas in ihren Händen hatte, was sie drücken und kneten konnte, um ihre Aufregung unter Kontrolle zu bringen. Während der zehnminütigen Wartezeit durchlebte sie alle Phasen der Nervosität. Ihre Hände wurden nass, ihr Mund trocken, ihre Knie zitterten, es wurde ihr warm, es wurde ihr kalt und sie fragte sich plötzlich, wie sie auf die dumme Idee kam, ein Psychologe könne ihr bei ihren Problemen helfen. Das hatte schon während ihrer Jugendzeit nicht funktioniert. Die Ärzte vermuteten damals, ihre aufmüpfige Art rühre vom Verlust des Vaters und der Tatsache, dass ihre Mutter ihn umgebracht hatte. Sie begnügten sich nicht mit ihrer Auskunft, dass sie ihre Mutter nicht hassen würde, lediglich enttäuscht von ihr wäre. Die Ärzte ließen nicht locker, bis sie endlich die Antworten bekamen, die sie erwarteten. Helfen konnten sie ihr jedoch nicht. Die Aggressionen hörten erst auf, als sie zu ihrer Oma zog. *Vielleicht sollte ich besser wieder gehen. Ich hätte mir das genauer überlegen sollen, bevor ich gleich zum nächstbesten Psycho-Doc laufe, der hier in der Gegend praktiziert!*

„Frau Sattler?" Eine tiefe, angenehme Stimme riss sie aus ihren Gedanken. Ein großer dunkelhaariger Mann, schätzungsweise Anfang Vierzig, mit leichtem Ansatz von Grau an den Schläfen, stand vor ihr und lächelte sie an. „Ich bin Dr. Küster." Freundlich reichte er ihr seine Hand. „Kommen Sie mit?"

In ihrer Erinnerung sahen die Psychologen anders aus. Die Ärzte, die sie damals behandelt haben, waren alte Männer mit grauen Haaren und eindringlichen großen Augen, die sie durch dicke Brillengläser inspizierten. Dr. Küster hatte eine angenehme Stimme und einen freundlichen Blick, der weder aufdringlich noch unangenehm war.

In seinem Behandlungszimmer, welches eher wie ein Ausstellungsraum für Ledermöbel wirkte, setzte sie sich in den Sessel vor seinem Tisch.

„Wie kann ich Ihnen helfen?", eröffnete er hilfsbereit das Gespräch.

„Ich bin mir nicht sicher, ob Sie das können und ob ich hier überhaupt richtig bin." Unsicher vergrub Elena ihre Hände in ihrem Mantel.

„Erzählen Sie mir doch einfach, was Ihnen auf dem Herzen liegt, dann können wir hinterher besprechen, ob es eine Heilung gibt oder nicht!"

Erschrocken riss sie ihre Augen auf. „Was?"

„Das war ein Scherz! Ich wollte sie nur etwas auflockern! Sie wirken angespannt. Waren Sie schon einmal bei einem Psychologen?"

„Ja ... mit Vierzehn, aber das hat nichts gebracht", gab sie schüchtern zu.

„Das kommt häufig vor, vor allem bei Kindern und Jugendlichen. Wir Psychologen sind nicht vergleichbar mit Chirurgen, Orthopäden oder Internisten. Wenn die ein Problem erkennen, dann behandeln sie es mit einer Spritze, schneiden Sie auf oder bandagieren den schmerzenden Körperteil. Diese Mittel stehen uns leider nicht zur Verfügung. Wir können zwar medikamentös gegen bestimmte psychische Störungen vorgehen, allerdings obliegt dies den Psychiatern. Wenn ein Patient sich sträubt mit seinem Psychologen zusammenzuarbeiten, dann kommt in der Regel auch nichts dabei heraus. Und bei Jugendlichen, die häufig von dritter Seite zu uns geschickt werden, ist das meistens der Fall. Daher stelle ich Ihnen die erste und wichtigste Frage: Kommen Sie freiwillig und wollen Sie mit mir reden?" Abwartend lehnte er sich in seinem Sessel zurück.

Elena war völlig perplex ob der beruhigenden Art, welche er ausstrahlte. Er drängte sie zu keiner Handlung und entschied nicht über ihren Kopf hinweg. Das war ihr äußerst sympathisch. Daher kam ihre Antwort auch recht schnell und ehrlich. „Ja! Ich habe mich selbst dazu entschlossen, Sie aufzusuchen, weil es in meinem Leben momentan ein paar … Ungereimtheiten gibt, die ich gerne beseitigen möchte."

„Dann schießen Sie los! Sie erzählen, ich höre zu!", ermutigte er sie lächelnd.

Elena erzählte von ihrer Mutter, von Florian und von Ben. Sie wollte eigentlich nur ihre Kindheit und den Vorfall mit ihrem Vater zur Sprache bringen, kam aber von einem Thema zum Nächsten und redete sich sprichwörtlich die Last von ihrer Seele. Als sie schließlich ihren Vortrag beendet hatte, war der Arzt auf dem gleichen Wissensstand wie Ben.

„Sofern ich das recht verstehe, gibt es zwei große Probleme in Ihrem Leben. Erstens die Erinnerungslücken beim Tod ihres Vaters sowie in der Nacht mit Ihrem Freund Florian und zweitens die Bedrohungen durch Alex. Ist das richtig?" Elena freute sich, dass Dr. Küster ihre konfuse Erzählung sofort fehlerfrei deuten konnte und ihre Probleme richtig erkannte. Sie nickte.

„Waren Sie schon bei der Polizei?", fragte er, während er seine Notizen auf dem Block überflog.

„Natürlich! Aber die unternehmen nichts, solange nicht wirklich etwas passiert!"

„Leiden Sie an Somnambulismus?", kam die nächste Frage.

„An was?", stieß sie irritiert aus.

„Sind Sie schon einmal geschlafwandelt?", erklärte er den Fachbegriff.

„Soweit ich weiß nicht! Merkt man das überhaupt selbst?", überlegte sie laut.

„Manchmal schon. Wenn man zum Beispiel morgens aufsteht und verschmutzte Füße hat oder man trägt Schuhe, die man wissentlich am Abend zuvor nicht angezogen hat. Gelegentlich essen oder trinken Schlafwandler auch."

Plötzlich fiel es ihr wieder ein. „Einmal bin ich auf meinem Sofa eingeschlafen und am nächsten Morgen im Bett aufgewacht."

„Waren Sie alleine in der Wohnung?"

„Nein! Ben war da. Ich war betrunken und er schlief neben mir auf dem Sessel."

„Und Ben ist sich sicher, dass er Sie nicht ins Bett gebracht hat?"

„Ja! Er glaubt, dass ich kurz aufgewacht bin, mich selbst ausgezogen und schlafen gelegt habe. Aber ich weiß nichts davon!", erzählte sie glaubhaft.

„Wenn Sie noch genügend Alkohol im Blut hatten ist das durchaus möglich. Nach Alkoholkonsum gibt es häufig Erinnerungslücken. Gab es noch eine andere Situation, in welcher Sie wo anders aufgewacht sind?" Erwartungsvoll blickte er sie an.

Langsam schüttelte sie den Kopf. „Ich glaube nicht!"

„Es tut mir leid, aber Ihr Freund Ben hat in vielen Punkten recht! Es gibt tatsächlich für die meisten der von Ihnen geschilderten Ereignisse eine rationale Erklärung. Trotzdem sollten Sie die Drohungen von diesem Alex natürlich ernst nehmen. Sie glauben, dass er die Katze Ihres Freundes getötet hat?"

„Ja! Vor allem im Zusammenhang mit dem Brief vor der Haustüre, finde ich es sehr bedrohlich."

„Kennen Sie die Schrift auf dem Zettel oder in den Briefen?", wollte Dr. Küster jetzt wissen.

„Nein! Es ist aber jedes Mal, wenn sie handgeschrieben sind, die gleiche Schrift."

„Um auf die Nacht zurückzukommen, in welcher Ihr Vater erstochen wurde. Glauben Sie Ihrer Mutter, dass sie es nicht war?" Äußerst behutsam stellte Dr. Küster diese Frage.

Entsetzt richtete sie ihren Oberkörper auf. „Natürlich! Warum sollte sie lügen?"

„Sagen Sie es mir!"

„Sie war fünfzehn Jahre im Gefängnis! Ich war nie böse auf sie, dass sie meinen Vater erstochen hat, obwohl ich ihn geliebt habe. Ich war nur wahnsinnig enttäuscht von ihr, dass unsere Familie dadurch auseinandergerissen wurde!" Elena spürte, wie das Gespräch langsam ihre Substanz angriff. Ihre Augen füllten sich mit Tränen.

„Warum waren Sie auf Ihre Mutter nicht sauer? Schließlich hat sie Ihren Vater umgebracht!"

„Das kann ich mir selbst nicht erklären! Ich glaube, ich dachte immer, sie hätte sicher einen wichtigen Grund dafür gehabt, so etwas zu tun. Ich erinnere mich jedenfalls nur an die Enttäuschung, die mich jahrelang begleitet hat."

„Sind Sie das jetzt immer noch?"

„Was meinen Sie?"

„Enttäuscht von ihr?"

„Nein! Ich bin stolz auf sie, weil sie mich beschützen wollte und mir somit ein normales Leben ermöglicht hat!", schluchzte sie traurig.

„Verstehen Sie mich nicht falsch. Aber kann es sein, dass Ihre Mutter genau das damit bezwecken will? Dass Sie nicht mehr enttäuscht, sondern stolz auf sie sind? Ist es nicht verständlich, dass eine Mutter zu ihrer geliebten Tochter ein gutes Verhältnis haben möchte? Sie will Sie auf keinen Fall verlieren."

„Und deshalb soll sie sich so etwas ausdenken? Dass ich meinen Vater ermordet habe? Das ist doch grausam! So etwas kann man nicht innerhalb weniger Sekunden erfinden!", brachte sie empört hervor.

„Richtig! Aber innerhalb von fünfzehn Jahren kann einem so etwas schon einfallen!", entgegnete er.

Verzweifelt starrte sie ihn an. Warum erzählte er so etwas? Warum zog er ihre Mutter in den Schmutz? Was war das für ein

Psychologe, der nicht ihre Erinnerungslücken heilte, sondern fadenscheinige Ausreden für ihren Gedächtnisverlust erfand?

„Das muss ich mir nicht länger anhören! Ich dachte, Sie könnten mir helfen, aber vermutlich lag ich mit meiner ursprünglichen Einschätzung des Berufsstandes der Psychologie richtig. Ihr seid alle nur Quacksalber, die nicht einmal Medizin studiert haben! Ich habe mich informiert! Psychologie kann jeder studieren, dazu braucht man nicht einmal viel Kenntnis! Und Begabung, das Leid anderer Menschen zu erkennen, ist wohl auch kein Prüfungsfach!" Schwungvoll stand sie auf und stürmte zur Türe.

„Wenn Sie mit mir reden wollen, bin ich immer für Sie da!", rief ihr der Arzt beruhigend hinterher.

Sie knallte die Tür hinter sich zu und wandte sich ein letztes Mal an die überraschte Sekretärin. „Schicken Sie mir die Rechnung zu! Ich komme nicht wieder!"

Kapitel 39

ER

Nach einem langen Arbeitstag fuhr Ben in der Dunkelheit nach Hause. Obwohl der Termin ein gutes Ende fand, war er langwierig und aufreibend. Die neuen Kunden waren schwer zufriedenzustellen und äußerten Wünsche, was ihr neues Haus betraf, die teilweise nur mit großen Mühen zu realisieren waren. Trotz des dadurch erhöhten Kostenaufwandes bestanden sie auf die Durchführung der vereinzelt extravaganten Ausführungen. *Da kommt eine Menge Arbeit auf mich zu!*, dachte Ben, während er die Besprechung Revue passieren ließ.

Er stellte seinen Wagen auf dem Parkplatz ab, stieg aus und trottete müde zur Haustüre. Als er sie öffnete, bemerkte er das Kuvert, welches unter dem Türschlitz lag. Ihm kam sofort der Verdacht, dass es sich um eine neue Nachricht von Alex handeln könnte. Er riss das Kuvert auf und zog den weißen Zettel heraus.

Warum tust du dir das an? Warum tust du Elena das an? Lass sie endlich in Ruhe, oder willst du enden wie Zorro?

Wütend zerknüllte er den Brief in seiner Faust und warf ihn gegen die Wand. Jetzt hatte er die Bestätigung, dass der Verfasser der Drohbriefe auch seinen Kater getötet hatte. Er sah es nicht mehr ein, sich von einem anonymen Erpresser drohen zu lassen. Diese Art von Menschen war nur hinter ihren geschlossenen vier Wänden mutig. An einen hilflosen Kater traute Alex sich vielleicht ran, aber einem erwachsenen Mann würde er sicher nicht mit solch einer Entschlossenheit gegenübertreten. Ben hatte keine Angst vor einem feigen Stalker, der seine Angebetete durch absurde Drohbriefe für sich gewinnen wollte. Er ging zu seinem Sofa im Wohnzimmer und ließ sich erschöpft darauf nieder. Für ihn stand fest, dass er Elena von diesem Brief nichts erzählen würde. Zumindest nicht jetzt! Sie hatte genug andere Sorgen, die sie verarbeiten musste. Eine neue Nachricht von Alex würde sie völlig aus der Bahn werfen. Trotzdem wollte er heute noch mit ihr telefonieren. Erstens, weil er ihre Stimme hören wollte und zweitens, weil das Büro spontan auf das Oktoberfest gehen wollte. Herr Seiler persönlich erhielt von einem dankbaren Kunden mehrere Bier- und Essensmarken sowie die Reservierung eines Tisches für Donnerstagabend. Anfangs dachte Ben, es wäre Elena sicher auf dem Oktoberfest zu viel los und sie würde die Ruhe und Abgeschiedenheit in ihrer Wohnung bevorzugen, um das Erlebte zu verarbeiten. Mittlerweile war er allerdings der Ansicht, dass es ihr und auch ihm möglicherweise gut tat, einmal auf andere Gedanken zu kommen. Bei dem Lärm, der Musik und der Feierlaune der Anwesenden wurde man schnell in den Bann der Ausgelassenheit gezogen. Wem konnte das schaden?

Als er sich ein Bier aus dem Kühlschrank holte, hatte er den zerknüllten Brief im Flur schon fast vergessen. Er legte sich aufs Sofa und griff nach seinem Handy.

„Hallo Ben!", begrüßte ihn Elena glücklich.

„Wie geht es dir? Konntest du dich heute erholen?" Bens Interesse war aufrichtig.

„Es geht so. Vormittags war ich bei einem Psychologen und nachmittags habe ich mich hingelegt."

„Du hattest einen Termin beim Psychologen? Das hast du mir gar nicht erzählt!", äußerte er verwundert.

„Ich habe mich auch ganz spontan dazu entschlossen, aber es war ein Fehler. Der sieht mich sicher nicht mehr!" Abwertend stieß sie den letzten Satz aus.

„Warum? Was hat er gesagt?"

„Er hat mir kein Wort geglaubt! Er drehte die Dinge so hin, als wäre meine Mutter eine Lügnerin und hätte die Schuld auf mich geschoben, um sich vor mir als Heldin aufzuspielen. Kannst du dir das vorstellen?", erzählte sie empört.

„Das hat er gesagt? Wie kommt er darauf?"

„Ist doch egal! Er ist ein Spinner, wie alle Psycho-Heinis! Er kennt meine Mutter eben nicht!", flüsterte sie traurig.

„Du hast dir mehr davon versprochen, stimmt's?"

„Dieser Dr. Küster war am Anfang so nett und sympathisch. Wirklich! Ich hatte Vertrauen zu ihm und es fiel mir leicht, ihm meine ganze Geschichte zu erzählen. Aber als er mit diesen seltsamen Theorien anfing, kam ich mir vor wie in einem schlechten Film!"

„Er wird schon seine Gründe haben, warum er solche Vermutungen aufstellt. Denk doch einfach mal darüber nach!", versuchte Ben sie zu ermutigen.

„Stellst du dich jetzt auch gegen mich? Glaubst du auch, meine Mutter hätte mich belogen?" Wütend motzte sie ihn durchs Telefon an.

„Nein! Du weißt, dass ich zu dir stehe. Immer! Ich meine nur, du solltest in Ruhe darüber nachdenken, ob es möglich wäre. Dieser Dr. Küster sieht die Sache objektiv, von außen. Er ist nicht emotional betroffen, wie du und mittlerweile auch ich."

„Er hat mir unterstellt, ich wäre an dem Abend bei mir zu Hause so betrunken gewesen, dass ich mich nicht mehr an mein Handeln erinnern könnte. Er meinte, ich hätte Erinnerungslücken durch den Alkoholkonsum!", erzählte sie aufgebracht.

Ben lachte. „Sorry, aber du warst wirklich sehr betrunken. Du hast dich übergeben, was bedeutet, dass dein Körper definitiv zu viel Alkohol aufgenommen hatte. Vielleicht hat der Doc ja recht."

„Können wir bitte das Thema wechseln? Wie war dein Tag? Wann sehen wir uns wieder?"

„Mein Tag war anstrengend, aber erfolgreich. Ich habe ein großes Projekt an Land gezogen. Und wenn du Lust hast, sehen wir uns morgen Abend, Herr Seiler lädt uns auf die Wiesn ein." Gespannt wartete er auf ihre Reaktion.

Er hörte sie ausatmen. „Ernsthaft? In ein Bierzelt?", fragte sie unsicher.

„Natürlich! Wo denn sonst?" Er fand ihre Frage merkwürdig. „Wir haben einen Tisch im Augustiner-Zelt. Ich würde mich freuen, wenn du mitkommen würdest. Außerdem tut es sicher uns beiden ganz gut einmal abzuschalten!"

„Wenn die Alternative dazu wäre, dass ich dich morgen überhaupt nicht sehe, dann komme ich mit. Du fehlst mir!", flüsterte sie liebevoll.

„Du fehlst mir auch! Ich hole dich um 18.00 Uhr ab."

„Bis morgen!"

„Schlaf gut!"

Bevor er in den ersten Stock hinauf ging, überprüfte er nochmals, ob alle Türen verschlossen und die Alarmanlage eingeschaltet war. *Sicher ist sicher!*

Kapitel 40

SIE

Elena stand dicht vor Florian und hielt ihm die Spitze eines Schraubenziehers unter sein Auge. Sie wunderte sich über die Widerstandskraft seiner Haut. Obwohl sie den spitzen Kreuzschraubendreher immer fester an seinen Wangenknochen drückte, verletzte sie ihn nicht.

„Elena, bitte hör auf!", bettelte er entsetzt. Sie sah in seinen Augen die Angst, welche in seinem Inneren tobte. Und sie genoss es! Mit einem Grinsen auf den Lippen stieß sie ihre Waffe noch ein Stück weiter gegen seine Haut und plötzlich ... entstand ein kleiner Riss, aus welchem hellrotes Blut floss.

„Hast du mich verstanden?", raunte sie ihm mit tiefer Stimme zu.

Er nickte hektisch und schaute entsetzt nach unten. Als sie seinem Blick folgte bemerkte sie die kleine Pfütze, die sich zu seinen Füßen bildete. Er hatte sich eingenässt!

Schreiend wachte sie auf. Fassungslos schüttelte sie sich und zog sich die Decke bis unters Kinn. *War das nur ein Traum, oder habe ich das wirklich getan?* Der Traum war so real ... aber sie wusste aus Erfahrung, dass das nichts heißen musste. Die Intensität eines Traumes hatte nichts mit seinem Wahrheitsgehalt zu tun. Sie schloss die Augen und versuchte wieder einzuschlafen, was ihr aber erst nach einiger Zeit gelang.

Als sie das nächste Mal aufwachte, war es bereits zwei Uhr nachmittags. Erschrocken sprang sie aus dem Bett. Der Albtraum, welcher sie einige Stunden zuvor heimgesucht hatte, war schon fast in Vergessenheit geraten, als sie nach einer schnellen Dusche die Haustüre öffnete und ins Treppenhaus trat. Vor ihren Füßen lag eine große Schachtel. Die mit geschwungenen Lettern gedruckte Aufschrift lautete: *Trachten Angermaier*. Es war weder ein Adressat noch ein Absender zu erkennen. Suchend blickte sie sich im Treppenhaus um. Vielleicht war das Paket gar nicht für sie, sondern irgendjemand hatte es nur kurzzeitig hier abgelegt. Sie wartete noch ein paar Minuten, dann hob sie die Sendung auf und ging zurück in ihre Wohnung. Behutsam, als handele es sich um eine scharfe Bombe, öffnete sie den Deckel. Sie beseitigte vorsichtig das rosa Seidenpapier und blickte im nächsten Moment auf ein wunderschönes Dirndl. *Das musste von Ben sein!* Wer sonst sollte ihr ein so wertvolles Geschenk machen? Lächelnd hob sie es aus der Verpackung und betrachtete es eingehend. Es war braun mit rosa Elementen. Die Schürze war zartrosa mit Glitzereffekten. Es traf zu hundert Prozent ihren Geschmack. *Woher konnte Ben das wissen?* Aufgeregt schlüpfte sie hinein, zog den seitlichen Reißverschluss zu und stellte überrascht fest, dass es wie angegossen saß. Es passte einfach perfekt! Überschwänglich lief sie zu ihrem Telefon und wählte Bens Nummer. Die Mailbox sprang an. Sie legte auf und rief bei seiner Durchwahl im Büro an.

Nach mehrmaligem Klingeln meldete sich Katharina. „Architekturbüro Seiler, Sie sprechen mit Katharina Pabel, guten Tag!"

„Kathy? Hier ist Elena. Ist Ben zu sprechen?", rief sie ungeduldig in den Hörer.

„Hallo Elena! Sorry, aber der ist unterwegs zu einem Termin. Kann ich etwas ausrichten?", bot sie freundlich an.

„Ja, sag ihm bitte, dass … oder nein, … wenn er Zeit hat, kann er mich zurückrufen."

„Geht klar! Kommst du heute Abend auch?", hakte Katharina interessiert nach.

„Ja! Auf jeden Fall!", antwortete Elena glücklich. Sie freute sich wirklich auf den Abend, vor allem, da sie jetzt ein so schönes Dirndl präsentieren konnte. „Bis später!"

Beschwingt verbrachte sie die nächsten Stunden mit einem sie plötzlich überfallenden Putzfimmel sowie anschließend mit einer komplizierten Hochsteckfrisur, mit welcher sie unbedingt die Schönheit der neuen Tracht unterstreichen wollte.

Pünktlich zur vereinbarten Zeit klingelte es an der Haustüre. Überschwänglich öffnete sie die Tür und begrüßte ihren Freund mit einem reizenden Lächeln. „Hallo!"

„Wow! Du siehst blendend aus! Warst du drei Monate auf Hawaii, oder wo kommt dieses Strahlen her?" Ben war sichtlich überrascht, sie so gutgelaunt anzutreffen.

Sie zog ihn in die Wohnung, umarmte und küsste ihn zärtlich. „Danke", flüsterte sie an seine Lippen.

„Wofür? Ich mache dir gerne noch mehr Komplimente, wenn du mich dafür küsst!" Er zog sie erneut an sich und bedeckte ihren Mund mit seinem.

Sachte schob sie ihn ein Stück von sich, drehte sich im Kreis und demonstrierte ihr neues Kleid.

„Ist das neu? Das steht dir ausgezeichnet!"

„Das habe ich geschenkt bekommen!", spielte sie mit.

„Dein Verehrer hat einen guten Geschmack ... und offensichtlich auch Kohle!", ergänzte er mit Blick auf die kleinen funkelnden Steine im Brustbereich.

„Und dafür liebe ich ihn – ich meine für den guten Geschmack, nicht wegen des Geldes!", berichtigte sie schnell ihre Aussage.

Nachdenklich betrachtete Ben die schöne Frau vor sich. „Muss ich mir Sorgen machen? Wer ist denn der Glückliche, den du liebst?"

„Du Spinner! Vielen Dank für das Dirndl! Woher wusstest du, welche Größe ich habe?" Sie stieß ihm freundschaftlich in die Seite.

Irritiert kniff er seine Augen zusammen. „Elena! Ich meine das Ernst! Das Kleid ist nicht von mir!"

Schlagartig wich die Farbe aus ihrem Gesicht. Ihr wurde schwindelig, sie setzte sich schnell auf einen der Stühle. „Aber … aber wer hat mir dann …", stotterte sie, weil sie die Antwort bereits zu ahnen schien.

„War keine Nachricht dabei?", wollte Ben neugierig wissen.

„Nein … ich meine, ich habe keine gesehen."

Ben entdeckte die geöffnete Schachtel und durchsuchte deren Inhalt. Seitlich, vom Seidenpapier verrutscht, fand er eine kleine Karte. Beunruhigt las er die wenigen Zeilen.

„Es war Alex!", erklärte er knapp.

„WAS?", schrie Elena aufgebracht, obwohl sie es insgeheim erwartet hatte. „Aber warum …?"

„*Liebe Elena, ich wünsche dir einen schönen Abend, vermutlich den letzten mit Ben! In Liebe Alex!*", las Ben laut vor.

„Dieser verfluchte …" Genervt riss sie an ihrem Reißverschluss, der sich verhakte und deshalb nicht aufging. „Verdammt! Hilf mir mal! Ich muss aus diesem blöden Kleid raus!", schrie sie verzweifelt.

„Warte!" Er hielt ihre zappelnden Arme fest. „Warum lässt du es nicht an?"

„Ist das dein Ernst? Der freut sich doch nur, wenn er mich in seinem Geschenk sieht. Womöglich bildet er sich noch etwas darauf ein!"

„Sein Ziel ist es offensichtlich, dass ich eifersüchtig werde, wenn du *sein* Geschenk trägst und dass ich dann mit dir Schluss mache. Wir werden ihm beweisen, dass seine Spielchen bei uns nicht ziehen. Du trägst *sein* Dirndl, bist aber mit *mir* unterwegs. Und wir werden uns nicht zurückhalten, ihm zu zeigen, was wir füreinander empfinden. Irgendwann wird er es aufgeben – es bleibt ihm gar nichts anderes übrig!" Ben trat sehr selbstbewusst auf.

„Und wenn er dir etwas antut? Wenn sich seine Drohungen bewahrheiten?" Ängstlich hielt sie seine Hand.

„Auf dem Oktoberfest sind so viele Menschen! Er wird nicht so dumm sein, mich dort anzugreifen! Außerdem sind zwischenzeitlich keine Drohungen mehr von ihm gekommen! Also lass uns einen schönen Abend verbringen!" Ben log Elena bewusst an, da er sie nicht unnötig beunruhigen wollte. Außerdem glaubte er jedes Wort, was er von sich gab. Er gab ihr einen flüchtigen Kuss und ging anschließend zur Haustüre. „Bist du bereit?"

Mit einem zaghaften Nicken folgte sie ihm ins Treppenhaus.

Eine Stunde später saßen sie, gemeinsam mit ihren Kollegen und dem Chef, im Bierzelt und stießen zum wiederholten Male mit einer Maß Bier an. Die Stimmung war ausgelassen, die Musik laut und die Luft stickig. Obwohl Elena anfangs mit gemischten Gefühlen auf das große Volksfest ging, fühlte sie sich mittlerweile erleichtert und fröhlich. Ihre Angst vor Alex hatte sich schnell gelegt, nachdem sie bemerkt hatte, dass sie von Menschen umgeben waren, die alle nur feiern und tanzen wollten. Während der aktuelle Wiesn-Hit gespielt wurde, stand sie mit Ben, Katharina und Dennis auf der Bierbank und hüpfte fröhlich im Takt. Plötzlich spürte sie ein Brummen in ihrer Dirndl-Tasche unterhalb der Schürze. Sie erinnerte sich an ihr Handy, welches sie auf Vibrationsalarm gestellt hatte und zog es neugierig hervor. Auf dem Display erschien eine unbekannte Nummer. *Wer kann das sein?*

„Ich gehe kurz nach draußen, ich habe einen Anruf!", schrie sie Ben zu. Im nächsten Moment hüpfte sie von der Bank und ging mit dem Handy am Ohr Richtung Ausgang. „Kleinen

Moment, ich gehe nach draußen, damit ich was höre!", rief sie in den Apparat, ohne zu ahnen, wer der Gesprächspartner war.

Als sie schließlich das Zelt verlassen hatte, nahm sie zuerst einen tiefen Atemzug, der ihre Lungen mit sauerstoffreicher Luft füllte. Anschließend hielt sie sich ihr Handy ans Ohr. „Hallo? Jetzt kann ich sprechen!"

„Hallo Elena!", erkannte sie die Stimme ihrer Mutter. „Störe ich dich gerade? Ich kann auch später noch einmal anrufen, wenn …"

„Nein! Alles gut! Ich bin gerade auf dem Oktoberfest und dank dir kann ich endlich wieder frische Luft atmen. Hast du eine Ahnung, wie stickig es in den Zelten ist?" Lachend führte sie Smalltalk mit ihrer eigenen Mutter.

„Ich weiß! So viele Menschen auf einen Raum und dann noch der ganze Rauch!", gab Claudia ihre eigenen Erfahrungen preis.

Schlagartig wurde Elena wieder bewusst, dass ihre Mutter die letzten fünfzehn Jahre im Gefängnis verbracht hatte. „Äh, Mama? Man darf seit fünf Jahren nicht mehr in den Zelten rauchen!", erklärte sie vorsichtig.

„Stimmt! Das habe ich vergessen! Das habe ich doch mitbekommen! Ich war nur im Knast, nicht auf einem anderen Stern!", lachte sie über ihren eigenen Scherz.

Die frische Luft und die Kälte ließen Elena frösteln, hellten jedoch auch ihre Gedanken wieder auf, so dass sie sich an das Gespräch mit Dr. Küster erinnerte. „Mama? Ich würde mich gerne noch einmal mit dir unterhalten. Kannst du am Wochenende zu uns kommen? Oder ist es dir lieber, wenn ich zu dir nach Bremen komme?", bot sie schnell an.

„Ich wollte dich eh fragen, ob ich dich besuchen kann. Ich möchte mich in München nach einer Wohnung umsehen. Wenn es dir passt, dann kann ich gerne am Samstag kommen", sagte Claudia erleichtert.

„Natürlich! Sag einfach …" Plötzlich lag auf Elenas Schulter eine Hand. Sie erstarrte.

„Hallo, meine Hübsche! Du bist ja ganz alleine!", säuselte eine fremde Männerstimme ihr ins Ohr. In Sekundenschnelle überblickte Elena ihre Situation. Sie war auf der Rückseite des Zeltes, vor ihr ein kleiner Hügel, der ziemlich verlassen aussah. Der Eingang zum Zelt befand sich um die Ecke, wo sich auch die Security aufhielt. *Soll ich schreien?* Sie spürte die Gänsehaut, die sich an ihren Armen bildete und bis über ihren Rücken zog.

Und plötzlich wurde es schwarz um sie herum.

Kapitel 41

ER

„Ein Prosit, ein Prooosit der Gemütlichkeit!", sang Ben laut mit und stieß anschließend mit seinen Kollegen kräftig an. Er trank bereits seine zweite Maß Bier, was eigentlich schon zu viel für ihn war. Er würde seinen Wagen auf jeden Fall stehen lassen und erst morgen wieder abholen. Zu ausgelassen und fröhlich war die Stimmung, um jetzt mittendrin nur noch Wasser zu trinken. Während er den großen gläsernen Krug an seinen Mund führte, sah er über den Rand hinweg Elena, die sich mit zerzausten Haaren einen Weg durch die Menschenmenge bahnte. Beunruhigt beobachtete er sie.

„Ist alles in Ordnung?", fragte er besorgt, als sie sich neben ihn setzte.

„Es war meine Mutter! Sie will uns am Wochenende besuchen!", informierte sie ihn über ihre Unterhaltung am Telefon.

„Was ist mit deinen Haaren passiert?" Amüsiert griff er nach einer herabhängenden Strähne und wickelte sie um seinen Finger. *Ich habe eindeutig schon zu viel getrunken!*

„Warum?" Irritiert betastete sie ihre Hochsteckfrisur, die sich zwischenzeitlich nahezu aufgelöst hatte. Da fiel Bens Blick auf ihre Hände und in seinem Gesicht spiegelte sich schlagartig Besorgnis.

„Was ist das? Ist das Blut?" Entsetzt griff er nach ihrer Hand und zog sie zu sich.

„Keine Ahnung! Schaut so aus!", gab sie überrascht zu.

„Hast du dich irgendwo verletzt?"

„Ich kann mich nicht erinnern! Möglich, dass ich mich geschnitten habe, oder so." Elena war vollkommen ratlos, warum ihre Handrücken mit Blutspuren überzogen waren.

Ben sah sie ernst an. „Elena? War das Alex?"

„Was? Nein! Wie kommst darauf?"

„Bitte verschweige mir nicht, falls du dich mit ihm getroffen hast. Habt ihr gestritten?"

„Spinnst du jetzt total? Bist du betrunken? Ich weiß doch nicht einmal, wer Alex ist! Ich habe weder mit ihm gesprochen noch mit ihm gestritten! Und ich glaube, es ist mein Blut, weil meine Handrücken tierisch schmerzen!"

Ben sprang besorgt auf. „Komm, wir gehen!" Er zog Elena in die Höhe, verabschiedete sich kurz von seinen feiernden Kollegen und zog sie mit zum Ausgang. Als ihnen die kühle Luft entgegenschlug, sahen sie an der Ecke des Zeltes die mit gelber Plane überzogene Rollliege der Sanitäter. Zwei Männer des Roten Kreuzes beugten sich über einen am Boden liegenden Verletzten.

„Komm weg hier!" Ben legte beschützend den Arm um Elena und schob sie den steilen Hang hinauf bis zum nächsten freien Taxi. Erst als sie auf der Rückbank des Fahrzeuges saßen, atmete Ben erleichtert aus. „Wir fahren ins Krankenhaus", sagte er laut genug, dass der Fahrer es hören konnte.

„Nein! Das ist nicht nötig! Ich will nur nach Hause!", entgegnete Elena und nannte dem Chauffeur ihre Adresse.

„Bist du sicher?" Besorgt begutachtete Ben erneut ihre Hände.

„Ich bin mir sicher!"

Nachdem Ben die Türe zu Elenas Wohnung hinter sich geschlossen hatte, lief er zum Gefrierschrank und holte eine Packung gefrorene Erbsen heraus. Er setzte sich neben sie auf das Sofa und kühlte mit dem Gemüse ihre schmerzenden Handrücken.

„Willst du mir erzählen, was passiert ist?", fragte er behutsam.

„Das würde ich gerne, wenn ich es wüsste!"

„Also war es nicht Alex?", hakte er vorsichtig nach. Er fühlte sich schlagartig wieder nüchtern.

„Wie kommst du darauf? Du meinst, weil er mir das Dirndl geschenkt hat greift er mich an?"

„Nein! Aber er schenkt dir das Kleid und er erwartet von mir, dass ich mit dir Schluss mache!", erzählte er nachdenklich.

„WAS? Wie kommst du jetzt darauf? Die letzte Drohung an dich ist doch schon Tage her!" Verwundert wartete sie auf eine Erklärung von ihm.

„Einen Tag, um genau zu sein!"

Sie riss ihre Augen auf und starrte ihn ungläubig an. „Du hast gestern einen Brief von ihm erhalten und mir nichts gesagt?"

„Ich wollte dich nicht beunruhigen!", rechtfertigte er sein Schweigen.

„Was schrieb er?"

„Das Übliche!"

„Was?", schrie sie ungeduldig.

„Er meinte, wenn ich mich nicht von dir fernhalte, ergeht es mir wie Zorro!", erzählte er bedrückt.

„Ich wusste es! Woher kennt er den Namen deines Katers?"

Ben zuckte mit den Schultern.

„Vielleicht ist es doch dein Nachbar?"

„Hör auf! Das hatten wir doch schon alles! Mich interessiert jetzt viel mehr, was mit deinen Händen passiert ist. Wasch dir zuerst mal das Blut ab, damit wir sehen, wie es darunter aussieht!" Besänftigend streichelte er ihr über den Rücken.

Sie stand auf und ging ins Badezimmer. Während das warme Wasser über ihre Hände lief spürte sie bereits die schmerzenden Stellen auf den Handrücken. Genauer gesagt an den Knöcheln, sie waren geschwollen und einige davon aufgeplatzt.

„Es war doch mein Blut!" Elena streckte ihm ihre Hände entgegen, um ihre blutenden Knöchel zu demonstrieren.

„Bist du gestürzt? Hast du noch andere Verletzungen?" Ben begutachtete sie von oben bis unten. Dabei entdeckte er die zerrissene Strumpfhose an ihrem rechten Schienbein. Völlig unerwartet brummte es unter Elenas Schürze.

„Mein Handy!", rief sie erschrocken und zog es aus der Tasche. „Hallo?"

„Elena? Oh mein Gott! Was ist passiert? Du hast plötzlich aufgelegt und danach habe ich dich einfach nicht mehr erreicht! Ich versuche es seit über einer Stunde!" Ihre Mutter war außer sich vor Sorge.

In Sekundenbruchteilen musste Elena sich entscheiden, was sie ihr erzählte, um sie nicht unnötig zu beunruhigen. „Sorry, Mama! Mein Akku war plötzlich leer. Ich bin gerade erst nach Hause gekommen und konnte das Handy ans Netz hängen. Kann ich dich vielleicht morgen zurückrufen, ich bin ziemlich müde und habe etwas zu viel Bier erwischt", versuchte sie angetrunken und erschöpft zu klingen.

„Natürlich! Liebe Grüße an Ben und schlaf gut!", verabschiedete Claudia sich beruhigt.

„Warum hast du sie angelogen?" Ben krauste verständnislos die Stirn.

„Weil sie sich keine unnötigen Sorgen machen soll! Es reicht schon, dass du mir in den Ohren liegst!", fauchte sie ihn ungerechtfertigt an.

„Ich liege dir damit in den Ohren? Meinst du das ernst? Soll ich lieber gehen? Vielleicht weißt du ja ganz genau, was passiert ist und willst es mir nur nicht erzählen! Anders kann ich mir jedenfalls deine Reaktion nicht erklären. Jeder normale Mensch würde wissen wollen was geschehen ist, wenn er plötzlich mit blutenden Händen auftaucht. Los! Sag es mir!" Ben provozierte sie absichtlich, um sie aus ihrem Schneckenhaus zu locken.

„Was soll ich sagen?", motzte sie zurück.

„Sag mir, dass ich gehen soll! Denn wenn du mich wegschickst, dann weiß ich, dass es dir gut geht und dir deine schmerzenden Hände keine Sorgen bereiten. Offenbar mache ich mir dann nur unnötig Gedanken, was dir zugestoßen ist."

„Ich will nicht, dass du gehst! Ich will nur nicht mehr darüber reden!" Mit kindlicher Sturheit versuchte sie ihn zu überreden, ihrem Wunsch nachzukommen.

„So funktioniert es aber leider nicht! Entweder legst du die Karten auf den Tisch oder du spielst dein Spiel weiter, aber dann verlasse ich die Runde!"

Elena reagierte mit zusammengekniffenem Mund, stur und unnachgiebig.

„Schlaf gut, wir sehen uns am Montag im Büro!", sagte er enttäuscht und verließ mit schnellen Schritten die Wohnung.

„Du Idiot!", schrie Elena laut und schleuderte die Fernbedienung an die Türe. Dass sie damit sich selbst und nicht Ben meinte, war ihr bewusst. Warum glaubte er ihr nicht? Sie konnte sich wirklich nicht erinnern! Keiner glaubte ihr! *Jetzt hat Alex erreicht, was er wollte!* Ihr fiel nur eine Person ein, mit der sie offen über diese Sache reden konnte, auch wenn sie dachte, diese Person nie wieder sehen zu wollen.

Kapitel 42

SIE

Am nächsten Morgen rief sie sofort um neun Uhr in der Praxis an.

„Hallo, hier ist Elena Sattler. Ich bräuchte dringend einen Termin bei Dr. Küster."

„Frau Sattler?", wiederholte die Sprechstundenhilfe.

„Ja! Es tut mir leid, ich war voriges Mal etwas …"

„Einen Moment bitte!"

Elena hörte es in der Leitung knacken, dann vernahm sie plötzlich die ihr bekannte, angenehme Männerstimme.

„Guten Tag Frau Sattler, schön, dass Sie sich melden", begrüßte Dr. Küster seine Patientin.

„Hätten Sie demnächst einen freien Termin für mich? Ich weiß, dass sie bis Dezember ausgebucht sind, aber …"

„Sind Sie sicher, dass Sie einen Termin wollen? Letztes Mal hatte es den Anschein, als würden Sie nicht viel Wert auf meine Meinung legen", fragte er mit ruhigem Tenor.

„Es tut mir leid! Ich hätte Sie nicht so anschnauzen dürfen, das weiß ich. Nur habe ich dieses Mal ein Problem, das recht aktuell ist und ich habe keine Ahnung, mit wem ich sonst darüber reden könnte", erzählte Elena verzweifelt. Am Ende der Leitung herrschte Stille. „Hallo? Sind Sie noch da?"

„Könnten Sie heute gegen zwanzig Uhr kommen?", meldete er sich zurück.

„Äh … ja … natürlich!", stotterte sie überrascht. Sie dachte nicht, so schnell einen neuen Termin zu bekommen. War zwanzig Uhr nicht etwas spät für eine reguläre Praxissprechstunde?

„Entschuldigen Sie, aber mein nächster Patient wartet. Bis später!" Ohne auf eine Antwort zu warten legte Dr. Küster auf.

Gegen Mittag rief Elena ihre Mutter zurück und unterhielt sich geschlagene zwei Stunden mit ihr am Telefon. Sie traute sich jedoch nicht zu fragen, ob sie ihre Tochter möglicherweise nur zum Zwecke ihrer eigenen Rehabilitation beschuldigte, den eigenen Vater umgebracht zu haben. Sie beließ es bei dem üblichen Smalltalk und den schönen Geschichten aus der Vergangenheit, an welche sich beide noch lebhaft erinnerten.

Die restlichen Stunden bis zu ihrem Termin am Abend verbrachte sie unruhig in ihrer Wohnung. Sie tigerte vom Badezimmer in die Küche, von dort ins Wohnzimmer und schließlich ins Schlafzimmer. Sie kam nicht zur Ruhe, dachte an Ben, an den Streit des gestrigen Abends und an den bevorstehenden Termin bei dem Psychologen, dem sie seine Aussage über ihre Mutter immer noch übelnahm. Sie überlegte, ob sie Ben anrufen und um Entschuldigung bitten sollte, kam aber zu der Erkenntnis, dass sie an seiner Stelle auch sauer auf sich wäre und ihm erst vergeben könnte, wenn er mit der ganzen Wahrheit rausrücken würde. *Aber ich kenne die Wahrheit ja nicht!* Verzweifelt warf sie sich aufs Sofa und schaltete den Fernseher ein, um die Wartezeit wenigstens von der Wahrnehmung her zu verkürzen.

Pünktlich zur vereinbarten Zeit betrat sie die Praxisräume. Der Empfang war nicht besetzt, stattdessen kam Dr. Küster aus seinem Büro und streckte ihr lächelnd die Hand entgegen.

„Frau Sattler! Ich freue mich, dass sie sich zu so später Stunde noch auf den Weg zu mir gemacht haben."

Elena war von seiner zuvorkommenden Wortwahl überrascht, da die Dringlichkeit des Termins ja von ihr ausging. „Mich wundert, dass Sie um diese Uhrzeit noch Patienten annehmen!", äußerte sie verblüfft.

„Normalerweise vergeben wir nur bis achtzehn Uhr Termine, aber in besonderen Fällen mache ich eine Ausnahme. Schließlich haben in meinem Berufszweig einige Patienten nicht die psychische Verfassung, auf einen weit entfernt liegenden Termin zu warten. Die springen vom Hochhaus, wenn sie mich nicht sofort sprechen können!" Augenzwinkernd unterstrich er seinen Witz, der bei Elena aber eher als makabrer Scherz ankam.

Er führte sie in sein Sprechzimmer und nahm hinter seinem Schreibtisch Platz.

„Sie sagten am Telefon, es handele sich um ein aktuelles Problem?", leitete er das Gespräch ein.

„Richtig. Ich war gestern Abend mit meinem Freund und einigen Kollegen auf dem Oktoberfest. Und ich glaube, ich hatte dort ein Blackout. Jedenfalls bin ich nicht geschlafwandelt, denn ich habe ja zuvor nicht geschlafen."

„Was ist passiert?"

„Als ich zurück ins Zelt kam hatte ich blutige Hände – und ich habe keine Ahnung woher!"

„Langsam! Sind Sie zuvor alleine aus dem Zelt hinausgegangen?"

Elena nickte.

„Warum?"

„Weil mein Handy klingelte. Meine Mutter rief an und ich unterhielt mich vor dem Zelt mit ihr. Ich kann mich noch erinnern, dass mich jemand von hinten angefasst hat und dann … mehr weiß ich nicht mehr!"

„Was meinen Sie mit *angefasst*?"

„Er hat seine Hand auf meine Schulter gelegt", erklärte sie mit Schaudern.

„Woher wissen Sie, dass es ein Mann war?", hakte er neugierig nach.

„Ich habe es an seiner Stimme erkannt."

„Und was hat diese Stimme gesagt?"

Verzweifelt versuchte Elena sich zu erinnern, bekam aber die genauen Worte nicht mehr zusammen. „Irgendwas mit *Hey Kleine* oder so! Ich weiß es nicht mehr!"

„Wie fühlten Sie sich dabei? Ich meine zu dem Zeitpunkt, an den Sie sich noch erinnern."

„Komisch, glaube ich. Ich bekam Gänsehaut am ganzen Körper, weil die Stimme mir Angst machte."

„Kannten Sie die Stimme?"

„Keine Ahnung!" Bedrückt schüttelte sie den Kopf.

„Was ist das Nächste, an das Sie sich wieder erinnern?", wollte Dr. Küster jetzt wissen.

„Ich ging im Bierzelt auf unseren Tisch zu."

Schweigend notierte sich Dr. Küster seine Anmerkungen auf einem großen Block. Er schrieb und schrieb und Elena wollte schon fast danach fragen, was er denn alles notiere, denn so viel habe sie überhaupt nicht erzählt. Aber sie hielt sich zurück. Sie wollte ihn nicht erneut gegen sich aufbringen, da sie dieses Mal auf seinen Rat zählte.

„Wissen Sie schon was es ist?", meldete sie sich schließlich doch zu Wort.

Er schaute auf, lehnte sich zurück und betrachtete sie aufmerksam. „Ich kann es nicht sagen. Ich würde Ihnen empfehlen, es mit Hypnose zu versuchen. Mit dieser Technik dringt man meistens bis tief ins Unterbewusstsein des Patienten vor und erfährt Dinge, die der Betroffene bewusst nicht steuern kann."

„Was für Dinge?", fragte Elena mit gemischten Gefühlen.

„Ängste, Sehnsüchte oder Paranoia."

„Sie glauben, ich bin paranoid?"

„Das habe ich nicht gesagt."

Aber gedacht! „Können wir dann auch herausfinden, was gestern Abend passiert ist? Und in der Nacht mit Florian? Und mit meinem Vater?" Obwohl sie dieses Thema nicht mehr ansprechen wollte, sprudelte es aus ihr heraus.

„Möglicherweise!", gab Dr. Küster ehrlich zu.

„In Ordnung, dann machen wir es!" Sie richtete sich auf, bereit zum nächsten Schritt.

„So schnell geht das nicht!", lächelte der Arzt amüsiert. „Dazu brauchen wir nun wirklich einen festen Termin. Ich muss garantieren, dass wir zwei Stunden ungestört arbeiten können, das geht während der üblichen Sprechzeiten nicht."

„Und abends? Jetzt zum Beispiel?", bohrte Elena vorsichtig nach.

„So leid es mir tut, Frau Sattler, aber Sie sind heute Abend nicht meine einzige Patientin."

Beschämt senkte sie den Blick. Wie konnte sie nur annehmen, sie hätte eine besondere Stellung bei ihm? Er kümmerte sich um alle seine Patienten gleich sorgsam.

„Oh! Entschuldigung, das wusste ich nicht!" Sie errötete leicht, was sie auch spürte, wodurch noch mehr Hitze im Gesicht verursacht wurde.

„Es ginge nächste Woche am Sonntag um fünfzehn Uhr", erklärte er mit Blick auf seinen Kalender.

„Nächste Woche erst?" Sie konnte ihre Enttäuschung nicht verbergen.

„Tut mir leid! Für Notfälle bin ich jederzeit für Sie erreichbar, aber eine Hypnose braucht Ruhe und Zeit!"

„Danke, dann nehme ich diesen Termin."

„Möchten Sie noch etwas anderes mit mir besprechen? Ich meine, wenn Sie schon einmal hier sind?"

„Alex hat mir ein Dirndl geschenkt und wieder eine Drohung gegen Ben ausgesprochen!", erzählte sie gewissenhaft.

„Sie sollten erneut die Polizei um Rat fragen. Wenn Sie erfahren können, wo er das Kleid gekauft hat, kann man ihn möglicherweise über dieses Geschäft ausfindig machen."

Abwartend saß Dr. Küster in seinem Sessel. Sie verspürte den Drang, ihn auf ihren Vater anzusprechen, allerdings hoffte sie, dass er nicht erneut ihre Mutter verleumden würde.

„Eine Frage hätte ich noch. Warum sind Sie sich so sicher, dass meine Mutter meinen Vater umgebracht hat und nicht ich?"

„Ich bin mir da keineswegs sicher! Ich wollte nur alle Möglichkeiten ausschöpfen und eine davon ist eben, dass Ihre Mutter nur behauptet, Sie hätten ihren Vater erstochen."

„Aber was ist so abwegig daran, dass sie mich beschützen wollte und lieber selbst in den Knast ging, als zuzusehen, wie ich bestraft werde?" Elena ließ dieses Thema keine Ruhe.

„Eine erwachsene Frau geht für Mord lebenslänglich, für Totschlag bis zu fünfzehn Jahre ins Gefängnis. Ein neunjähriges Kind ist strafunmündig! Es wird psychologisch und körperlich untersucht, um festzustellen, warum es diese Tat begangen hat. Wenn keine Hinweise auf eine psychische Störung vorliegen, passiert dem Kind überhaupt nichts. Es darf ab und zu einen Psychologen besuchen, um das Trauma zu verarbeiten, aber es wird keineswegs einem Elternteil weggenommen oder in eine Klinik gesperrt. Deshalb ist es für mich unverständlich, warum Ihre Mutter die Schuld auf sich genommen haben sollte, wenn sie damit rechnen musste, dass sie für die mutmaßliche Tat lange Zeit ins Gefängnis gehen würde. Denn dort war sie tatsächlich von ihrem Kind getrennt."

„Dann war ich es vielleicht gar nicht?", flüsterte Elena ungläubig.

„Warten wir nächste Woche ab. Wenn die Hypnose anschlägt, werden wir auch über diese Nacht etwas erfahren! Es wäre gut, wenn Sie sich bis dahin ein paar Notizen machen, welche Fragen Sie geklärt haben wollen." Hoffnungsvoll nickte er ihr zu. Der Arzt sah auf seine Armbanduhr und erhob sich.

„Wenn Sie kein dringendes Problem mehr haben, muss ich Sie leider verabschieden. Mein nächster Patient kommt gleich."

„Vielen Dank für Ihre Auskunft. Ich werde mir bis zum nächsten Mal Gedanken machen."

Kapitel 43

ER

Am Freitagabend kam Ben müde nach Hause. Er war froh, dass das Wochenende vor ihm lag, an welchem er viel schlafen und sich ein paar Blockbuster auf DVD ansehen wollte. Vielleicht würde er auch Tim anrufen, um mit ihm gemeinsam für einige Stunden den Stress des Alltags zu vergessen. Allerdings wusste er, dass es ihm schwerfallen würde, sich nicht bei Elena zu melden. Er dachte jede Minute an sie. Er konnte zwar stur sein, wenn es seine Überzeugung verlangte, jedoch war er sich nicht sicher, ob er sich bis Montag von ihr fernhalten wollte, bis sie sich im Büro wieder sehen würden.

In Gedanken versunken trottete er zur Haustüre, schloss sie auf und trat ein. Als er das Kuvert vor seinen Füßen entdeckte, blieb er angespannt stehen. *Nicht schon wieder! Was will er denn? Ich halte mich momentan doch von Elena fern!* Er hob den Brief auf und betrachtete ihn kritisch. *Für Ben – von Alex.* Fast schon genervt riss er den Umschlag auf und zog die Karte hervor.

Wir laden dich herzlich zu unserer Einweihungsfeier am 15. Oktober um 19.00 Uhr ein.
Beste Grüße
Alex und Ariane

Erleichtert ließ er die Mitteilung sinken. Es war nur sein Nachbar! Ben trat an den Kühlschrank und holte sich ein kühles Bier heraus. *Das habe ich mir jetzt verdient!*, redete er sich ein. Bevor er den ersten Schluck genießen konnte, klingelte plötzlich sein Handy. *Elena!*

Aufgeregt nahm er das Gespräch an. „Hallo Elena!"

„Hi Ben! Wie geht es dir?"

Er konnte an ihrer Stimme erkennen, dass sie nervös war.

„Gut! Wie geht es deinen Händen?", wollte er im Gegenzug wissen.

„Sie heilen! Ich war gerade bei meinem Psychologen. Er will mich nächste Woche hypnotisieren, um herauszufinden, was gestern auf dem Oktoberfest geschehen ist."

„Das ist gut!" Er spürte die Sehnsucht in seiner Brust, die ihn fast zerfraß.

„Der Doc hat mir auch erklärt, warum er glaubt, dass meine Mutter mich zu Unrecht beschuldigt." Elena wollte ihn hervorlocken, erwartete mehr Interesse von ihm. Stattdessen sagte er überhaupt nichts mehr.

„Ben? Bist du noch dran?", fragte sie kleinlaut.

„Warum rufst du wirklich an, Elena?" Seine selbstsichere Stimme fuhr ihr bis ins Herz. Sie wollte auf keinen Fall wie ein verliebter Teenager wirken, der es keinen Tag ohne seine große Liebe aushielt. Aber genauso fühlte sie sich!

„Ich vermisse dich! Es tut mir leid, was gestern passiert ist! Ich will nicht mit dir streiten."

„Was willst du dann?", hakte er leise nach.

„Kannst du zu mir kommen? Wenn du zu müde bist, kann ich auch zu dir fahren. Ich setze mich sofort ins Taxi und könnte …"

„Schon gut! Ich bin in zwanzig Minuten da!", unterbrach er sie erleichtert. Er fühlte sich niemals zu müde, um Elena zu sehen.

„Bis gleich", flüsterte sie glücklich.

Als er wenig später vor ihrer Tür stand, fiel sie ihm unbeherrscht um den Hals. Sie küssten sich, als hätten sie sich ein ganzes Jahr nicht gesehen. Eng umschlungen stolperten sie ins Schlafzimmer, rissen sich gegenseitig die Kleidung vom Körper und gaben ihrem Verlangen nach.

Als Elena später in seinen Armen lag, flüsterte sie kichernd: „War das Versöhnungssex?"

„Du kannst es nennen, wie du willst, jedenfalls war es der Wahnsinn!", antwortete er leise.

„Es tut mir leid, dass ich dich gestern rausgeworfen habe, obwohl … eigentlich bist du ja von selbst gegangen!" Elena zog nachdenklich ihre Augenbrauen zusammen.

„Mir tut es leid, dass ich dir nicht geglaubt habe. Es war sicher schlimm für dich, nicht zu wissen, was passiert war."

„Ich muss mich nur noch eine Woche gedulden, dann kommt hoffentlich Licht in die ganze Sache. Übrigens meinte Dr. Küster wir sollten noch einmal zur Polizei gehen, da sie anhand des Ladens, in welchem Alex das Dirndl gekauft hat, möglicherweise seine Identität herausfinden können."

„Gute Idee! Sollen wir jetzt gleich?", scherzte Ben und deutete an, das Bett zu verlassen.

„Auf keinen Fall! Das hat bis morgen Zeit!" Sie zog ihn rasch an sich und küsste ihn erneut leidenschaftlich und fordernd.

Mitten in der Nacht wachte Ben auf. Er blickte auf die schlafende Frau neben sich und kroch vorsichtig aus dem Bett. Leise schlich er zuerst ins Badezimmer und anschließend in die Küche, wo er sich ein Glas mit Wasser füllte. Er ging zur Balkontüre und öffnete sie, um die kühle Nachtluft zu genießen. Der Ausblick aus dem zehnten Stock war atemberaubend. Er sah über die gesamte Stadt, die mit ihren glitzernden Lichtern eine überwältigende Skyline abgab. Als er die Balkontüre wieder schließen wollte, hörte er plötzlich eine fremde dunkle Stimme hinter sich. „Nimm die Hände hoch!" Wie erstarrt blieb er stehen, hob langsam die Arme und überlegte krampfhaft, wer das sein konnte.

„Dumm gelaufen, Ben! Hättest du auf meine Anweisungen gehört, dann würde dir dies hier erspart bleiben!", erklärte die Stimme gelangweilt.

Alex! Es konnte nur Alex sein! Wie kam er in die Wohnung? Wo war Elena? Langsam drehte Ben sich um. Als er schließlich die Person erkannte, welche mit einer Waffe auf ihn zielte, verstand er die Welt nicht mehr.

„Elena?", rief er verwirrt. Seine Fassungslosigkeit spiegelte sich in jeder Faser seines Körpers wieder.

„Ich bin nicht Elena!", sagte die Frau, welche ihren Körper mit einem Bademantel bedeckt hatte.

„Willst du mich verarschen? Schlafwandelst du etwa gerade?" Langsam ging er einen Schritt auf sie zu.

„Bleib stehen! Elena schläft!" Die Waffe zielte direkt auf seinen Brustkorb. Hektisch blickte er um sich. Wie konnte das sein? Was spielte sie hier für ein Spiel?

„Wenn du nicht Elena bist, wer bist du dann?"

„Ich bin Alex!"

Kapitel 44

ICH vor drei Jahren

Sie hat es wieder getan! Sie hat mit diesem grausamen Mann geschlafen. Würde ich Elena nicht so sehr lieben, würde ich sie dafür verachten. Dabei will ich sie doch nur beschützen! Wie ich es seit unserer Kindheit handhabe.

Christoph war eben aufgestanden. Ich hörte, wie er sich im Wohnzimmer aufhielt, Chips knabberte und auf seinem Handy herum tippte. Ich habe ihn oft genug gewarnt, aber er wollte ja nicht hören. Jetzt würde er die Konsequenzen spüren.

Ich stand auf, griff in meine Kommode, um einen Schal herauszuholen und schlich über den Flur. Als ich das Wohnzimmer betrat, blickte er ruckartig auf. „Habe ich dich aufgeweckt? Sorry, das wollte ich nicht!"

„Kein Problem! Ich habe etwas Besonderes mit dir vor!", lockte ich ihn lasziv.

„Was ist mit deiner Stimme passiert? Hast du dich vorhin verausgabt?" Lachend lehnte er sich auf dem Sofa zurück und erwartete mich.

„Schon möglich! Vielleicht bin ich der böse Wolf!" Ich setzte mich auf seinen Schoß und knabberte verheißungsvoll an seinem Ohr. Seine Hände umfassten reflexartig meine Pobacken. Ich musste mich zusammenreißen, um ihn nicht zu schlagen.

„Nimm deine Hände nach hinten!", forderte ich ihn freundlich auf. Voller Hoffnung legte er die Hände hinter seinen Rücken. Ich wickelte den langen Schal mehrmals fest um seine Handgelenke und zog kräftig zu, bevor ich die Enden sorgfältig verknotete.

„Au! Wird das ein Sado-Maso-Spielchen?", rief er erwartungsvoll aus.

Nachdem ich mich versichert hatte, dass er sich nicht aus eigenen Stücken befreien konnte, stand ich auf und ging in die Küche. Als ich zurückkehrte beobachtete er mich neugierig. „Was hast du da? Sind das Eiswürfel in der Tüte?" Ich konnte seiner erregten Stimme anhören, dass er sich auf ein aufregendes Sexerlebnis freute.

„Leider nein!", antwortete ich kurz, während ich blitzschnell die Plastiktüte von hinten über seinen Kopf stülpte. Die Enden zog ich straff um seinen Hals, so dass er schlagartig begann, nach Luft zu ringen. Das Plastik spannte sich immer dichter um sein Gesicht, je mehr Sauerstoff verbraucht war. Christoph zappelte mit den Beinen, versuchte vergeblich seine Hände zu befreien und bäumte sich in regelmäßigen Abständen auf. Es kostete mich mehr Mühe und dauerte länger, als ich erwartet hatte, bis mir ein glücklicher Zufall zu Hilfe kam. Durch seine Panik löste er einen Asthmaanfall aus, der den Sauerstoffmangel beschleunigte und ihn von einer Sekunde auf die andere bewusstlos werden ließ. Aber ich wollte nicht, dass er bewusstlos war und wieder aufwachte – ich wollte, dass er starb!

Behutsam zog ich die Plastiktüte von seinem Kopf, strich seine Haare glatt und entsorgte das Plastikteil im Mülleimer. Anschließend griff ich nach einer der Trockenpflaumen und schob sie sorgsam in seinen Hals, bis sie über seiner Luftröhre stecken blieb. Zu guter Letzt löste ich noch den Schal um seine Handgelenke und ging zurück ins Schlafzimmer. Als ich mich ins Bett legte, hatte ich fast ein wenig Mitleid mit Elena, die erneut einen ihrer Liebhaber durch einen schrecklichen Unfall verlor.

Kapitel 45

ER

„Alex? Bist du Elenas Zwillingsschwester?" Ben stellte sich absichtlich dumm, um Zeit zu gewinnen und sich eine Strategie überlegen zu können. Er wurde augenblicklich von den Ereignissen der letzten Wochen überrollt. Die Drohbriefe, Zorros Tod, die Unfälle, welche Elenas Ex-Freunde erlitten haben. Alex gab es wirklich! Und sie war eine eigenständige Persönlichkeit, die ihre Interessen auf perfide Art durchsetzte.

„Was findet Elena nur an dir? Du bist dumm wie Brot!", fauchte Alex ihn wütend an. „Ich bin Elena und Elena ist ich. Wir sind eine Person, jedoch mit verschiedenen Vorstellungen!"

„Beweise es!" Ben wusste selbst nicht genau, warum er eine Frau reizte, die ihn mit einer Waffe bedrohte.

Alex zog den Bademantel ein Stück zur Seite, zum Vorschein kam das kleine tätowierte Herz mit der Inschrift T&E.

Ben würde es schaffen sie zu überwältigen, jedoch konnte er nicht garantieren, dass sie dabei verletzt wurde, möglicherweise löste sich der Schuss und traf sie tödlich. Das wollte er auf keinen Fall riskieren. Auch wenn diese Alex als Bedrohung vor ihm stand und ihn offensichtlich umbringen wollte, war seine Liebe zu Elena in diesem Moment stärker als die Furcht vor dem eigenen Tod.

„Warum nennst du dich Alex?" Er musste sie in Gesprächslaune halten, bis ihm eine Idee kam, wie er sie gefahrlos überwältigen konnte.

Sie stieß ein gekränktes Lachen aus. „Alex kommt von Alexandra! Und der Name heißt: Die Männer abwehrende oder die Beschützerin! Passt doch, oder?"

„Und du glaubst, du würdest Elena beschützen, indem du ihr die Männer nimmst, die sie liebt?"

„Falsch! Ich nehme ihr die Männer, die ihren Körper zu ihrem eigenen Vergnügen benutzen. Man kann sich auch lieben, ohne Sex miteinander zu haben! Sex ist widerlich!", spukte sie regelrecht aus.

Ben kam ein Verdacht. Er vermutete, dass Alex das übriggebliebene Kind in Elena war, denn ihre Aussage über widerlichen Sex hörte sich sehr kindlich an.

„Seit wann beschützt du Elena? Seit wann gibt es dich?", fragte er interessiert.

„Als Elena fünf Jahre alt war, kam unser Vater das erste Mal zu uns ins Bett. Anfangs schaffte ich es nicht gleich, mich vorzudrängen und Elena schlafen zu lassen, aber nach einiger Übung gelang es mir. Bei dem ersten Geräusch unserer Zimmertüre war ich wach und drängte Elena in einen gefühlslosen Schlaf. Ich opferte meine Seele, um ihr ein sorgenfreies Leben zu ermöglichen. Sie hat unseren Vater, dieses Schwein, bis zuletzt geliebt." Verachtung troff aus ihren Worten.

Ben war schockiert! Elena wurde in ihrer Kindheit also doch sexuell missbraucht! Vermutlich hatte Alex ihren Vater umgebracht und Elenas Mutter somit die Wahrheit gesagt.

Völlig überrumpelt von dieser Erkenntnis ließ er seine Arme sinken und wollte sich hinsetzen.

„Bleib stehen und lass die Arme oben!", schrie sie ihn umgehend an und richtete die Pistole auf sein Gesicht.

„Hör zu! Ich weiß, dass das schwer für dich zu verstehen ist … aber du willst das eigentlich gar nicht." Beruhigend hob er seine Hände, während sein Blick ihre Augen fixierte. „Leg die Waffe weg und lass uns darüber reden!"

„Noch einen Schritt näher und ich schieße!", drohte sie angespannt.

„Schon gut! Ich bleibe, wo ich bin! Bist du sicher, dass du ihr damit einen Gefallen tust. Sie …"

„Halt dein Maul!", fauchte sie ihn an. „Ich habe dich oft genug gewarnt! Aber du wolltest nicht hören. Tja … jetzt musst du wohl fühlen!"

Langsam schüttelte er den Kopf und sah sie verständnislos an.

„Dreh dich um!", forderte sie ihn deutlich auf.

Verwirrt huschte sein Blick durch den Raum. „Und dann? Willst du mich rücklings erschießen?"

„Dann springst du vom Balkon und lässt es wie einen Selbstmord aussehen!"

„WAS?", schrie er panisch. „Spinnst du jetzt total?" Er musste sich schnellstens etwas einfallen lassen. Vielleicht konnte er Elena wecken?

„Muss ich mich wirklich wiederholen? Tu uns allen einen Gefallen und erlöse uns von deiner Anwesenheit! Niemand wird um dich trauern!"

„Elena? Hörst du mich?", rief er liebevoll in ihre Richtung.

„Vergiss es! Sie kommt nicht, wenn ich da bin!" Sie fuchtelte mit der Pistole und deutete ihm somit an, dass er zurück gehen solle. „Glaub mir, wenn du aus dem zehnten Stock auf dem Asphalt aufschlägst schmerzt das weniger, als wenn ich dir eine Kugel in die Brust jage! Doch sterben wirst du auf jeden Fall!" Emotionslos sah sie ihn an.

Langsam drehte er sich um, schritt auf das Geländer des mittelgroßen Balkons zu, legte seine Hände auf die Brüstung und blickte nach unten. „Ich kann das nicht!", flüsterte er in die windstille Nacht.

„Jetzt spring endlich!", forderte sie mit Nachdruck. Sie wusste, dass ihr die Zeit davon lief.

Plötzlich drehte er sich um. Aus seinen Augen schlug ihr eine Entschlossenheit entgegen, die sie erbeben ließ. Er lehnte sich an das Geländer und verschränkte selbstsicher die Arme vor seiner Brust.

„Dann musst du mich eben erschießen!", sagte er ungewöhnlich ruhig. Er hoffte darauf, dass Elena dies nicht zulassen würde.

„Wenn du glaubst, ich traue mich das nicht, dann irrst du dich!"

Herablassend verzog er seinen Mund zu einem Grinsen. „Ich habe keine …"

In diesem Augenblick zerriss ein Schuss die Stille.

Ben wurde von dem Schlag der Kugel nach hinten gerissen und stürzte rücklings über die Brüstung.

Kapitel 46

SIE

Von einem lauten Knall wurde sie aus ihrem Schlaf gerissen. Als sie ihre Augen öffnete, stand sie in ihrem Wohnzimmer vor der geöffneten Balkontüre und … hielt eine Waffe in der Hand. Entsetzt ließ sie sie zu Boden fallen. *Was ist hier los? Warum stehe ich mit einer Pistole in der Hand in meinem Wohnzimmer?* „Ben?", rief sie ängstlich. Als keine Antwort kam, versuchte sie es lauter. „Ben?"

„Elena?" Leise hörte sie seine Stimme … von draußen!

Sie stürmte zum Balkongeländer und blickte nach unten in die Tiefe. Dreißig Zentimeter unter ihr hing Ben und klammerte sich mit seiner rechten Hand an den schmalen Mauervorsprung des Balkons.

„Oh mein Gott! Was ist passiert?", stieß sie fassungslos aus.

„Hilf mir hoch! Ich schaffe es nicht alleine!", rief er ihr mit schmerzverzerrtem Gesicht zu.

Sie beugte sich über das Geländer und umschloss mit beiden Händen seinen Arm. Anschließend zog sie ihn mit der Kraft einer Löwin nach oben, wobei er glücklicherweise mit seinen Füßen etwas Halt bekam und daher mithelfen konnte.

Erschöpft fielen sie gemeinsam auf den weichen Teppich im Wohnzimmer.

„Elena! Bist du es?" Ben betrachtete sie skeptisch.

„Natürlich! Wer denn sonst? Geht es dir gut? Hast du dich am Kopf verletzt?" Plötzlich sah sie die blutende Wunde an seiner linken Schulter. „Oh mein Gott! Ist das eine Schusswunde? Habe ich auf dich geschossen?" Hysterisch fuchtelte sie mit ihren Händen herum, völlig verwirrt und verängstigt.

„Beruhige dich erst einmal!" Ben hätte beinahe losgelacht ob der abstrusen Situation, in welcher er sich befand. Das Opfer lag angeschossen am Boden und versuchte den Täter zu beruhigen. „Du warst es nicht! Zumindest nicht bewusst!"

„Aber ich hatte die Waffe in der Hand! Wer war es dann?" Irritiert wartete sie auf eine Erklärung von ihm.

„Es war Alex!"

„WAS? Er war hier? Wo ist er jetzt?" Hektisch wanderte ihr suchender Blick durch den Raum.

Ben setzte sich auf. Glücklicherweise schmerzte die Schusswunde nicht so sehr, wie er befürchtete. Vermutlich lag das an dem Überschuss Adrenalin, welches sich noch in seinem Blut befand. Wenn dieses abgebaut war, würden die Schmerzen schlagartig einsetzen.

„Hör zu! Alex ist in dir! Du hast sie als Kind erschaffen, um der realen Welt zu entfliehen!", sprach er ruhig auf sie ein.

„Du redest wie ein Psychologe! Kannst du bitte Klartext sprechen!", fauchte sie ihn ungeduldig an.

Ben hätte es ihr gerne schonend beigebracht, aber so eine Nachricht konnte man nicht sanft überbringen.

„Du bist Alex! Du wurdest in deiner Kindheit von deinem Vater missbraucht und hast sie konstruiert, um das Erlebte von dir fernzuhalten."

Stumm starrte sie ihn an. Ihre Gedanken brauchten eine gewisse Zeit, um die Worte zu begreifen.

„Ich wurde von meinem Vater missbraucht?"

„Das hat Alex zumindest erzählt!"

„Aber … warum weiß ich nichts davon? Warum …?"

„Weil Alex immer auftrat, als er zu dir ins Zimmer kam. Deshalb hast du keine Erinnerung daran!"

Nachdenklich krauste Elena die Stirn. Sie konnte sich einfach nicht vorstellen, eine zweite Persönlichkeit in sich zu tragen, die eigenständig handelte, ohne dass sie etwas mitbekam.

„Willst du damit sagen, dass ich meinen Vater umgebracht habe? Und ich habe auch die Drohbriefe geschrieben? Was ist mit Tobias und Christoph?" Sie wurde kreidebleich, drohte jeden Moment umzukippen.

„Vermutlich! Du solltest möglichst bald mit Dr. Küster Kontakt aufnehmen, um Details zu erfahren."

„Ich will keine Details erfahren! Ich will, dass sie damit aufhört! Warum macht sie das? Ich liebe dich! Warum will sie dich umbringen?"

Er wollte ihr erklären, dass es mit der körperlichen Sexualität zu tun hatte, hielt es im Moment aber für besser, ihr dieses Wissen vorzuenthalten.

Plötzlich schaffte er es nicht mehr, auf ihr Befinden Rücksicht zu nehmen. Er spürte, wie die Wirkung des körpereigenen Schmerzmittels nachließ und der Druck in der Schulter unerträglich wurde. „Elena? Ich glaube, ich muss ins Krankenhaus!", wisperte er, bevor er in eine erlösende Bewusstlosigkeit fiel.

Kapitel 47

ICH vor sechszehn Jahren

Als die Türe meines Zimmers aufging, war ich schlagartig hellwach. Ich hörte seine Schritte, wie er vorsichtig auf mein Bett zukam. Ich stellte mich schlafend, wie immer, doch das hielt ihn nicht von seinem Vorhaben ab.

„Hey, meine Hübsche, du bist ja ganz alleine!", begrüßte er mich mit seiner üblichen Floskel und kroch unter meine Decke. Seine Hand wanderte unter mein Nachthemd, streifte über meinen Oberschenkel bis zu meinem Bauch. Er streichelte meine Brüste, die aufgrund meines jungen Alters von neun Jahren noch nicht ausgeprägt waren und küsste mich auf den Mund. Als seine Hand in meinen Slip rutschte, drehte ich mich ruckartig zur Seite.

„Darf ich vorher etwas trinken?", fragte ich freundlich, um ihn nicht zu verärgern.

Ich erkannte an seinem schnellen Atem, dass er möglichst umgehend das mit mir machen wollte, was er seit Jahren praktizierte, wenn Mama in der Arbeit war. „Bitte!", flüsterte ich, um mein Ziel zu erreichen. Tagelang hatte ich diesen Moment geplant, mir jeden Schritt genau ausgemalt. Jetzt war es soweit!

„Na dann lauf, aber schnell!", erklärte er liebevoll.

Als ich aus meinem Bett kroch, berührte seine große Hand meinen Po.

In der Küche holte ich mir ein Glas aus dem Schrank, füllte es mit Wasser und trank es in langsamen Schlucken. Wie ich es erwartet hatte, stand er plötzlich hinter mir. „Bist du fertig? Komm zurück ins Bett, dort ist es viel gemütlicher, als hier!"

Ich stellte das Glas auf dem Küchentisch ab, drehte mich um und zog blitzschnell, wie ich es in Gedanken bereits tausendmale geprobt hatte, eines der großen Küchenmesser aus dem Holzblock. Drohend baute ich mich vor ihm auf.

„Elena! Leg das Messer weg! Wir können doch darüber reden!" Mit Genugtuung erkannte ich die Angst in seinen Augen und vernahm das Zittern seiner Stimme.

„Warum hast du nicht einfach aufgehört? Ich habe dir immer wieder gesagt, dass ich das nicht will!", schrie ich ihn verzweifelt an.

„Weil ich dich liebe! Das verstehst du noch nicht, aber wenn du erwachsen bist, dann …"

„Nein! Ich werde niemals einen Mann lieben! Ich hasse dich dafür, was du getan hast! Und Elena würde dich auch hassen, wenn sie es wüsste!" Mit einem kräftigen Stoß versank das Messer in seiner Brust. Fassungslos starrte er mich an und schwankte dabei langsam auf mich zu. Voller Panik schob ich ihn mit beiden Händen von mir weg. Er taumelte nach hinten, riss das Wasserglas vom Tisch und fiel schließlich wie ein Baum um. Voller Genugtuung zog ich das Messer aus seiner Brust, was mit einem sprudelnden Blutfluss quittiert wurde. So stand ich vor ihm und wartete, bis er starb. Als kurz darauf meine Mutter in der Küche auftauchte, wusste ich nicht, wie ich auf sie reagieren sollte. Bisher traf ich immer nur auf meinen Vater, meine Mutter habe ich nie kennengelernt.

„Mama!", flüsterte ich hilflos, weil mir nichts Besseres einfiel.

Kapitel 48

SIE

Sie wollte unbedingt bei ihm bleiben, aber die Sanitäter ließen sie nicht im Krankenwagen mitfahren. Sie nannten ihr die Klinik, in welche Ben gebracht wurde und verließen anschließend die Wohnung. Elena sank auf die Knie und weinte sich ihren gesamten Kummer von der Seele. Sie hatte die volle Tragweite der Ereignisse noch nicht registriert. Sie konnte und wollte nicht glauben, dass sie selbst die Täterin war, die Schrecken und Tod in ihre Familie brachte. Sie musste mit jemandem reden. Jetzt! Sofort! Sollte sie ihre Mutter anrufen? Es war drei Uhr morgens – vermutlich nicht die beste Idee eine fünfundfünfzigjährige Frau aus dem Bett zu werfen und ihr zu offenbaren, dass ihr Ehemann ein Kinderschänder war.

Ihr fiel spontan nur Dr. Küster ein, der noch vor einigen Stunden erklärte, dass er für Notfälle jederzeit zur Verfügung stünde. Und was war das jetzt bitte? War das etwa kein Notfall? Sie stand in einem Wohnzimmer, dessen weißer Teppich von dunkelrotem Blut durchtränkt war, während sich einen Meter von der Balkontür entfernt eine Pistole befand, die nachweislich die Tatwaffe für einen Mordversuch war. *Oh mein Gott!* Plötzlich kam ihr ein beunruhigender Gedanke. Wenn das Krankenhaus feststellte, dass es sich um eine Schussverletzung handelte, würden sie umgehend die Polizei informieren! Panisch lief sie zu ihrer Handtasche, kramte die Visitenkarte ihres Psychologen heraus und wählte seine Mobilnummer.

„Hallo?", meldete sich der Arzt mit verschlafener Stimme.

„Dr. Küster? Sie müssen mir helfen! Ich glaube, ich bin in Schwierigkeiten geraten!", jammerte Elena weinerlich.

„Jetzt?", stieß er überrascht aus.

„Ich selbst bin Alex und ich habe mit einer Waffe auf Ben geschossen!", erklärte sie direkt.

Dr. Küster war augenblicklich hellwach. Er stand auf und verließ mit seinem Handy das Schlafzimmer, um seine Frau nicht zu wecken.

„Was ist passiert?", fragte er aufgeregt, als er in seiner Küche stand.

„Das habe ich doch gerade erzählt! Sie sagten, ich könnte jederzeit anrufen! Erinnern Sie sich an Ihren Scherz mit den Patienten, die sich vom Hochhaus stürzen, wenn sie nicht mit Ihnen sprechen könnten? Ich wohne im zehnten Stock!"

Dr. Küster nahm seine Patientin ernst. Auch wenn er ihr nicht zutraute, aus dem Fenster zu springen, wimmelte er sie nicht ab, sondern bot umgehend seine Hilfe an. „Soll ich zu Ihnen kommen?"

„Wenn es Ihnen nichts ausmacht", gab Elena kleinlaut zu.

„Ich bin in zehn Minuten da!" Ohne Abschied legte er auf.

Unruhig stand Elena auf, holte ein feuchtes Tuch aus der Küche und versuchte vergeblich das Blut aus dem Teppich zu entfernen. Durch ihr zielloses Reiben wurde es jedoch nur noch schlimmer. Anschließend hob sie ehrfürchtig die Waffe auf und legte sie auf das Sideboard. Als sie ängstlich über das Balkongeländer in die Tiefe blickte, entdeckte sie an der Außenfassade weitere Blutspuren, welche von Bens Händen herrührten. Das Klingeln an der Haustüre erlöste sie endlich aus ihrer hektischen Suche nach Beschäftigung.

„Ich bin so froh, dass sie hier sind!", rief sie ihrem Psychologen entgegen und fiel ihm spontan um den Hals.

Dr. Küster betrachtete seine Patientin aufmerksam, versuchte irgendwelche Auffälligkeiten auszumachen. „Wie geht es Ihnen?"

„Wie soll es mir schon gehen? Ich fühle mich wie ein Duracell-Männchen, dem die Batterien nicht ausgehen!"

„Möchten Sie ein Beruhigungsmittel?", bot der Arzt an.

„Ich weiß nicht … eigentlich wollte ich mit Ihnen reden, nicht schlafen. Vielleicht könnten Sie jetzt gleich die Hypnose durchführen? Ich muss so vieles aus meiner Vergangenheit erfahren, was Alex unterdrückt hat."

„Schlafen wäre unter diesen Umständen aber das Beste für Sie. Wenn Sie möchten, können wir uns morgen zu einem Gespräch treffen."

„Zur Hypnose?", fragte Elena hoffnungsvoll.

„Nein! Dazu müssen Sie definitiv bei anderer psychischer Verfassung sein. Solange Sie so aufgewühlt sind, ist eine Hypnose viel zu gefährlich!" Er öffnete seine Aktentasche und holte eine Spritze sowie ein kleines Fläschchen mit durchsichtigem Inhalt hervor.

„Dürfen Sie das eigentlich? Sie haben doch nicht Medizin studiert!" Elena konnte sich nicht erklären, warum sie ihm das gerade jetzt vorwarf. Sie wollte seine Hilfe, nicht sein Misstrauen.

„Sie haben Recht! Eigentlich darf ich es auch nicht. Aber bei einigen Patienten ist das die einzige Möglichkeit sie von einem Sprung vom Hochhaus abzuhalten!" Er schaute sie erwartungsvoll an und bat stillschweigend um ihre Zustimmung.

„Aber morgen kommen Sie wieder, damit wir reden können?", vergewisserte sich Elena ängstlich.

„Morgen Vormittag stehe ich wieder auf der Matte, aber jetzt schlafen Sie erst einmal ein paar Stunden!"

„Was ist, wenn Alex wiederauftaucht, während ich schlafe?", zuckte Elena panisch zusammen.

„Dieses Mittel setzt auch Alex außer Gefecht! Das verspreche ich Ihnen!"

Sie ging ins Schlafzimmer und legte sich in ihr Bett. Dr. Küster injizierte das leichte Schlafmittel, verabschiedete sich und verließ leise die Wohnung.

Alex! Warum zerstörst du mein Leben?, war ihr letzter Gedanke, bevor sie in einen traumlosen Schlaf fiel.

Kapitel 49

SIE

Am nächsten Morgen wurde sie vom Klingelton ihres Handys geweckt. Verschlafen öffnete sie die Augen. Die Sonne schien durch ihr Fenster und vertrieb den Schrecken der vergangenen Nacht. Sie fühlte sich tatsächlich ausgeruht und bei klarem Verstand. Ihre unkontrollierten Gedankengänge der vergangenen Nacht waren wie weggewischt. Eine unbekannte Nummer erschien auf dem Display.

„Hallo?", meldete sie sich neugierig.

„Guten Morgen! Wie geht es dir?" Elena erkannte sofort Bens Stimme und ignorierte die Tränen, die sich einen Weg in ihre Augen bahnten.

„Gut und dir? Tut mir leid, dass ich nicht in die Klinik gekommen bin, aber die Sanitäter wollten mich nicht mitnehmen und …", plapperte sie drauflos.

„Schon gut! Ich wurde in der Nacht noch operiert! Aber es geht mir gut! Ich darf in ein paar Tagen schon wieder nach Hause."

„Es tut mir so leid, was passiert ist, wirklich! Ich kann es noch gar nicht glauben, dass ich …" Beschämt brach sie ab.

„Es war nicht deine Schuld!"

„Doch, natürlich!"

„Du musst unbedingt mit Dr. Küster sprechen! Er muss mit dir daran arbeiten, dass das nicht wiedervorkommt! Alex ist in dir drin! Ich glaube, sie hat nichts gegen unsere Liebe, nur wenn wir …"

„Wenn wir was?", hakte Elena nach.

„Wenn wir miteinander schlafen! Sie hat eine Abneigung gegen Sex!"

„Heißt das, wir dürfen nicht mehr miteinander schlafen, bis ich das Problem mit Alex geklärt habe?", fragte sie fassungslos.

„Das wird wohl das Sicherste sein! Außer wir wollen erneut riskieren, dass sie auf mich losgeht."

„Nein! Auf keinen Fall! Lieber verzichte ich auf Sex!"

„Kommst du mich heute besuchen?" Ben wurde leiser.

„Dr. Küster kommt später vorbei. Ich habe ihn noch gestern Nacht kontaktiert und ihn gebeten, mit mir zu sprechen. Ich komme zu dir, sobald er wieder weg ist, in Ordnung?"

„Dann wünsche ich dir viel Glück! Ich liebe dich!"

„Ich dich auch! Bis später."

Elena schaffte es gerade noch sich zu duschen und einen Kaffee zu trinken, da läutete es bereits an der Haustüre.

„Guten Morgen Frau Sattler! Geht es Ihnen heute besser?", wollte der Arzt interessiert wissen.

„Danke, ich fühle mich recht wohl! Möchten Sie auch einen Kaffee?"

„Gerne!", antwortete Dr. Küster und setzte sich auf das bequeme Sofa. Nachdenklich blickte er auf den Blutfleck am Boden, der eingetrocknet etwas weniger bedrohlich wirkte.

„Wollen wir anfangen?", wandte er sich an Elena.

Sie setzte sich neben ihn, holte tief Luft und gab alle Informationen wieder, welche sie von Ben in der Nacht zuvor erhalten hatte.

„Das erklärt einiges!", meinte der Arzt, als sie mit ihrem Bericht geendet hatte.

„Wirklich?"

„Alex ist ein Abbild ihres fünfjährigen Ichs. In diesem Alter haben Sie Alex erschaffen, um der realen Welt zu entfliehen. Besser gesagt, um den Übergriffen Ihres Vaters zu entfliehen! Und Alex ist vermutlich auf dem Stand einer Fünfjährigen geblieben! Sie machte keine Jugend und keine Pubertät durch. Und ihre sexuelle Erfahrung mit Männern beruht allein auf den nächtlichen Besuchen Ihres Vaters. Sie versucht nach wie vor, Sie vor sexuellen Übergriffen zu beschützen."

„Aber ist eine Fünfjährige fähig, Morde auszuführen?"

„Sie meinen den Mord am eigenen Vater? Durchaus!"

„Und an meinen Ex-Freunden? Die Bremsen eines Autos zu manipulieren liegt nicht unbedingt im Handlungsbereich einer Fünfjährigen!", bemerkte Elena konzentriert.

„Das stimmt allerdings! Offensichtlich hat Alex mit Ihnen dazugelernt. Sie hat die gleichen Kenntnisse und Fähigkeiten wie Sie selbst, blieb aber emotional auf dem Stand eines Kindes."

„Ist es möglich, dass Alex wegen der Übergriffe meines Vaters eine Abneigung gegen Männer entwickelt hat?"

„Das ist sogar sehr wahrscheinlich. Genau wissen wir es allerdings erst, wenn ich mit ihr sprechen konnte."

„Mit Alex?", erschrocken riss Elena die Augen auf.

„Haben Sie eine Idee, wie Sie Alex hervorlocken könnten?"

„Außer dem Umstand, dass ich mit meinem Freund schlafe? Nein!"

Nachdenklich krauste Dr. Küster seine Stirn. „Sie sagten doch, auf dem Oktoberfest habe Sie ein Mann von hinten angefasst? Und plötzlich erinnerten Sie sich nicht mehr?"

„Glauben Sie, damals ist Alex erschienen? Aber ich habe doch nicht geschlafen? Soll das bedeuten, dass sie jederzeit auftauchen kann, wenn ich mich bedroht fühle?"

„Genau das vermute ich."

„Und Sie wollen jetzt …"

„Nur unter Aufsicht, versteht sich", erklärte Dr. Küster schnell.

„Dann müssen wir warten, bis Ben wieder da ist! Ohne ihn traue ich mir so etwas nicht zu."

„Wo haben Sie eigentlich die Waffe her?", fragte Dr. Küster völlig unerwartet.

„Was? Achso! Keine Ahnung! Könnten wir die Hypnose nicht heute machen?", versuchte sie erneut den Arzt zu überreden. Dann könnten wir möglicherweise alle Antworten auf einmal erhalten.

„Leider nein! Wir belassen es vorerst bei dem vereinbarten Termin. Sobald Ihr Freund aus dem Krankenhaus entlassen wurde und Sie für den Versuch, Alex hervorzulocken, bereit sind, melden Sie sich bei mir."

Plötzlich klingelte es erneut an der Haustüre. Elena sprang auf und öffnete die Tür. Verdutzt betrachtete sie die unerwartete Besucherin. „Mama?"

„Hallo mein Kind! Hast du vergessen, dass ich heute kommen wollte? Du schaust so überrascht?" Claudia Sattler umarmte ihre Tochter herzlich und entdeckte im nächsten Moment den gutaussehenden Besucher, der gerade aus dem Wohnzimmer kam.

„Du hast Besuch? Wo ist denn Ben?", irritiert wartete sie auf eine Antwort.

„Das ist Dr. Küster. Dr. Küster, das ist meine Mutter", stellte sie die beiden vor.

„Sie sind Arzt? Auf welchem Gebiet praktizieren Sie?", wandte sie sich neugierig an den großen Mann.

Elena schob ihren männlichen Gast an ihrer Mutter vorbei zur Tür hinaus und zog das weibliche Pendant dazu in die Wohnung. „Ich rufe Sie dann an! Danke, dass Sie hier waren." Schnell schloss sie die Haustüre.

„Der ist aber gutaussehend! Ist der noch zu haben?", scherzte Claudia grinsend.

„Mama! Nein, er ist verheiratet!" Angewidert stürmte Elena ins Wohnzimmer, gefolgt von ihrer Mutter.

„Was für ein Arzt ist er denn?"

„Hausarzt!", kam es ihr spontan über die Lippen.

„Du hast aber eine schöne … Oh mein Gott! Was ist denn hier passiert?" Claudia Sattler blieb abrupt stehen, als sie den Blutfleck auf dem Teppich entdeckte.

„Ben hat sich verletzt." Erst jetzt fiel Elena ein, dass die Waffe noch immer auf dem Sideboard neben dem Fernseher lag. Während sie sich eine Ausrede überlegte, hatte ihre Mutter jedoch auch diesen Gegenstand ausfindig gemacht.

Scharf sog sie die Luft ein. „Elena? Ist das eine echte Waffe?" Sie blickte ihrer Tochter ins Gesicht und erkannte, trotz jahrelanger Trennung, dass diese ein schlechtes Gewissen hatte. „Was ist passiert? Ist Alex wiederaufgetaucht?"

Kapitel 50

ICH vor sechszehn Jahren

Mama nahm mir das Messer aus der Hand und schob mich behutsam zum Waschbecken, wo sie meine Hände säuberte. Anschließend brachte sie mich ins Bett und setzt sich neben mich auf die Bettkante.

„Elena, mein Schatz! Was hast du getan?", liebevoll streichelte sie mir über mein Haar. Es war das erste Mal in meinem Leben, dass ich das bewusst erlebte.

„Ich bin Alex und ich habe ihn umgebracht, weil er ständig zu mir ins Bett kommt, wenn du in der Arbeit bist."

Claudia Sattler glaubte ihrer Tochter jedes Wort. Sie hatte es vermutet, aber nie einen Beweis dafür gefunden. Die Tatsache, dass Peter von ihr verlangte, dass sie im Intimbereich stets kahlgeschoren war, wenn er mit ihr schlief, reichte nicht einmal als Indiz für so eine Beschuldigung. Aber wie er Elena ansah, wenn er sich unbeobachtet fühlte, ließ ihr gelegentlich das Blut in den Adern gefrieren.

„Wie meinst du das, du bist Alex? Willst du nicht mehr Elena genannt werden?"

„Ich bin nicht Elena! Sie weiß nichts davon. Ich beschütze sie und komme zum Vorschein, sobald Papa nachts das Zimmer betritt."

Claudia wusste aus Berufserfahrung in der Klinik, dass einige Kinder bei schweren psychischen Belastungen ihre Persönlichkeit spalteten und ein zweites Ich erschufen, um die grausamen Taten nicht miterleben zu müssen. Sie legten einen Schalter um und waren umgehend eine andere Person. In ausgeprägten Fällen, bei sehr kreativen Kindern, konnte sich die zweite Persönlichkeit sogar verselbständigen und auftauchen, ohne dass das Kind dies bewusst wollte.

„Elena kann sich nicht an Papas Besuche erinnern? Und sie weiß auch nicht, was du gerade getan hast?" Claudia wollte sich vergewissern, bevor sie ihren soeben gefassten Entschluss in die Tat umsetzte.

„Nein! Sie weiß nichts! Sie hat Papa geliebt!", antwortete das Kind traurig.

Claudia nahm ihre Tochter in den Arm und drückte sie liebevoll. „Du bist ein kluges Kind, Alex! Danke, dass du Elena so toll beschützt hast! Ich liebe dich! Genauso, wie ich Elena liebe!" Sie streichelte ihr zärtlich über den Kopf und bettete sie auf die weiche Matratze.

„Jetzt schlafe schön! Gute Nacht!", flüsterte sie der kleinen Alex zu.

„Gute Nacht Mama, ich hab dich lieb!", antwortete Alex, bevor sie den Kopf zur Seite legte und im nächsten Moment einschlief.

Kapitel 51

SIE

„Du weißt von Alex?" Elena wurde schwindelig. Sie sank auf den Sessel, der neben ihr stand.

„Ja! Das war auch der Grund, warum ich mich der Polizei gestellt habe. Wenn sie herausgefunden hätten, dass du ein zweites Ich in dir trägst, hättest du eine langwierige Prozedur von Untersuchungen und Tests über dich ergehen lassen müssen. Das wollte ich dir ersparen!"

„Wusstest du auch, dass Alex immer dann auftaucht, wenn ein Mann mich berührt? Du hättest es mir sagen müssen!" Elena war außer sich.

„Nein! Das wusste ich nicht! Ehrlich! Ich dachte, sie kam nur bei der Sache mit Papa zum Vorschein. Ich war mir sicher, dass sie nach dessen Tod verschwinden würde. Ich konnte doch nicht ahnen, dass sie jeden Mann, der dir zu nahekommt, umbringen will!" Claudia machte sich Vorwürfe, die sie zum damaligen Zeitpunkt noch nicht voraussehen konnte. „Wie geht es Ben?", flüsterte sie kleinlaut.

„Ich habe ihn angeschossen, dabei ist er über die Brüstung gefallen und wäre beinahe abgestürzt. Was glaubst du, wie es ihm geht? Ich hätte es mir niemals verziehen, wenn … ich liebe ihn und Alex macht, wie schon zuvor, alles kaputt!"

„Kam sie schon des Öfteren?"

„Ich glaube, dass sie Tobias und Christoph umgebracht hat, aber Genaueres werde ich nächste Woche erfahren, wenn ich mich hypnotisieren lasse."

„Von deinem Hausarzt?" Schelmisch grinste Claudia ihre Tochter an.

„Woher weißt du das jetzt schon wieder?", fragte Elena entsetzt.

„Ich habe jahrelang mit Ärzten zusammengearbeitet und ich erkenne den Unterschied zwischen einem Hausarzt und einem Psychologen. Vor allem, wenn er so gut aussieht, wie dein Dr. Küster", ergänzte sie augenzwinkernd.

„Mama! Hör auf damit! Das ist eklig!"

„Spricht da jetzt Elena oder Alex?", hakte sie vorsichtig nach.

„Das ist für jede normale Tochter eklig, wenn die eigene Mutter über Sex spricht."

„Ich habe nicht von Sex …"

„Hör auf!", unterbrach sie ihre gesellige Mutter scharf. „Der Doc möchte versuchen Alex hervorzulocken, damit er selbst mit ihr reden kann. Glaubst du, das ist eine gute Idee?"

„Da bin ich mir nicht sicher. Es besteht immer die Gefahr, dass die zweite Persönlichkeit die Führung übernimmt und nicht mehr verschwindet."

Plötzlich klingelte es erneut an der Haustür.

„Was ist denn heute los? Hier ist ein Verkehr wie am Hauptbahnhof!" Elena sprang auf und ging gelassen zur Tür. Nachdem sie die beiden uniformierten Polizisten sah, war ihre Gelassenheit schlagartig verschwunden.

„Frau Sattler?", fragte der Größere der beiden Männer mit bayerischem Akzent.

„Ja!", antworteten Elena und Claudia wie aus einem Mund. Erstaunt drehte Elena sich zu ihrer Mutter um, die zwischenzeitlich hinter sie getreten war.

„Frau Elena Sattler, meine ich", berichtigte der Polizist verwirrt.

„Das bin ich!" Elena ahnte, was auf sie zukommen würde.

„Ich bin Hauptkommissar Winkler, das ist mein Kollege Kommissar Schubert. Wir hätten ein paar Fragen an Sie. Dürfen wir bitte eintreten?" Freundlich wartete er auf eine Antwort.

„Natürlich! Bitte sehr!" Sie trat zur Seite und ließ die Beamten in die Wohnung. Im Wohnzimmer blieben sie kurz hinter der Türe stehen.

„Ich vermute, Sie wissen, warum wir hier sind?", wandte er sich, mit Blick auf den roten Fleck auf dem Teppich, an Elena.

Nickend trat sie einen Schritt zurück. Sie wusste nicht, wie sie sich verhalten sollte.

„Woher wissen Sie überhaupt von dem Unfall?", mischte Claudia sich vorlaut ein.

„Bei Schussverletzungen sind die Krankenhäuser verpflichtet, die Polizei zu informieren. Von den Sanitätern haben wir dann erfahren, wo der Patient abgeholt wurde und von einer Halbautomatik, die neben dem Opfer am Boden lag", erklärte Winkler bereitwillig. Mit seinem geschulten Auge blickte er sich im Wohnzimmer um und entdeckte auf dem Sideboard neben der Balkontüre den gesuchten Gegenstand. „Ist das Ihre Waffe?"

Blitzschnell sprang Claudia auf, griff nach der Pistole und hielt sie in die Höhe. „Meinen Sie die hier?"

Die beiden Polizisten waren sofort in Alarmbereitschaft. In Sekundenbruchteilen griffen sie an ihr Holster, zogen ihre Dienstwaffe und richteten sie auf die potentielle Angreiferin. „Lassen Sie sofort die Waffe fallen und nehmen Sie die Hände hoch!", schrie Schubert, wie er es vor Jahren in der Polizeischule gelernt hatte.

„Ich wollte Ihnen doch nur die Pistole geben! Nur keine Aufregung!", lamentierte Claudia, die im Knast wesentlich bedrohlichere Situationen erlebt hatte.

„Waffe fallen lassen!", schrie Schubert erneut, während er nervös mit beiden Händen seine Walther P99 umfasste.

„Schon gut!" Langsam legte Claudia das Schießeisen auf den Boden und hob anschließend die Hände in die Höhe. „Warum sind Sie denn so nervös?"

Mit zwei Schritten erreichte Schubert den schwarzen Gegenstand und schob ihn mit dem Fuß zur Seite. Anschließend zog er einen Plastikbeutel aus seiner Jackentasche und sammelte die Tatwaffe geschickt auf.

„Wir sind nicht nervös, wir sind nur vorsichtig! Darf ich fragen, wer Sie sind?", wandte Winkler sich genervt an Claudia.

„Ich bin Elenas Mutter! Und bevor Sie erneut fragen müssen: Es ist meine Waffe!"

Elena riss überrascht ihre Augen auf. *Was hat sie vor?*

„Waren Sie gestern Nacht auch in dieser Wohnung?" Winkler hatte wohl seinen potentiellen Täter gefunden.

„Ja!"

„Die Sanitäter haben Sie aber nicht gesehen!"

„Ich habe mich im Badezimmer versteckt!"

„Haben Sie auf Herrn Teschler geschossen?"

„Das war keine Absicht! Es war ein Unfall! Ich …"

„Mama hör auf!", unterbrach Elena sie barsch. „Du musst mich nicht schon wieder retten! Ich bin Erwachsen, das schaffe ich alleine!"

Mit hoch gezogenen Augenbrauen beobachtete der Hauptkommissar die Situation. „Wer hat denn nun geschossen?"

„Ich war es! Aber es war tatsächlich ein Unfall!", gab Elena zu. Sie wägte in Sekundenschnelle ab, ob sie den Beamten von Alex erzählen sollte, entschied sich jedoch dagegen.

„Ich habe mir eine Waffe zum Selbstschutz besorgt und wollte sie meinem Freund zeigen. Dummerweise hat sich plötzlich ein Schuss gelöst und ihn getroffen. Sie können Ben fragen, er wird es bestätigen!"

„Das haben wir schon!", erklärte Winkler, ohne eine Miene zu verziehen.

Elenas Herz setzte einen Moment aus. Was war, wenn Ben ihnen von Alex erzählt oder sich eine andere Geschichte ausgedacht hatte?

228

„Dann ist ja alles gut!" Sie setzte ihr Pokerface auf, ohne zu wissen, ob es funktionieren würde.

„Sie bekommen eine Anzeige wegen unerlaubtem Waffenbesitz. Oder können Sie einen Waffenschein vorweisen?", erklärte Schubert, während Winkler seine Notizen vervollständigte.

„Ich glaube nicht!", wisperte Elena schuldbewusst.

„Außerdem kommt der Tatbestand der fahrlässigen Körperverletzung dazu." Winkler sah nicht einmal von seinem Notizblock auf, während er ihr stoisch diese Nachricht überbrachte.

„In Ordnung! Brauchen Sie sonst noch etwas von mir?", wollte sie kleinlaut wissen.

„Vorerst nicht! Auf Wiedersehen!", verabschiedeten sich die beiden Polizisten und verschwanden im nächsten Momente aus der Wohnung.

Erleichtert sank Elena auf das Sofa. *Was hatte Ben den Beamten erzählt?* Offensichtlich eine Version, die ihrer ziemlich nahekam, sonst hätten sie sich nicht mit ihrer Aussage begnügt.

„Bist zu wahnsinnig?", fauchte Claudia ihre Tochter an. „Warum hast du ihnen nicht gesagt, dass Alex es war?"

„Vermutlich aus demselben Grund, warum du dich vor sechzehn Jahren für mich geopfert hast! Ich wollte nicht von einem Arzt zum nächsten laufen, nur um meine Unschuld zu bezeugen. Es hat doch auch so geklappt!" Zufrieden lehnte Elena sich zurück.

„Ich hätte die Schuld auf mich genommen! Das bin ich dir schuldig!" Claudia ließ sich neben ihre Tochter aufs Sofa sinken.

„Ich weiß! Aber du bist vorbestraft! Für dich wäre es wesentlich schlimmer gekommen, als für mich. Ich komme sicher mit einer Bewährungsstrafe davon, du wärst möglicherweise wieder ins Gefängnis gegangen!"

Liebevoll griff ihre Mutter nach ihrer Hand. „Es tut mir leid, Elena!"

„Schon gut! Die Hauptsache ist, dass Ben wieder gesund wird."

„Nein! Ich meine wegen damals!", erklärte Claudia bedrückt. „Ich hätte dich vor ihm beschützen müssen. Mein Bauchgefühl hat geschrien, dass etwas nicht stimmt, aber ich hatte nie einen Beweis."

„Habe ich dir nichts erzählt? Hast du mich überhaupt danach gefragt?", wollte Elena neugierig wissen.

„Natürlich habe ich dich gefragt. Immer wieder - aber du warst völlig normal. Ich hatte in der Klinik schon mit Missbrauchsopfern zu tun und wusste, wie diese auf die Anwesenheit ihres Peinigers reagierten. Bei dir war kein Anzeichen von Angst oder Unwohlsein vorhanden! Du hast deinen Papa geliebt, ihn freudig begrüßt, wenn er aus der Arbeit kam und mit ihm ohne jegliche Berührungsangst gespielt. Ich dachte, ich würde mir seine Blicke nur einbilden. Bis an dem Abend, als du ihn erstochen hast. Da wusste ich, dass mein Verdacht die ganzen Jahre über nicht unbegründet war."

„Mach dir bitte keine Vorwürfe! Wäre Alex nicht weiterhin aufgetaucht und hätte mein Leben durcheinandergebracht, dann wüsste ich bis heute nichts von Papas Übergriffen. Ich habe nie darunter gelitten, weil Alex mich davor beschützt hat. Obwohl ich sie dafür hasse, was sie meinen Freunden und Ben angetan hat, bin ich doch dankbar, dass sie mich vor dieser Kindheitserfahrung bewahrt hat."

„Du bist so stark, mein Kind! Ich liebe dich!" Claudia schloss ihre Tochter in die Arme und drückte sie liebevoll an sich.

„Ich liebe dich auch, Mama!"

Kapitel 52

ER

Unruhig lief Ben im Krankenzimmer auf und ab. Er sollte sich zwar noch schonen, aber seine Nervosität hielt ihn nicht im Bett. Vor mehr als zwei Stunden waren zwei Kriminalbeamte bei ihm, um seine Aussage zur vergangenen Nacht aufzunehmen. Er wollte sich dafür ohrfeigen, dass er nicht vorher daran gedacht hatte, mit Elena den genauen Tathergang abzusprechen. Jetzt war es zu spät! Er hätte wissen müssen, dass die Polizei bei einer Schussverletzung umgehend eingeschaltet wurde und die Ermittlungen aufnahm.

In Sekundenschnelle entschied er sich für eine Lüge, von welcher er hoffte, dass sie Elenas Aussage ähneln würde. Nachdem er seine Version des Vorfalles erzählt hatte und die beiden Beamten Winkler und Schubert das Zimmer verließen, blieb ein dritter Polizist zurück, um zu verhindern, dass er Elena über das Gespräch informieren konnte, bis sie ihre Aussage gemacht hatte. Erst eine Stunde später wurde der Aufpasser von seinem Wachposten abgezogen. Ben wählte umgehend Elenas Nummer, sie ging jedoch nicht an ihr Handy. Vielleicht wurde sie verhaftet? Oder sie war geflohen und hatte in der Eile ihr Telefon zu Hause vergessen? Unkontrolliert überfielen ihn die schlimmsten Gedanken.

Als es plötzlich an seiner Zimmertüre klopfte, zuckte er schreckhaft zusammen. Im nächsten Moment erkannte er den unerwarteten Besucher.

„Elena!" Erleichtert lief er auf sie zu und umarmte sie stürmisch. Einen Augenblick später bezahlte er die unüberdachte Bewegung mit einem schmerzhaften Stich in seiner Schulter.

„Tut es noch sehr weh? Warum läufst du eigentlich hier frisch operiert herum?", monierte sie sich.

Nachdem er langsam zurück in sein Bett gekrochen war, sah er sie neugierig an. „Was hast du den Polizisten erzählt?"

„Das Gleiche wollte ich dich auch fragen. Offensichtlich waren sich unsere Geschichten so ähnlich, dass sie uns die Lüge abgenommen haben."

„Ich habe versucht, mich möglichst bedeckt zu halten. Ich meinte, es wäre ein Unfall gewesen. Der Schuss hätte sich gelöst, ohne dass du es wolltest. Von Alex habe ich nichts erwähnt!"

„Danke!", flüsterte sie und gab ihm einen zärtlichen Kuss.

„Wie geht es jetzt weiter?" wollte er ernst wissen.

„Ich lasse mich von Dr. Küster hypnotisieren, um mich an meine Vergangenheit zu erinnern."

„Bist du sicher, dass du das willst? Es könnten unschöne Erinnerungen ans Tageslicht kommen."

„Du meinst aus meiner Kindheit? Ich weiß! Aber ich glaube, um Alex bekämpfen zu können, muss ich alles über mich und sie erfahren. Dr. Küster meinte, er wolle auch mit ihr sprechen."

„Mit Alex? Was verspricht er sich davon?"

„Keine Ahnung! Er ist Psychologe! Er wird schon wissen, wie er mit einer gespaltenen Persönlichkeit umgehen muss!"

„Hat er das über dich gesagt? Dass du eine gespaltene Persönlichkeit hast?", hakte Ben ungläubig nach.

„Warum? Glaubst du das etwa nicht? Alex hat doch offenkundig eine andere Lebenseinstellung als ich!"

„Schon, aber ich dachte immer gespaltene Persönlichkeiten treten regelmäßiger auf. Nicht nur, wenn …", brach er nachdenklich ab.

„Wenn ein Mann mich anfasst?", beendete sie seinen Satz.

„Ich glaube, es macht wenig Sinn, wenn wir über dieses komplexe Thema diskutieren. Lassen wir den Fachmann seine Arbeit verrichten und warten ab, was dabei herauskommt." Ben zog sie mit seinem gesunden Arm zu sich heran und küsste sie liebevoll.

„Glaubst du, das ist eine gute Idee?", flüsterte sie an seine Lippen.

„Was? Dass wir uns küssen?"

„Ich meine wegen Alex! Womöglich taucht sie auf und …"

„Bei einem harmlosen Kuss? Sie hat mir ziemlich deutlich erklärt, dass sie nichts gegen die Liebe hat, nur gegen den Sex, der mit ihr einhergeht. Wenn ich übermorgen entlassen werde, wird die schwierigste Prüfung sein, mit dir zusammen zu sein und dich nicht anfassen zu dürfen."

„Dieses Problem hat sich vielleicht schon von selbst gelöst. Meine Mutter ist heute aufgetaucht! Sie bleibt bis Freitag, um sich nach einer Wohnung und einer neuen Arbeit umzusehen."

Kapitel 53

SIE

Dienstagvormittag stand Elena vor dem Spiegel im Bad und band sich ihre langen Haare zu einem Zopf, als sie plötzlich glaubte, in ihren Augen ein Funkeln zu entdecken.

„Alex? Hörst du mich?", flüsterte sie ihrem Spiegelbild zu. „Heute kommt Ben aus dem Krankenhaus. Tu mir einen Gefallen und lass ihn in Ruhe!" Stumm blickte ihr das Spiegelbild entgegen. „Ich bin dir echt dankbar, dass du mich als Kind vor diesen schrecklichen Erlebnissen bewahrt hast – wenigstens geistig - aber das ist jetzt nicht mehr nötig! Ich liebe Ben und will mit ihm zusammen sein – auch körperlich! Ich habe dich damals erschaffen – jetzt möchte ich, dass du wieder gehst! Bitte halte dich aus meinem Leben raus!" Elena war bewusst, dass sie zu Alex nicht wie zu einer Fremden sprechen konnte. Für Alex gab es kein eigenes Leben – wie sollte sie sich aus dem Körper entfernen, der ihr eigener war?

Bevor sie sich auf den Weg in die Klinik machte, rief sie Dr. Küster an.

„Wie geht es Ihnen?", eröffnete er das Gespräch.

„Heute kommt Ben aus dem Krankenhaus. Sie sagten doch, Sie wollten versuchen Alex hervor zu locken, damit Sie sich mit ihr unterhalten können."

„Richtig! Wann passt es Ihnen? Morgen?", schlug Dr. Küster vor.

„Ich bin mir nicht mehr sicher, ob ich das will!"

„Haben Sie Angst davor oder andere Bedenken?"

„Keine Ahnung, es ist so ein Bauchgefühl!"

„Sie wissen, dass ich Sie weder zwingen kann noch will! Die Entscheidung, wie wir vorgehen, muss von Ihnen kommen. Ich kann Ihnen lediglich vorschlagen es zu versuchen. Außerdem ist Ben anwesend, das wollten Sie doch!"

„Ja, aber jetzt nicht mehr! Alex will Ben umbringen! Vielleicht gelingt es ihr das nächste Mal!" Aus Elenas Stimme war die Verzweiflung zu hören.

Dr. Küster schnaufte verständnisvoll in den Apparat. „Wäre es dann nicht besser, Alex würde auftauchen, wenn noch eine dritte Person anwesend ist, als wenn Sie und Ben alleine sind?"

Sie kämpfte mit sich. Wägte das Für und Wider des Vorhabens ab. Schließlich kam sie zur Überzeugung, dass es keine andere Möglichkeit gab, als ihr zweites Ich mit dem Psychologen zu konfrontieren. *Hoffentlich versteht der Arzt sein Handwerk!*

„In Ordnung! Kommen Sie zu mir oder treffen wir uns in der Praxis?", stimmte Elena dem Vorschlag zu.

„Ich komme zu Ihnen! Dort ist es wahrscheinlicher, dass Alex auftaucht."

Am nächsten Tag klingelte es pünktlich zur vereinbarten Zeit. Ben und Claudia saßen bereits erwartungsvoll im Wohnzimmer, als Dr. Küster die kleine Wohnung betrat.

„Guten Tag zusammen! Wie geht es Ihnen, Herr Teschler?", freundlich reichte er Ben die Hand. Anschließend wandte er sich an Elenas Mutter. „Und Sie müssen Frau Sattler sein? Ihre Tochter hat mir bereits von Ihnen erzählt!"

„Nur Gutes hoffe ich!" Claudias Wangen färbten sich auffällig rot, was Elena mit gewisser Besorgnis feststellte.

„Möchten Sie etwas trinken?", bot Elena dem Arzt mit zunehmender Nervosität an.

„Danke, nein! Ich würde gerne gleich anfangen, wenn Sie nichts dagegen haben."

„Was soll ich machen?" Unruhig knetete Elena ihre feuchten Hände. Ben, der ihre Unsicherheit bemerkte, stand auf und stellte sich neben sie.

„Haben Sie eine Idee, wie wir Alex dazu bringen, sich zu zeigen?" Neugierig wartete Dr. Küster auf eine Antwort.

Schüchtern blickte Elena zu Ben, der zustimmend nickte.

„Voriges Mal kam sie, nachdem wir Sex hatten", erzählte sie leise.

„Das könnten wir auch versuchen, aber ob das für Ihre Mutter und mich so angenehm wäre, hier zu sitzen, während Sie im Nebenzimmer Sex haben, bezweifle ich", äußerte der Psychologe humorvoll.

Elena wurde rot, Ben lachte bestätigend und Claudia hegte insgeheim Hoffnung auf ein außerberufliches Interesse des charmanten Arztes an ihr.

„Daher schlage ich vor, wir versuchen es mit Bedrohung!" Schlagartig war es totenstill. Ruhig wartete Dr. Küster auf eine Reaktion seiner Patientin.

„Sie wollen mich bedrohen? Ich glaube kaum, dass ich Angst vor …", setzte Elena an, während er blitzschnell ein Taschenmesser aus seiner Jackentasche zog und es ihr drohend unter das Kinn hielt.

„Was soll das!" Sofort schob Ben sich beschützend dazwischen.

Enttäuscht steckte Dr. Küster das Messer wieder ein. „So wird das nichts! Elena muss sich bedroht fühlen!"

„Auf keinen Fall!", erwiderte Ben ernst.

„Aber anders kommt Alex nicht zum Vorschein! Denken Sie an das Oktoberfest!"

„Wir wissen nicht, was dort passiert ist! Vielleicht sollten wir erst die Hypnosesitzung am Wochenende abwarten, bevor wir zu so drastischen Mitteln greifen!", schlug Ben fassungslos vor.

„Gut! Ist das auch in Ihrem Interesse, dass wir heute abbrechen?", wandte der Psychologe sich an Elena.

Enttäuscht nickte sie.

„Sollte Alex wieder auftauchen, rufen Sie mich sofort an!" Er gab Ben seine Visitenkarte. „Zu jeder Tages- und Nachtzeit!"

Als sie spät abends im Bett lagen, kuschelte Elena sich an Bens gesunde Schulter. „Jetzt bleibt mir nur noch die Hoffnung, dass am Wochenende etwas bei der Hypnose rauskommt."

„Warst du heute sauer, als ich das Experiment abgebrochen habe?", wollte Ben ehrlich wissen.

„Nein! Nur enttäuscht! Vielleicht sollten wir es jetzt versuchen?", schlug sie vorsichtig vor.

„Jetzt? Deine Mutter schläft im Wohnzimmer!", antwortete Ben entsetzt.

„Wir könnten doch leise sein!"

„Verstehe mich nicht falsch! Ich würde liebend gerne mit dir schlafen, aber falls Alex auftaucht bin ich mit meiner Verletzung kein ernst zu nehmender Gegner für sie!"

„Du hast Recht! Ich setze unbedacht dein Leben aufs Spiel, nur weil ich Gewissheit möchte."

„Am Wochenende bekommst du sicher die gewünschten Antworten, danach sehen wir weiter. Einverstanden?" Liebevoll küsste er sie, bevor er sich schweren Herzens von ihr losriss.

Am nächsten Morgen wurde Elena durch ein behutsames Klopfen an ihrer Schlafzimmertüre geweckt. Sie drehte sie sich zur Seite und erblickte Ben, der tiefschlafend neben ihr lag. Leise stand sie auf und öffnete die Türe. „Mama? Ist etwas passiert?", flüsterte sie besorgt.

Claudia stand mit ihrem Mantel und ihren Schuhen bekleidet vor ihrer Tochter. „Ich muss los, es tut mir leid!"

„Jetzt? Warum so überstürzt? Du wolltest doch noch bis Freitag bleiben?" Fassungslos betrachtete sie ihre Mutter.

„Ich habe vorhin einen Anruf von meinem Vermieter bekommen ... der Mieter über mir ... dieser altersschwache Karl ... er hat seine Badewanne überlaufen lassen ... es tropft alles in meine Wohnung!" Claudia zupfte mehrmals nervös an ihren Haaren.

„Aber der Hausmeister hat doch sicher einen Schlüssel zu deiner Wohnung, die können das doch auch ohne dich unter Kontrolle bringen!" Elena konnte die überstürzte Abreise ihrer Mutter nicht nachvollziehen.

„Schon, aber ich habe …", brach Claudia schluchzend ab.

Fürsorglich schob Elena ihre Mutter ins Wohnzimmer und setzte sich mit ihr aufs Sofa. Langsam machte Elena sich Sorgen. „Was hast du? Nun sag schon!"

„Ich habe in meiner Wohnung etwas gelagert … und wenn jetzt fremde Menschen den Wasserschaden untersuchen und …"

„Von was sprichst du? Was hast du gelagert?" Elena verstand den Grund ihrer Sorge nicht.

Hektisch stand ihre Mutter auf. „Ich kann es dir nicht sagen! Ich will niemanden mit hineinziehen! Aber ich muss jetzt wirklich los!"

Reflexartig griff Elena nach Claudias Arm und hielt sie fest. „Warte! Bist du in Schwierigkeiten?" Besorgt betrachtete sie ihre Mutter.

„Noch nicht! Aber wenn sie es finden, muss ich vermutlich wieder ins Gefängnis!"

Fassungslos riss Elena ihre Augen auf. „Wie bitte? Hast du irgendwelche illegalen Geschäfte laufen? Warum machst du das? Ich dachte, du wolltest dir ein neues Leben aufbauen? Hier! Bei mir!" Ihr gelang es nicht, ihre Wut zu unterdrücken.

„Es ist anders, als du denkst! Ich mache keine illegalen Geschäfte! Ich habe einem Bekannten einen Gefallen getan, das ist alles!", verteidigte sich Claudia.

„Ach! Und was für ein Gefallen war das?"

Claudia druckste beschämt herum, als wäre es ihr peinlich, ihrer Tochter die Wahrheit zu erzählen. „Ich bewahre etwas in meiner Wohnung auf, nur für eine Woche! Ich konnte doch nicht ahnen, dass dieser senile Karl sein Wasser nicht abdreht!"

„Sind es Drogen? Oder Waffen?", forderte Elena eine Antwort von ihr.

„Es ist nichts Schlimmes, bitte glaub mir!"

„Dann erzähl es mir!" Elena schossen tausend Bilder durch den Kopf. Sie wollte ihre Mutter nicht schon wieder verlieren, nachdem sie diese gerade erst wiedergefunden hatte.

„Ich muss wirklich los!" Claudia ging zur Türe und wollte sie öffnen, als Elena sie barsch an den Schultern packte und zu sich herumriss.

„Du verlässt diese Wohnung nicht, bevor du mir erzählt hast, in welchen Schwierigkeiten zu steckst! Ich habe nämlich keine Lust, dich erneut für fünfzehn Jahre zu verlieren!" Tränen stiegen in Elenas Augen, wofür sie sich in diesem Moment hasste.

„Mach dir bitte keine Sorgen um mich, es wird alles gut!"

„Ich bin kein Kind mehr, welches du mit diesem Satz abspeisen kannst! Du musst mich nicht schonen, ich möchte die Wahrheit hören!"

„Warum? Es würde nichts ändern!" Claudia sah sie aus traurigen Augen an.

„Doch! Für mich! Ich will dir vertrauen können!", erklärte Elena verzweifelt.

Claudia küsste ihre Tochter zum Abschied auf die Wange, öffnete die Haustüre und verließ die Wohnung. Ein letztes Mal drehte sie sich lächelnd um. „Wenn die Sache überstanden ist, erzähle ich es dir! Ich liebe Dich!"

Fassungslos sank Elena zu Boden. Plötzlich konnte sie ihre Tränen nicht mehr zurückhalten. Sie hatte das Gefühl, ihre Mutter erneut verloren zu haben. Nur dieses Mal war sie nicht daran schuld – hoffte sie jedenfalls.

Sie stieg unter die Dusche, zog sich an und beschloss spontan, ins Büro zu fahren. Ben musste sich noch schonen und sie musste sich dringend ablenken.

Mehrfach versuchte sie, ihre Mutter per Nachricht oder telefonisch zu erreichen, erhielt jedoch keine Antwort. Im Laufe des Tages schlug ihre Wut in Enttäuschung und schließlich in echte Besorgnis um. Obwohl ihr die beunruhigenden Bilder in ihrem Kopf ein anderes Szenario vorspielten, wollte sie nicht daran glauben, ihre Mutter möglicherweise das letzte Mal gesehen zu haben.

Kapitel 54

ER

Ungeschickt platzierte Ben die Nudeln auf dem Teller. Er war seit über einer Stunde damit beschäftigt, ein einigermaßen vorzeigbares Abendessen zu kreieren, was sich mit lediglich einem Arm schwerer darstellte, als gedacht. Es stellte sich als fast unmöglich heraus, Tomaten mit nur einer Hand zu schneiden, deshalb nahm er seinen verletzten Arm zur Hilfe, um wenigstens die nötigsten Griffe ausführen zu können. Als er die letzte Kerze auf dem Tisch anzündete, hörte er den Schlüssel im Schloss. Aufgeregt eilte er auf seinen heißersehnten Gast zu.

„Hallo! Wie war dein Tag?", begrüßte er Elena mit einem zärtlichen Kuss.

„Wow!", stieß sie verwundert aus, als ihr Blick auf den gedeckten Tisch fiel. „Jetzt verstehe ich, warum Männer wollen, dass ihre Frauen nicht arbeiten, sondern den Haushalt führen. Wenn einen so ein Empfang erwartet…" Anerkennend begutachtete sie jeden einzelnen Gegenstand auf dem Esstisch.

„Wer behauptet denn so etwas? Natürlich wollen wir, dass unsere Frauen arbeiten! Aber nebenher sollen sie auch noch gute Hausfrauen und heiße Liebhaberinnen sein!", äußerte Ben pikiert.

Elena verzog ihr Gesicht zu einem schelmischen Grinsen. „Natürlich! Das schaffen aber auch nur Frauen!"

Hungrig setzte sie sich an den Tisch und wartete, bis Ben den Wein eingeschenkt hatte.

„War dir so langweilig?", wandte sie sich an ihren Gastgeber.

„Eigentlich wollte ich die gesamte Wohnung auf Vordermann bringen, Fenster putzen und die Teppiche reinigen, aber leider ließ das meine Verletzung nicht zu!" Bedauernd hob Ben seine bandagierte Schulter.

„Und deshalb dachtest du, du kochst etwas?"

„Ich wollte dich aufmuntern. Ich habe deinen Zettel heute Morgen gelesen und bemerkt, dass deine Mutter weg war. Was ist passiert?" Aufmerksam betrachtete Ben seine Freundin.

„Ich glaube, sie bringt sich in Schwierigkeiten, aber sie wollte mir nichts darüber erzählen!", sprach Elena sich ihre Sorgen von der Seele.

„Sie ist eine erwachsene Frau! Sie wird schon wissen, was sie tut!"

„Ist das dein Ernst? Sie ist für fünfzehn Jahre unschuldig ins Gefängnis gegangen. Sie weiß überhaupt nicht, was sie tut!"

„Doch! Sie hat dir damit ein sorgenfreies Leben ermöglicht. Deine Mutter ist eine kluge Frau, du solltest ihr vertrauen." Ben legte beschwichtigend seine Hand auf ihre.

„Trotzdem finde ich es nicht in Ordnung, dass sie Geheimnisse vor mir hat. Ich mache mir Sorgen um sie und sie verschweigt mir irgendwelche kriminellen Handlungen. Was ist, wenn sie wieder ins Gefängnis muss und ich sie nicht mehr sehen kann?"

„Mal den Teufel nicht an die Wand! Selbst wenn sie in den Knast muss, kannst du sie besuchen. Außerdem wird sie ihre Gründe haben, warum sie es vor dir geheim halten will. Hat sie dir keinen Anhaltspunkt gegeben?"

„Sie meinte, wenn alles vorbei wäre, würde sie es mir erzählen."

„Dann wird sie das auch machen. Deine Mutter ist weder dumm noch leichtsinnig. Du musst ihr vertrauen!"

„Ich weiß!", antwortete sie leise, während sie in ihrem Essen herumstocherte.

„Hast du keinen Hunger? Es wäre schade, wenn ich mir die ganze Arbeit umsonst gemacht hätte." Ben versuchte die Situation aufzulockern.

„Viel Arbeit? Hast du die Nudeln etwa selbst gedreht?", zog sie ihn auf.

„Vielleicht!", gab er grinsend zurück.

Nachdem sie ihren Hunger gestillt hatten, verbrachten sie einen ruhigen Abend auf dem Sofa, wobei sie sich über alle möglichen Themen unterhielten, jedoch brisante Themen wie Alex oder Claudia außen vor ließen.

Gegen Mitternacht gingen sie ins Bett.

„Gehst du morgen auch ins Büro?", fragte er neugierig.

„Ich denke schon. Es ist einiges liegengeblieben und ich konnte nicht so viel erledigen, wie ich wollte."

„Haben Dennis oder Kathy etwas gesagt?", hakte er vorsichtig nach.

„Nein! Was sollten sie denn sagen?" Elena sah ihn fragend an.

„Ich meine … wegen dem Unfall."

„Sie fragten lediglich, wie es dir ginge, aber Näheres wollten sie nicht wissen." Erst jetzt fiel Elena auf, dass sich ihre beiden Kollegen auffallend ruhig verhalten haben. Wäre es nicht normal, wenn man mehr über den unfassbaren Unfall eines Kollegen in Erfahrung bringen wollte? Warum hielten sich Dennis und Kathy zurück?

Plötzlich kam ihr ein beunruhigender Gedanke.

„Hast du den beiden etwa erzählt, dass Alex dich angeschossen hat?", fragte sie fassungslos.

„Keine Angst! Sie wissen nichts von Alex! Ich habe Dennis die gleiche Story erzählt wie den Polizisten."

„Dann glauben sie, dass *ich* dich verletzt habe?", stieß sie ungläubig hervor.

„Es war doch nur ein Unfall! Es stand keinerlei Absicht dahinter!", verteidigte er seine Meinung.

„Ich will nicht, dass sie von Alex erfahren! Niemand soll es erfahren! Sie würden mich doch alle für verrückt halten. Für schizophren oder geisteskrank!" Elena spürte, wie ihr Puls in die Höhe schoss. „Versprich mir, dass du es Niemandem erzählst!"

„Ich verspreche es", antwortete Ben leise, was er auch mit gutem Gewissen versichern konnte.

Er beugte sich über sie und küsste ihre Lippen. Seine Hände wandernden zärtlich über ihren Körper.

„Hast du eigentlich gar keine Angst vor mir? Immerhin habe ich versucht, dich zu erschießen?", fragte sie verwundert.

„Das war Alex! Wenn dann müsste ich vor ihr Angst haben."

„Und? Hast du Angst vor ihr?"

„Sie ist unberechenbar, das beunruhigt mich etwas. Aber, wenn sie nicht gerade eine geladene Waffe in der Hand hält, kann ich mich durchaus gegen sie wehren", erklärte er überzeugt.

„Ich habe aber Angst um dich! Gerade, weil ich keinen Einfluss auf Alex habe und sie sicherlich nicht aufgibt, bis sie ihr Ziel erreicht hat."

„Dann müssen wir einfach dafür sorgen, dass sie nicht mehr auftaucht", murmelte Ben, während er sie erneut küsste.

„Und du glaubst, dies ist der richtige Weg? Vielleicht solltest du lieber im Wohnzimmer schlafen?" Elena schob ihn ein Stück von sich.

„Ich bleib einfach die ganze Nacht wach, dann passiert mir schon nichts!", erklärte er selbstsicher.

„Nein! Ich bleibe wach, dann kann Alex gar nicht erst auftauchen!" Sehnsüchtig zog sie Ben zu sich heran und küsste ihn mit all dem Verlangen, welches sie die letzten Tage verspürt hatte.

Während Ben neben ihr schlief, starrte Elena an die weiße Zimmerdecke. Sie war so aufgewühlt von dem Sex, dass sie keine Probleme hatte, wach zu bleiben. Wenn sie verhindern wollte, dass Alex auftauchte und Ben etwas antat, dann konnte und wollte sie sich nur auf sich selbst verlassen. Sie durfte die

Verantwortung nicht Ben zuschieben. Wenn ihm etwas zustieße, würde sie es sich nie verzeihen. Sie drehte sich zur Seite und bettete ihren Kopf auf seiner Brust. Sie atmete den Duft seines Körpers ein und schloss nur eine Sekunde lang ihre Augen.

Als sie aufwachte, stand Ben mit erhobener Faust über ihr und sie hatte unsagbare Schmerzen im Unterkiefer.

Kapitel 55

ICH

Sie will, dass ich verschwinde, kann es aber nicht lassen, sich Ben hinzugeben.

Als ich meine Augen öffne, blicke ich auf seine muskulöse Brust, die sich langsam hebt und senkt. Vorsichtig stehe ich auf, gehe in die Küche und kehre anschließend ebenso leise zurück. Behutsam setze ich mich auf seinen Oberkörper. Mit meinem linken Knie fixiere ich seinen gesunden Arm, der mir gefährlich werden könnte. Von seinem linken Arm geht meiner Meinung nach keine Gefahr aus. Genüsslich lege ich die Klinge des scharfen Küchenmessers an seinen Hals und übe etwas Druck aus. Ein hellrotes Rinnsal läuft langsam über seinen Hals.

Plötzlich öffnet er seine Augen. Erschrocken starrt er mich an.

„Elena?", wispert er verwirrt.

Langsam schüttle ich meinen Kopf.

Ich drücke etwas fester zu und erkenne an seinem Gesichtsausdruck, dass er den Schmerz der Klinge spürt.

„Was willst du von mir?", fragt er mit einem Ausdruck in den Augen, der nicht zu seinen gewählten Worten passt.

„Du weißt genau, was ich will! Lass die Finger von Elena!", spuke ich ihm entgegen.

„Sie liebt mich und ich liebe sie! Du bist nur eifersüchtig, weil dich niemand liebt!" Ben weiß in dem Moment, als die Worte seine Lippen verlassen, dass er sie damit verärgert.

„Willst du sterben?", fauche ich ihn ungläubig an.

„Ja! Wenn du glaubst, dass Elena dann glücklicher ist?" Mit festem Blick fixiert er meine Augen.

„Du gibst also zu, dass du sie nicht in Ruhe lassen wirst? Wie dumm bist du eigentlich?" Verächtlich schüttle ich den Kopf. Ben ist ein Versager! Er würde lieber sterben als sich eine neue Frau zu suchen.

Angespannt nickt er.

Er glaubt sicher, ich würde es nicht durchziehen! Er glaubt, dass Elenas kindische Liebe zu ihm auf mich überspringt und mich davon abhält, ihn zu töten! Welch ein Irrglaube!

Mit festem Griff umschließe ich das Messer und mache mich für den finalen Schnitt bereit.

Im nächsten Moment trifft mich seine Faust. Ich falle zur Seite und verliere das Bewusstsein.

Kapitel 56

SIE

„Ben? Was ist passiert?" Elena griff sich an ihr schmerzendes Kinn. Bedrohlich stand Ben über ihr, bereit zum nächsten Schlag.

„Elena?", fragte er unsicher.

„Hast du mich etwa geschlagen?" Unsicher setzte sie sich auf.

„Nein! Ich habe Alex geschlagen. Sie hat mich mit einem Messer bedroht!", erklärte er atemlos, während er mit der rechten Hand an seine verletzte Schulter fasste.

Erst jetzt bemerkte Elena den Schnitt an seinem Hals und die Blutspuren, welche dieser verursachte.

„Oh mein Gott! Geht es dir gut?" Besorgt berührte sie ihn an seinem Arm.

Ben ließ sich auf die Matratze fallen, da der Schmerz ihn augenblicklich überwältigte.

„Was ist mit deinem Arm?", wollte sie mitfühlend wissen.

Während sie auf seine Antwort wartete, erkannte sie das große Küchenmesser, welches am Boden neben dem Bett lag. Ein eiskalter Schauder lief ihr über den Rücken.

„Du … ich meine Alex hat sich auf mich gesetzt und meinen rechten Arm mit ihrem Knie fixiert. Ich sah nur diese eine Möglichkeit mich zu wehren."

„Du hast mich mit deinem verletzten Arm geschlagen?", stieß sie verwundert aus.

„Weißt du eigentlich, wie verwirrend es ist, wenn ich von Alex rede, aber dich dabei vor mir sehe?"

„Mir geht es nicht anders! Ich weiß nicht ob ich von ihr oder von mir sprechen soll. Eigentlich habe ja ich dich bedroht! Nur dass ich mich nicht erinnern kann, weil meine erfundene Kindheitsfreundin Alex die Oberhand hatte. Das ist paradox!"

„Ich weiß! Und hoffentlich hat das nach der Hypnose ein Ende. Vielleicht kannst du Alex dann dazu bringen damit aufzuhören."

„Ich glaube, es ist besser, wenn wir bis dahin in getrennten Wohnungen schlafen", erklärte Elena ernst.

„Das müssen wir nicht! Du weißt, dass …"

„Ich will es aber! Ich könnte es mir nie im Leben verzeihen, wenn ich dir etwas antäte. Lieber würde ich selbst sterben!"

„Bist du dir sicher?"

„Ich gehe die nächsten beiden Tage noch in die Arbeit, dort bin ich abgelenkt und abends können wir telefonieren. Am Samstag ist die Sitzung bei Dr. Küster."

„Soll ich dich dorthin begleiten?"

„Wenn es dich nicht verschreckt, was du alles über deine Freundin erfahren könntest? Ich habe mit Sicherheit schlimme Dinge in meiner Vergangenheit getan."

„Das war Alex! Und ich lasse mich nicht so schnell abschrecken. Jedenfalls zerstört nichts meine Liebe zu dir", sagte er einfühlsam.

„Danke! Ich hoffe, der Meinung bist du auch noch nach der Hypnosesitzung."

Kapitel 57

ER

Am Samstag ging es Bens Schulter schon viel besser. Er konnte sich die letzten beiden Tage erholen, trug seinen linken Arm die meiste Zeit in einer Schlinge und vermied ruckartige Bewegungen. Obwohl die Ärzte ihm davon abrieten, fuhr er wieder Auto. Er fühlte sich fit genug und wollte seine durch das eigene Fahrzeug erlangte Unabhängigkeit nicht länger aufgeben.

Pünktlich zur vereinbarten Zeit holte er Elena zu Hause ab. Sie öffnete ihm die Tür und fiel ihm sehnsüchtig um den Hals. „Ich habe dich so vermisst!", nuschelte sie an seine Lippen, während sie ihn unentwegt küsste.

„Darf ich dich daran erinnern, dass *du* diese Trennung wolltest, nicht ich?"

„Ich habe auch nicht gesagt, dass es falsch war, getrennt zu sein, nur dass ich dich vermisst habe!" Entrüstet blickte sie ihn an.

„Ich habe dich auch vermisst!", antwortete er schließlich und zog sie erneut an sich.

Nach einem langen Kuss konnten sie sich endlich voneinander trennen. „Bist du bereit?"

Wenige Minuten später betraten sie die geräumige Praxis des Psychologen.

„Guten Tag, Frau Sattler! Wie geht es Ihnen? Herr Teschler! Sie sind ja auch dabei!", begrüßte der Arzt seine Patientin nebst Begleitung.

„Wenn es Ihnen nichts ausmacht, würde ich gerne an der Sitzung teilnehmen", erklärte Ben zurückhaltend.

„Das entscheidet allein Frau Sattler!", wandte sich der Arzt fragend an Elena.

Sie nickte schnell und folgte anschließend dem Psychologen in sein Büro.

„Zuerst hätte ich ein paar Fragen an Sie!" Dr. Küster nahm auf seinem Sessel Platz, während Elena und Ben sich auf der anderen Seite des Tisches niederließen.

„Haben Sie sich Gedanken gemacht, in welche Phasen der Vergangenheit ich Sie schicken soll? Welche Fragen soll ich Ihnen stellen? Und wann soll ich die Hypnose lieber abbrechen?"

Elena zog ein großes Blatt Papier aus ihrer Tasche, entfaltete es und reichte es dem Arzt. „Ich habe mir einige Notizen gemacht. Wenn Sie zu einzelnen Zeitabschnitten noch Informationen benötigen, kann diese auch Herr Teschler ergänzen."

Konzentriert las Dr. Küster die Stichpunkte durch. Langsam nickte er. „Sind Sie sicher, dass sie das alles wissen wollen? Die Antworten auf diese Fragen könnten im schlimmsten Fall eine Psychose auslösen.

„Ich will alles wissen! Kann ich mich nach der Hypnose noch daran erinnern?"

„Normalerweise schon!"

„Kann es passieren, dass Alex auftaucht? Wenn ich mich zum Beispiel bedroht fühle?"

„Ich könnte Alex während der Hypnose ansprechen und dann würde sie möglicherweise auftauchen, jedoch wollen wir ja erreichen, dass Sie sich an die Ereignisse erinnern, also werde ich das unterlassen. Außerdem besteht die Gefahr, dass Alex, wenn ich Sie aus der Hypnose aufwecke, ihre Wahrnehmungsebene verändert hat und bleibt."

„Das heißt?", hakte Ben nach.

„Dass Alex nicht mehr so einfach verschwindet und die Oberhand über Ihre Person erlangt!", antwortete der Psychologe an Elena gerichtet.

„Das ist zu gefährlich, Elena!", bemerkte Ben fürsorglich.

„Ich will es trotzdem wissen! Alles!"

„Elena, bitte!", flehte Ben.

„Dr. Küster sagt doch, wenn er Alex nicht anspricht, dann kommt sie auch nicht. Keine Angst! Es wird alles gutgehen! *Ich* schlafe ein und *ich* wache auch wieder auf!"

Unruhig beobachtete Ben, wie Elena aufstand und zu der bequemen Liege am Ende des Raumes ging. Sie legte sich darauf und wurde von Dr. Küster mit einer dünnen Decke zugedeckt.

„Bereit?", fragte der Arzt seine Patientin.

„Bereit!" Sie blickte ein letztes Mal zu Ben und lächelte ihn hoffnungsvoll an. Dann konzentrierte sie sich nur noch auf das Pendel, welches der Arzt über ihrem Gesicht kreisen ließ. Nach weniger als einer Minute schloss sie ihre Augen und versank in einen Zustand vollkommener Tiefenentspannung.

Dr. Küster forderte Ben auf, sich auf den Stuhl neben ihm zu setzen. Elena lag ruhig atmend mit entspannten Gesichtszügen vor ihm.

„Elena, hören Sie mich?", sprach er seine Patientin mit gelassener Stimme an.

„Jaaa!" Sie sprach langsam, wie in Trance.

Der Arzt faltete den Zettel auseinander, auf welchem in unbestimmter Reihenfolge die Ereignisse standen, in welche Elena Einblicke erlangen wollte.

Plötzlich zog Ben einen Stift aus seiner Jackentasche, beugte sich über den Doktor und strich zwei Fragen von der Liste.

„Sind Sie sicher?", flüsterte der Psychologe.

„Auf keinen Fall stellen Sie ihr diese Fragen! Verstanden?" Ben konnte Elenas Wunsch nach einer offenen Vergangenheit nachvollziehen, glaubte jedoch nicht, dass diese beiden Erlebnisse ihr Leben bereichern würden. Im Gegenteil: Sie würden sie grundlegend verändern!

Dann wäre alles, was Alex für sie getan hatte, umsonst gewesen.

Dann würde sie mit ihm niemals eine normale Beziehung führen können.

„Was geschah in der Nacht, bevor sie die Nachricht an Ihrem Badezimmerspiegel entdeckten?", stellte Dr. Küster die erste Frage von der Liste.

Elenas Augäpfel bewegten sich rasch hin und her. Plötzlich begann sie zu sprechen.

„Wir waren beim Essen. Ich habe wohl zu viel getrunken, mir ist schlecht, ich muss mich übergeben." Sie bricht einen Moment lang ab. „Ben bringt mich nach Hause und legt mich aufs Sofa. In der Nacht wache ich auf. Ich sehe ihn, wie er unbequem auf den beiden Sesseln liegt, seine Hose ist offen, der Reißverschluss meines Kleides auch. Vielleicht hat er mich vergewaltigt - ich kann mich nicht erinnern. Ich schreibe einen Zettel und stecke ihn in seine Jackentasche. Anschließend gehe ich ins Bad. Ich stehe vor dem Spiegel und schreibe mit meinem Finger eine unsichtbare Nachricht auf den Spiegel. *Hör auf damit! Sofort!"*

Ben wunderte sich, dass Elena in der Gegenwart sprach. „Warum erzählt sie nicht in der Vergangenheitsform?", fragte er leise den Arzt.

„Sie durchlebt die Situation in diesem Moment, daher ist es für sie die Gegenwart!"

Dr. Küster wandte sich an Elena. „Für wen ist diese Nachricht? Für Ben?"

„Neeeeeein!", zieht sie das Wort in die Länge. „Sie ist für Elena!"

Ben zuckte augenblicklich zusammen. „Ist das Alex, die spricht? Sie wollten sie doch …" Der Arzt hob schlagartig die Hand, um Ben am Weitersprechen zu hindern.

„Sie verlassen jetzt diesen Tag und kommen zu dem Zeitpunkt, als sie vom Postboten einen Eilbrief in Empfang nahmen."

„Der Briefträger klingelt. Ich wundere mich, dass ich einen Eilbrief bekomme, öffne ihn und lese die Nachricht. Ich bekomme Angst, weil mir ein Alex droht! Er kennt Florian, Tobias und Christoph und weiß, was mit ihnen geschehen ist." Ihre Stimme zitterte, einzelne Tränen drangen durch ihre geschlossenen Augen nach draußen.

„Gehen sie ein paar Tage zurück, als Sie den Brief geschrieben haben", forderte der Arzt mit harmonischer Stimme auf.

„Ich schreibe einen Brief an Elena, unterschreibe mit meinem Namen, klebe ihn zu und gehe auf die Straße. Es ist Nacht, es sind kaum Menschen unterwegs. Am Bahnhof treffe ich auf einen Jungen, der mich um einen Euro anbettelt. Ich gebe ihm den Brief und drücke ihm einen Zwanzig-Euro-Schein in die Hand. Ich drohe ihm, wenn er den Brief nicht zur Post bringt, dann komme ich wieder und werde ihm weh tun."

Erneut wandte Ben sich besorgt an den Arzt. „Es ist Alex, die spricht! Sie kommt doch zum Vorschein!"

Mit deutlicher Gestik brachte der Psychologe Ben zum Schweigen.

„Sie haben noch einen dritten Brief geschrieben, richtig? Können Sie sich auch daran erinnern?"

Elenas Augäpfel bewegten sich stärker. Sie rutschte unruhig auf der Liege umher, stöhnte zwischendurch schmerzlich auf. „Zorro!", rief sie traurig und schluchzte anschließend verzweifelt. Plötzlich wurde ihr Gesichtsausdruck emotionslos. Ihre Stimme war ruhig und beherrscht. „Wer nicht hören will, muss fühlen! Selbst schuld! Ben liebte diesen Kater, aber anscheinend nicht genug! Hätte er einfach seine Finger von Elena gelassen, dann würde das süße Tier noch leben!"

Ihre Anschuldigungen trafen Ben mitten ins Herz! Nur mit größter Mühe konnte er sich zurückhalten den Raum zu verlassen.

„Ich werde Ben töten!", presste Elena mit einer Bestimmtheit heraus, die sowohl dem Arzt als auch Ben das Blut in den Adern gefrieren ließ.

Dr. Küster überflog die Liste und überlegte, welche Frage er als Nächste stellen sollte.

„Sie haben Ben mit einer Waffe bedroht und verletzt. Wo hatten Sie die Pistole her?"

Ein zufriedener Seufzer verließ Elenas Mund, bevor sie eine Geschichte erzählte, die für alle Beteiligten vollkommen unvorstellbar war.

Kapitel 58

ICH vor sechs Monaten

Ich spürte, wie ihr Herzschlag schneller wurde, wenn sie ihm gegenüberstand. Kurz bevor sie abends einschlief konnte ich ihre Gedanken lesen. Sie stellte sich vor, wie er sie berührte, wie seine Lippen auf ihre trafen und wie sein Körper wohl unter dem gutsitzenden Anzug aussah. Mir wurde übel! Seit Christophs Tod musste ich nicht mehr auftauchen. Elena hat ihr Leben genossen und war auch ohne Mann an ihrer Seite glücklich. Warum fing sie jetzt wieder damit an? Seit zwei Wochen arbeitete sie in einem neuen Büro und hatte sich vom ersten Moment an in ihren Chef verknallt. Ihre körperlichen Anzeichen waren für mich intensiv wahrnehmbar. *Ich bin es leid, sie ständig retten zu müssen – aber dafür bin ich eben da – dafür hat sie mich erschaffen!* Möglicherweise endeten die letzten beiden Beziehungen nicht tragisch genug, um Elena begreiflich zu machen, dass sie ohne Männer besser dran war.

Ich musste zu drastischeren Mitteln greifen – ich brauchte eine Waffe!

Im Internet recherchierte ich, wie viel eine Pistole im Handel kostete. Der Preis überraschte mich! Jedoch musste ich davon ausgehen, dass dort, wo ich meine Ware erwerben würde, ein Vielfaches des regulären Preises verlangt wurde. Ich brauchte Geld! Ich konnte etwas von Elenas Konto abheben, jedoch würde sie das sofort bemerken. Sie war, was ihre finanziellen Angelegenheiten betraf, sehr penibel. Nach wenigen Minuten intensiven Grübelns hatte ich die Lösung. Ich versuchte mein Glück im Spielkasino! Die fünfzig Euro Startguthaben lieh ich mir aus Elenas Haushaltskasse.

Glücklicherweise arbeitete Elena sehr viel und ging am Wochenende früh schlafen, so dass mir genügend Zeit blieb, meinem neu gefundenen Hobby zur Geldbeschaffung nachzugehen.

Nachdem Elena kein eigenes Auto besaß und ich die Kosten für einen Mietwagen nicht unentdeckt bezahlen konnte, blieb mir für die Anreise nach Garmisch-Partenkirchen nur die Mitfahrzentrale. Ich hoffte, einen geeigneten Fahrer zu finden, der bestenfalls auch das Spielkasino besuchen wollte, um mich in der Nacht wieder zurück nach München mitzunehmen. Glücklicherweise wurde ich schnell fündig.

Loreen war eine rüstige Rentnerin, die ihren Ruhestand mit allen Annehmlichkeiten, die das Leben mit sich brachte, genoss. In ihrem geräumigen Mercedes SL erreichten wir das Kasino von München aus in weniger als neunzig Minuten. Wir verabredeten uns für ein Uhr morgens, um gemeinsam die Rückreise anzutreten. Danach gingen wir getrennte Wege.

Im Erdgeschoss des Kasinos befanden sich die blinkenden Spielautomaten, welche regen Andrang fanden. Mich zog es jedoch ins Obergeschoss, wo sich die Spieltische, wie Black Jack oder Roulette befanden. Mein Ziel war es, in möglichst kurzer Zeit einen hohen Gewinn einzustreichen. Das schien mir beim Roulette am Wahrscheinlichsten. Zielgerichtet steuerte ich auf einen freien Platz an einem der Tische zu. Neben mir saß ein älterer Mann, der trotz seines Alters noch sehr attraktiv wirkte. Ich begann mit kleinen Einsätzen von fünf oder zehn Euro und setzte vorerst nur auf Rot oder Schwarz. Erstaunlicherweise gewann ich viermal hintereinander.

„Sie scheinen eine Glückssträhne zu haben!", lobte mich mein Nachbar gutgelaunt.

„Schaut ganz so aus!", bemerkte ich lächelnd.

„Darf ich Ihnen ein Geschäft vorschlagen?"

Meine Alarmglocken schrillten! Wenn ein älterer Mann einer jungen Frau ein Geschäft vorschlagen wollte, handelte es sich fast immer um Sex!

„Kommt darauf an, um was es geht", antwortete ich ausweichend.

„Sie spielen für mich die Glücksfee und bekommen einen Anteil meines Gewinnes!" Abwartend betrachtete er mich mit seinen hellblauen Augen.

„Und wenn Sie verlieren?", fragte ich vorsichtig.

„Das wird nicht passieren!"

„Und wenn doch?" *Was will der Typ von mir?*

„Dann habe ich eben meinen Einsatz verspielt! Ich verliere auch, wenn ich auf eine Zahl meiner Wahl setze, da kommt es auf einmal mehr oder weniger nicht an. Also wie lautet Ihre Glückszahl?"

Er hatte Recht! Es spielte keine Rolle, ob er ein paar Euro auf meinen Rat hin verlor oder selbst die falschen Entscheidungen im Glücksspiel traf.

„Die Fünf!" Für mich kam keine andere Zahl in Frage! Mit fünf Jahren wurde ich geboren!

Als ich meinen neuen Geschäftspartner beobachtete, wie er einige Jetons abzählte und auf dem Tableau platzierte, fiel mir sprichwörtlich die Kinnlade hinunter.

Er hatte eintausend Euro gesetzt! Den maximalen Einsatz für ein Plein, also das Setzen auf eine einzige Zahl! Für einen Moment wurde mir schwindlig. Wie viel Geld musste er zur Verfügung haben, wenn er einen Verlust von tausend Euro pro Einsatz in Kauf nahm?

Der Croupier setzte den Kessel in Bewegung und warf anschließend die kleine weiße Kugel in entgegengesetzter Richtung auf das Spielgerät. „Rien ne va plus!", rief er bestimmt in die Runde. Gespannt betrachtete ich den Lauf der Kugel. Mein Nachbar sah dem Ergebnis gelassener entgegen.

Ich hatte das Gefühl, er beobachtete eher mich, als die Scheibe mit den Zahlen.

Die Kugel zog stetig ihre Kreise, wurde langsamer und hüpfte schließlich in eines der kleinen Fächer, welche mit den Zahlen von Null bis sechsunddreißig gekennzeichnet waren. Es war die Siebzehn … nein … sie hüpfte wieder heraus und landete … in der Fünf! Entsetzt starrte ich auf die sich weiter rotierende Scheibe und konnte es einfach nicht fassen, dass wir gewonnen hatten.

„Yeah!", entfuhr dem Gewinner ein Freudenschrei, der keine Zweifel daran ließ, dass er mit dem Ergebnis nicht wirklich gerechnet hatte.

Der Croupier zählte die Jetons ab und schob meinem Sitznachbar seinen Gewinn zu. Er hatte fünfunddreißig Tausend Euro gewonnen!

Sprachlos starrte ich ihn an. Ich bemerkte, wie er zehn Jetons zu jeweils tausend Euro nahm und mir zuschob.

„Sie sind wirklich eine Glücksfee! Bitte, hier ist Ihr Anteil!"

„Äh … wollen Sie … nicht weiterspielen?" Mir blieb fast jedes Wort im Hals stecken.

„Nein! Heute nicht mehr! Man soll sein Glück nicht herausfordern! Aber ich wünsche Ihnen noch viel Spaß mit Ihrem Gewinn! Verspielen Sie nicht alles!" Er stand auf und verließ den Tisch.

Völlig euphorisch nahm ich einen der Jetons und setzte ihn auf die Neun. Meine zweite Glückszahl, weil ich uns in diesem Alter von unserem Tyrannen befreit habe.

Der Kessel drehte sich, die Kugel rollte im Kreis. Wie in Trance starrte ich auf die noch undeutlichen Zahlen in den Fächern. *Bitte die Neun, die Neun, die Neun!* Dann hätte ich einen Gewinn von 35.000,00 Euro, genug für eine Waffe vom Schwarzmarkt!

Die Kugel wurde langsamer … fiel in ein Fach … hüpfte wieder hinaus … und landete … in der Zwölf.

Verdammt! Ich probiere es einfach weiter, bis ich gewinne!

Nachdem ich weitere vier Einsätze zu jeweils tausend Euro verspielt hatte, spürte ich plötzlich eine Hand auf meiner rechten Schulter.

„Heute gewinnen Sie hier nicht mehr! Haben Sie keine Wünsche, für die Sie das Geld ausgeben wollen?"

Als ich mich umdrehte, blickte ich in die hellblauen Augen des großzügigen Mannes. Eigentlich sollte ich ihm dankbar sein, denn er riss mich noch rechtzeitig aus meiner Spielsucht, bevor ich das gesamte Geld verlor. Ich war meinem Ziel so nahe – jetzt war es wieder in weite Ferne gerückt! Mit den zehntausend Euro hätte ich möglicherweise bereits eine Waffe kaufen können! *Was zum Teufel hat mich dazu getrieben, fast alles wieder zu verspielen?*

„Darf ich Sie zu einem Glas Champagner einladen? Schließlich habe ich etwas zu feiern!" Freundlich reichte er mir seine Hand.

Eine Stunde und zwei Flaschen Champagner später stürmte Loreen mit strengem Blick auf mich zu. „Da bist du ja! Ich möchte losfahren! Kommst du mit oder nicht?", fauchte sie genervt.

„Jetzt schon?", lallte ich undeutlich.

„Wo müssen Sie denn hin?", mischte sich Jürgen Plattner, so hatte er sich mir jedenfalls vorgestellt, ein.

„Nach München!", bellte ich ihm entgegen.

„Dann kann ich Sie mitnehmen, wenn sie wollen!" Aufmerksam bot er mir seinen Fahrservice an.

„Sie sind betrunken! Sie dürfen überhaupt nicht mehr fahren!", warf ich ihm trotz meines Alkoholspiegels vor.

„Keine Angst! Das übernimmt mein Fahrer!"

„Was ist nun?" Ungeduldig meldete sich Loreen erneut zu Wort.

„Alex fährt mit mir zurück nach München. Vielen Dank, dass Sie gewartet haben." Er deutete eine kurze Verbeugung an, welche Loreen angenehm überrascht erwiderte.

Nachdem die rüstige Rentnerin die Bar verlassen hatte, wandte ich mich an meinen neuen Bekannten.

„Ich bin so blöd, das können Sie sich nicht vorstellen! Zehntausend Euro! Die hätte ich so gut gebrauchen können und jetzt ist fast alles weg!", jammerte ich mit schwerer Zunge.

„Wozu brauchen Sie so viel Geld?" Neugierig wartete Jürgen auf eine Antwort.

„Ich will mir eine Waffe kaufen, um jemanden zu erschießen!", spukte ich undeutlich aus.

Jürgen überlegte einen Moment, ob er meine Aussage für wahr befinden sollte, entschiedet sich jedoch dagegen.

„Ich wüsste da etwas, was Ihnen in kürzester Zeit viel Geld einbringt", schlug er bedacht vor.

Angewidert verzog ich meinen Mund. „Ich kann mir denken, um was es dabei geht! Danke, kein Interesse!"

„Tatsächlich? Das glaube ich kaum!", entgegnete er vorsichtig.

„Sie sind ein alter Knacker und wollen Sex mit einer jungen Frau! So einfach ist das!", warf ich ihm abfällig entgegen. „Aber für so etwas bin ich nicht zu haben! Ich lasse mich von keinem Mann der Welt anfassen!" Meine Ehrlichkeit war meinem Alkoholkonsum geschuldet.

Aufmerksam beobachtete er mich. „Ich habe nie behauptet, dass es sich um einen Mann handelt!"

An diesem Abend brachte mich Jürgen, wie von mir gewünscht, nach Hause. Schließlich musste ich wieder nüchtern werden, bevor Elena aufwachte.

Schon am nächsten Wochenende allerdings, brachte meine Neugier mich dazu, seine Handynummer zu wählen. Eine Stunde später holte mich sein Fahrer ab. Als ich seine Villa in

Grünwald betrat, drang leise Opernmusik an mein Ohr. Er führte mich in einen Raum, den er Salon nannte und der wie ein Relikt aus dem neunzehnten Jahrhundert wirkte. Ich nahm in einem der großen Ohrensessel Platz und wartete neugierig auf weitere Informationen, welche er mir gegenüber bisher schuldig blieb.

„Erklären Sie mir jetzt, um was es bei Ihrem Vorschlag geht? Und wie viel Geld kann ich dabei verdienen?" Ungeduldig wartete ich auf eine Antwort.

„Wie viel Geld benötigen Sie denn?", kam prompt die Gegenfrage.

Ich witterte das große Geschäft und rundete meine geplanten Ausgaben großzügig auf. „Zwanzigtausend!"

„Zu den fünftausend dazu? Oder insgesamt?"

Mit dieser Frage hatte ich nicht gerechnet. „Äh … insgesamt!"

Nachdenklich knetete er seine Unterlippe. „Ich würde Ihnen fünftausend geben, pro Sitzung!"

Fünftausend Euro? Wofür? Für Sex mit Tieren? Mein letzter Gedanke ließ mir plötzlich keine Ruhe mehr. Auf was hatte ich mich da nur eingelassen? Hoffentlich waren die Türen nicht verriegelt, so dass ich noch fliehen konnte!

„Ist das nicht etwas viel Geld?", äußerte ich meine Bedenken, ohne die Gegenleistung zu kennen.

„Das ist Ansichtssache! Mir ist es das Wert!" Ein zaghaftes Lächeln huschte über sein Gesicht.

„Und was muss ich dafür tun?", fragte ich laut und deutlich.

„Einen Moment!" Er dreht sich zur Türe. „Carina? Kommst du?"

Im nächsten Moment lief ein großer Hund mit langen Haaren durch die Tür und setzte sich neben sein Herrchen auf den Boden.

Ich wusste es! So ein Schwein! Entsetzt sprang ich vom Sessel auf und war gerade im Begriff, auf den Ausgang zuzustürmen, als eine junge Frau mit langen schwarzen Haaren und einem Gesicht, blass wie Ebenholz, den Raum betrat. Wie angewurzelt blieb ich stehen und starrte die hübsche Frau an.

„Das ist Carina, meine Frau", stellte Jürgen seine wesentlich jüngere Gemahlin vor.

„Carina, das ist Alex!" Mit leuchtenden Augen beobachtete er die Reaktion seiner Ehefrau.

Verwirrt huschte mein Blick zwischen Carina und Jürgen umher. Mir leuchtete immer noch nicht ein, welche Rolle ich hier spielte.

„Carina hatte vor drei Monaten einen schlimmen Unfall! Sie wurde überfallen und …" Beschämt brach er ab und blickte zu der schüchternen Frau an seiner Seite. Sie gab ihm nickend ihr Einverständnis, weiterzureden.

„Sie wurde vergewaltigt. Seitdem kann sie meine Nähe nicht mehr ertragen und duldet keinerlei Berührungen mehr meinerseits."

„Das tut mir leid!", bekundete ich mein ehrliches Mitleid. Ich konnte ihr Leid besser nachempfinden, als ich es mir eingestehen wollte. „Aber was habe ich damit zu tun? Ich habe Ihnen doch schon gesagt, dass ich auf keinen Fall mit Ihnen …"

„Ich weiß! Das ist auch nicht meine Absicht! Ich werde meine Frau nicht mit einer Anderen betrügen! Ich liebe Carina mehr als mein Leben - ich will, dass sie das Trauma überwindet. Wir bitten Sie um Hilfe!"

Ausgerechnet ich soll den beiden helfen? Ich bin ein männermordender Vamp! Die Einzige, die ich beschütze, ist Elena!

„Ich verstehe nicht ganz …", stotterte ich unbeholfen.

„Ich möchte, dass Sie meine Frau langsam zurück zur intimen Zweisamkeit führen. Wenn sie wieder Vertrauen in die Macht der sexuellen Energie bekommt, wird sie irgendwann auch wieder meine Berührungen zulassen."

Das ist doch krank! Entsetzt riss ich meine Augen auf. Glaubte er wirklich, was er da sagte?

„Ich soll mit Ihrer Frau schlafen?", fasste ich seine Erklärung zusammen.

Es entstand eine unangenehme Stille im Raum, die keiner der Anwesenden zu durchbrechen wagte.

„Bitte … hilf mir!", wisperte Carina völlig unerwartet. Ihre zerbrechliche Stimme erinnerte mich sofort an Elena. Damals … als sie fünf Jahre alt war … und mich um Hilfe bat … dem Grauen zu entfliehen. In diesem Moment wusste ich, dass ich ihr helfen musste. Offenbar wurde mit mir ein ausgeprägtes Helfersyndrom geboren, welches mich fast vollständig ausmachte. Meine restlichen Charakterzüge bestanden aus Rache und Mordlust.

Ich wusste nicht genau, ob es Carinas ausweglose Situation oder die Aussicht auf fünftausend Euro waren, welche mich dazu brachten, dem Vorschlag des ungewöhnlichen Ehepaares zuzustimmen. Jedenfalls ging ich mit Carina in ihr Schlafzimmer, gefolgt von Jürgen, der es sich in einem Sessel in der Ecke des Raumes bequem machte und uns beobachtete. Meine Gefühlswelt geriet völlig aus den Fugen. Ich hatte kein Interesse an Sexualität, weder mit einem Mann noch mit einer Frau. Die Erfahrungen in meiner frühen Kindheit waren derart negativ behaftet, dass ich intime Berührungen, die über das Küssen einer geliebten Person hinausgingen, nicht ertrug. Ich konnte und wollte mich nicht auf diese Erniedrigung einlassen.

Carina zog sich aus. Sie legte ein Kleidungsstück nach dem anderen ab, bis sie vollkommen nackt vor mir stand. Erwartungsvoll legte sie sich aufs Bett. Fragend blickte ich zu Jürgen, der mir aufmunternd zunickte.

„Ich kann das nicht!", erklärte ich bestimmt und machte Anstalten, den Raum zu verlassen.

„Versuche es wenigstens!", bat Jürgen.

„Bitte!", flehte Carina leise.

Es waren ihre Verzweiflung und nicht zuletzt die Aussicht auf das Geld, die mich dazu bewogen, dem Vorhaben eine Chance zu geben.

Langsam legte ich mich neben sie, allerdings komplett angezogen. Ich hatte auch nicht vor, mich zu irgendeinem Zeitpunkt meiner Kleidung zu entledigen.

„Küsse sie!", kam die Regieanweisung des Ehemannes.

Ich redete mir ein, ein Kuss wäre völlig harmlos und ich könnte Carina damit möglicherweise aus ihrem emotionalen Gefängnis befreien. Allerdings fiel mir schon diese Art der Nähe schwer, was alle weiteren Befehle von Jürgen unmöglich machten. Je stärker seine Autorität wurde, desto mehr wuchs in mir die Wut auf seine männliche Überlegenheit.

„Jetzt stell dich nicht so an! Streichle ihren Bauch!", befahl Jürgen ungeduldig.

In diesem Moment riss meine innere Wunde auf. Ich fühlte einen Hass in mir, wie ich ihn zuletzt Christoph gegenüber verspürte. Schlagartig sprang ich auf, stürmte auf Jürgen zu und umfasste mit beiden Händen seinen Hals. Während ich zudrückte erkannte ich das blanke Entsetzen in seinen Augen.

„Kein Mann benutzt mich für seine sexuellen Spielchen! Du bist eindeutig zu weit gegangen!", spukte ich ihm wütend entgegen.

„Alex!", hörte ich die weinerliche Stimme seiner Frau hinter mir. „Bitte tu ihm nichts!"

Jürgen hatte es seiner Frau zu verdanken, dass ich den Griff lockerte und dem starken Drang, ihn zu erwürgen, nicht nachgab.

„Gib mir das Geld!", forderte ich ihn eindringlich auf.

„Welches Geld?"

„Das du mir schuldest", klärte ich ihn kurzerhand auf.

„Ich schulde dir gar nichts."

Sofort drückte ich fester zu.

„In Ordnung!", krächzte er und nestelte an seiner Brieftasche herum. Er zog mehrere lila Scheine hervor und reichte sie mir. Ohne die Summe zu überprüfen, steckte ich das Geld in meine Hostentasche. Ein letztes Mal drehte ich mich zu Carina, die verschreckt mit angezogenen Beinen auf dem Bett saß. Im nächsten Moment stürmte ich aus dem Zimmer, lief die große Treppe hinunter und verließ die Villa durch die Vordertür.

Erst im Taxi, welches mich zurück nach Neuperlach brachte, zählte ich die Scheine und kam auf eine Summe von fünftausend Euro. Somit lag ich weit unter dem erhofften Gesamtbetrag, welchen ich zum Kauf einer Waffe auf dem Schwarzmarkt benötigte.

Nachdem ich zu Hause ankam, verstaute ich das Geld in meinem Versteck im Kleiderschrank. Zwei Monate später traf sich Elena immer öfters mit Ben. Ich musste endlich handeln!

Kapitel 59

SIE

Anschließend erzählte Elena von ihrem nächtlichen Ausflug ins Bahnhofsviertel. Wie sie auf die Prostituierten traf, die sie lächelnd fragten, ob sie Interesse an Drogen oder an Frauen habe. Und von Sammy, dem großen Schwarzen mit den goldenen Schuhen, den sie auf zehntausend Euro runterhandelte. Anschließend wurde sie still. Sie spürte das Entsetzen, welches sich in ihrem Innern breit machte und durch salzige Tränen aus ihren Augen trat. Sie konnte nicht begreifen, dass Alex solch extreme Wege beschritt, um ihr Ziel zu verfolgen – Ben zu töten! In Ihrem Selbstmitleid schwebte sie wie auf weichen Wolken, bis sie von der Stimme des Arztes in ein neues Ereignis geworfen wurde.

„Was geschah in der Nacht, als Florian Sie verlassen hat?"

Sie befand sich plötzlich in dem kleinen blauen Zelt und lag in Florians Armen. Sie unterhielten sich über ihre Zukunft, phantasierten von einem gemeinsamen Haus im Grünen und vielen kleinen Kindern. Sie küssten sich und schliefen miteinander. Elena erlebte alles erneut, als wäre sie wieder sechzehn Jahre alt. Und plötzlich waren da komplett andere Gefühle in ihr. Kälte, Hass, Enttäuschung! Sie zog einen Kreuzschraubenzieher aus ihrem Rucksack, weckte Florian und zog ihn gewaltsam auf die Beine. Drohend drückte sie ihm den Schraubenzieher unter sein Auge. „Du verschwindest aus meinem Leben und trittst mir nie wieder unter die Augen! Verstanden? Wenn du mir jemals wieder über den Weg läufst, bringe ich dich um!" Elenas Gefühle waren zwiespältig. Einerseits hatte sie Mitleid mit ihrem Ex-Freund, den sie damals wirklich liebte, andererseits verachtete sie ihn für das, was er getan hatte. Sie meinte jedes Wort ernst, welches sie ihm in ihrer Wut entgegenwarf. Schließlich war es für sie eine Genugtuung zu erkennen, dass er nicht nur sein Blut, sondern offensichtlich auch die Kontrolle über seine Blase verlor.

„Elena?", riss die Stimme des Psychologen sie zurück in die Gegenwart.

„Ja?"

„Geht es Ihnen noch gut?"

„Ich glaube schon."

Mit der nächsten Frage führte der Arzt sie zurück in die Nacht, in welcher Tobias starb. Sie erlebte jede Einzelheit im Detail, sah, wie sie mit Begeisterung die Bremsen des Wagens manipulierte und hoffte, dass Tobias mit seinem Fahrzeug umkommen würde.

Wenig später wurde sie zu dem Zeitpunkt mit Christoph katapultiert. Ihr Herz schmerzte, als sie sich auf ihn setzte und ihm seine Hände hinter dem Rücken zusammenband. Nur wenige Sekunden später, als sie ihm den Plastikbeutel über seinen Kopf stülpte, war das Mitleid schlagartig verschwunden. Sie spürte Genugtuung und Rachegefühle gegen … sich selbst.

Verstört zappelte sie auf der Liege, bis sie erneut die beruhigende Stimme des Arztes vernahm. „Bleiben Sie ganz ruhig, es ist alles in Ordnung!"

Nichts war in Ordnung! Sie hatte soeben erfahren, dass sie Tobias und Christoph umgebracht hatte! Sie war entsetzt über sich selbst, über Alex, über die Welt da draußen!

„Reisen Sie zurück zu dem Abend auf dem Oktoberfest. Was ist dort geschehen?" Die Stimme des Psychologen trug sie behutsam zu dem betreffenden Tag. Sie saß lachend mit Ben und den Kollegen am Tisch im Bierzelt, bis ihr Handy klingelte und sie nach draußen ging. Als sie mit ihrer Mutter sprach, spürte sie plötzlich eine Hand auf ihrer Schulter. Dann hörte sie

die Stimme: „Hallo meine Hübsche, du bist ja ganz alleine!"
Mit einem Mal änderte sich ihre Stimmung. Sie wurde wütend,
mutig und unkontrollierbar. Ruckartig drehte sie sich um und
schlug die Hand des Unbekannten weg.

„Hey, ganz ruhig! Ich will dir doch nichts tun! Ich dachte nur
…" Der Betrunkene hatte keine Chance. Elena schlug ihm mit
der rechten Faust direkt ins Gesicht. Schlagartig schoss ihm das
Blut aus der Nase. Er versuchte sich zu wehren und stieß ihr mit
seinem Fuß gegen das rechte Schienbein, dabei zerriss ihre
Strumpfhose. Im nächsten Moment traf ihn jedoch erneut ihre
Faust. Wimmernd fiel er zu Boden, was seine Angreiferin
jedoch nicht davon abhielt, weiter auf ihn einzuschlagen. Das
Szenario dauerte nur wenige Sekunden. Ohne ersichtlichen
Grund ließ sie von ihm ab und kehrte, ohne sich noch einmal
umzudrehen, zurück ins Zelt.

Elena war schockiert und doch emotional so gefasst, wie es
die Situation erforderte. Sie konnte ihre geteilten Gefühle kaum
ordnen, da hörte sie erneut die entfernte Stimme.

„Sie machen das gut, Elena. Atmen Sie tief durch und
beruhigen Sie sich. Jetzt gehen Sie in die Nacht, als Ben
angeschossen wurde. Was ist geschehen?"

Erneut wurde sie in Sekundenschnelle über den Horizont
getragen und in ihrer eigenen Wohnung abgeworfen. Sie lag
allein in ihrem Bett. Sie erinnerte sich an die Stunden zuvor, in
welchen sie und Ben sich voller Leidenschaft liebten, bis sie
erschöpft nebeneinander einschliefen. Plötzlich hörte sie
Geräusche aus dem Wohnzimmer. Sie stand auf und wollte zu
ihm gehen, aber ihre Beine trugen sie in eine andere Richtung.
Sie öffnete ihren Kleiderschrank. Die Rückwand enthielt ein
Geheimfach, welches sie erstaunt zur Seite schob. Sie griff nach
der Waffe, die sich im Innern befand und zog sie heraus. *Ich
will das nicht!* Sie versuchte, die Waffe fallenzulassen, aber es
gelang ihr nicht. Sie musste wie eine Marionette beobachten,

wie sie sich in Richtung Wohnzimmer bewegte. Sie wusste, was passieren würde, konnte es jedoch nicht verhindern, da es ja längst geschehen war. Sie war eine stumme Beobachterin ihrer eigenen schrecklichen Geschichte. Als sie das Wohnzimmer betrat, erkannte sie Ben. Er stand mit dem Rücken zu ihr vor der Balkontüre. „Hau ab, lauf weg!", wollte sie schreien, bekam aber kein Wort über ihre Lippen. Wie ein geknebelter Zuschauer musste sie den Wortwechsel und die Drohungen miterleben. Dann fiel der Schuss. Sie weinte.

„Ich zähle jetzt von fünf rückwärts, dann wachen Sie wieder auf!", hörte sie von Weitem die Stimme des Arztes.

„Fünf…" Sie lief an die Brüstung.

„Vier…" Sie griff nach Bens Hand.

„Drei…" Sie zog ihn nach oben.

„Zwei…" Sie fiel mit ihm gemeinsam auf den weichen Teppich.

„Eins…" Sie erkannte, was sie ihm angetan hatte.

Plötzlich war sie zurück in der Praxis. Sie öffnete die Augen und blickte durch ihre Tränen auf Ben. Dieser schloss sie umgehend in seine Arme und drückte sie an sich. „Es ist alles gut! Du hast es geschafft!"

„Es tut mir so leid! Ich wollte dich wirklich umbringen! Ich habe es gefühlt, ich …", jammerte Elena aufgeregt.

„Schon gut! Beruhige dich." Ben betrachtete sie besorgt.

Schweigend lag sie in seinen Armen und versuchte, das soeben Erlebte zu verarbeiten.

Und plötzlich kam ihr ein Gedanke. „Ich war nicht bei der Nacht, als mein Vater starb! Sie haben zwei Fragen ausgelassen!", warf sie dem Psychologen nachdenklich vor.

„Ben hielt es für besser, wenn …"

„Ben?" Ruckartig wandte sie sich an ihren Freund. „Warum streichst du die beiden wichtigsten Fragen?"

„Weil ich glaube, dass es nicht gut wäre, wenn du erfährst, was dein Vater dir angetan hat!", antwortete er ehrlich.

„Vielleicht hast du Recht, aber trotzdem hast du über meinen Kopf hinweg entschieden! Ich möchte selbst über mein Schicksal entscheiden können!" Entschlossen wandte sie sich an Dr. Küster. „Setzen Sie mich erneut in Trance und schicken Sie mich in die betreffende Nacht!"

„Nein!", schrie Ben entsetzt.

„Doch!", wehrte Elena sich.

„Du würdest dich verändern! Du wärst nicht mehr die Frau, die ich liebe, sondern eine Frau, die in ihrer Kindheit missbraucht wurde. Glaubst du wirklich, du könntest das so einfach wegstecken?"

„Ich habe gerade erfahren, dass ich zwei meiner Ex-Freunde umgebracht habe. Glaubst du wirklich, da könnte es mich noch schockieren, was mein Vater mir angetan hat?"

„Ja! Mit Sicherheit! Weil es etwas völlig anderes ist! Ich glaube auch, dass du an diesen beiden Morden noch lange genug zu arbeiten hast, aber ein Missbrauch trifft dich auf einer völlig anderen Ebene der Psyche!"

„Woher willst du das wissen? Bist du plötzlich Fachmann im Kindesmissbrauch?", schrie sie ihn ungerechtfertigt an.

„Nein! Ich bin kein Fachmann! Aber ich habe am eigenen Leib erfahren, was es bedeutet, wenn Männer mit deinem Körper Sachen anstellen, die du ekelerregend und grausam findest. Von den Schmerzen ganz zu schweigen, die solche Handlungen mit sich bringen!" Ben fiel es sichtlich schwer, seine Ausführungen offen darzulegen.

„Aber du hast es überstanden, warum sollte ich es nicht auch können?"

„Weil ich damals bereits sechzehn Jahre alt war und mich freiwillig den Männern hingegeben habe. Du warst erst Fünf!"

„Mir fehlt aber ein Teil meiner Vergangenheit, wenn ich es nicht weiß!", verteidigte sie ihre Ansicht.

„Glaub mir, du kannst ganz gut ohne diese Erfahrung leben! Sie wird dir in keinem Bereich deines Lebens abgehen. Dieses Erlebnis bereichert nicht, es schadet nur!"

„Ich will es aber wissen!"

„Das willst du nicht!"

Plötzlich mischte Dr. Küster sich in die Unterhaltung ein. „Wenn ich als Psychologe einmal etwas dazu sagen dürfte?"

„Ja, bitte!", meinte Ben.

„Nein!", äußerte Elena, wartete jedoch auf seine Ausführungen.

„Sie haben als fünfjähriges Mädchen bewusst den Missbrauch durch Ihren Vater erlebt. Alex haben Sie vermutlich erst beim zweiten oder dritten Mal erschaffen. Sie sollten wirklich froh sein, dass Sie sich nicht mehr an diese Zeit erinnern können. Ich habe einige Patientinnen, die jahrelang daran arbeiten, die Misshandlungen in Kindheitstagen zu verarbeiten. Manche schaffen es nie vollständig. So schwer es Ihnen auch fällt, diesen Teil ihrer Vergangenheit unentdeckt zu lassen - blicken Sie in die Zukunft und freuen Sie sich, dass Sie Ihre Sexualität mit einem Mann ungestört ausleben können. Sie verpassen wirklich nichts, wenn Ihnen dieser Teil der Biografie erspart bleibt. Behalten Sie Ihren Vater so in Erinnerung, wie Sie ihn im Gedächtnis haben."

Nachdenklich senkte sie den Kopf. Vielleicht hatten sie Recht. Allein der Gedanke daran, was manche Männer kleinen Kindern antaten, bescherte ihr Übelkeit. Wie sollte sie mit der lebhaften Erinnerung eines solchen Missbrauches an ihr selbst fertigwerden? Sie beschloss, dieses Thema vorerst ruhen zu lassen. Gleichzeitig drängte sich jedoch ein anderer beunruhigender Gedanke in ihr Gewissen. „Ich bin eine dreifache Mörderin! Eigentlich müsste ich ins Gefängnis!", bemerkte sie schwermütig.

„Ich bin mir sicher, dass der Richter Ihre dissoziative Identitätsstörung positiv bei der Urteilsfindung berücksichtigen wird. Vermutlich werden Sie verurteilt, eine längere Therapie zu durchlaufen."

„Sie wollen mich anzeigen? Sind Sie nicht an Ihre Schweigepflicht gebunden?"

Bedauernd schüttelte er den Kopf. „Nicht bei Mord! Es tut mir leid, aber ich muss diese Informationen an die Polizei weiterleiten. Ich mache mich sonst selbst wegen Beihilfe zur Verschleierung strafbar."

Nachdenklich stützte Elena ihren Kopf in die Hände. Sie fühlte sich erschöpft, ausgelaugt und müde. „Ich möchte jetzt nach Hause!" Sie konnte keinen klaren Gedanken mehr fassen.

Kapitel 60

ER

Nachdem sie in der Wohnung in Neuperlach ankamen, legte Elena sich sofort in ihr Bett und schloss müde die Augen.

„Willst du einen Tee?", wandte Ben sich fürsorglich an sie, erhielt jedoch keine Antwort, da sie bereits eingeschlafen war.

Mitfühlend setzte er sich neben sie und beobachtete ihre entspannten Gesichtszüge sowie die gleichmäßigen Bewegungen ihres Brustkorbes, welche durch ihre ruhigen Atemzüge ausgelöst wurden.

Seine Gedanken schweiften ab – zu der Hypnosesitzung bei Dr. Küster. Hätte er es nicht am eigenen Leib erfahren, würde er Elenas Schilderungen von Alex, die eigenständig und unkontrollierbar handelte, als übertriebene Fantasie auslegen. Aber der Moment, als diese wütende Frau mit der Waffe in der Hand vor ihm stand, war real! Sie hatte eine tiefe Stimme und in ihren Augen lag ein Ausdruck von Verachtung, welchen er bei Elena noch niemals wahrgenommen hatte. Es war, als würde er einer fremden Person gegenüberstehen! Als nun durch die Hypnose ans Tageslicht kam, wie Alex die Männer in Elenas Leben bedroht und mutwillig aus dem Leben gerissen hatte, lief ihm mehr als einmal ein kalter Schauder über den Rücken. Zum ersten Mal kam in ihm der Gedanke auf, ob er dazu bereit wäre, mit einer Frau, die ein unberechenbares zweites Ich in sich trug, eine gemeinsame Zukunft aufzubauen. Obwohl er Elena von ganzem Herzen liebte, verdrängte seine Vernunft dieses Gefühl. Sie hatte Zorro getötet und zweimal versucht ihn umzubringen. Er verfluchte Alex' Existenz. Lediglich wegen einer Situation war er froh, dass es die zweite Persönlichkeit in Elena gab. Als sie in ihrer Kindheit die Übergriffe ihres Vaters erleben musste – für diese Zeit war es ein Segen, dass Alex ihr all das Grauen und die schrecklichen Erlebnisse abnahm – dass Elena sich daran in keiner Weise mehr erinnern konnte.

Wie sollte es jetzt weitergehen? Konnten sie nie wieder bedenkenlos Sex miteinander haben? Müsste er immer befürchten, Alex würde nach seinem Leben trachten? Wie lange würde ihre Beziehung diese Belastung aushalten?

Plötzlich schlug Elena ihre Augen auf.

„Du bist noch da?", fragte sie mit belegter Stimme.

„Natürlich! Wo sollte ich sonst sein?" Er wunderte sich über ihre Frage. Als er auf die Uhr sah stellte er erstaunt fest, dass er seit zwei Stunden neben ihr saß und seinen Gedanken nachhing. Er hatte jegliches Zeitgefühl verloren.

„Geht es dir besser?", fragte er besorgt.

„Ich fühle mich jedenfalls wieder fit! Aber ich werde wohl noch einige Zeit benötigen, bis ich die neuen Erkenntnisse verarbeitet habe. Vor allem das mit Tobi und Christoph …", brach sie traurig ab.

„Hey!" Schnell rutschte Ben näher an sie heran, nahm sie in den Arm und zog ihren Kopf an seine Brust. „Du bist nicht schuld an ihrem Tod! Es war Alex!"

Ungläubig rückte sie ein Stück von ihm ab. „Ist das dein Ernst? Ich bin Alex! Es waren meine Hände, die Tobias' Auto manipuliert und Christoph die Tüte über den Kopf gestülpt haben. Ich weiß, dass ich das nicht wollte, aber trotzdem habe ich es getan! Wie soll ich damit leben?"

„Vielleicht solltest du noch einige Male Dr. Küster aufsuchen, um mit ihm darüber zu sprechen", schlug Ben behutsam vor.

„Um die Morde zu vergessen?"

Langsam schüttelte Ben seinen Kopf. „Um zu begreifen, dass du für diese Taten nicht verantwortlich warst. Täter mit gespaltener Persönlichkeit werden vor Gericht meist freigesprochen."

„Sie kommen in die Klapse! Das ist ein Unterschied." Fassungslos stand sie auf und ging ins Wohnzimmer. Ben folgte ihr.

„Wir müssen überlegen, was wir wegen Alex unternehmen wollen!", rief er ihr hinterher.

Ruckartig blieb sie stehen und drehte sich zu ihm um. „Was sollen wir gegen sie unternehmen? Sie sitzt so tief in mir drinnen! Leider können wir sie nicht herausschneiden!"

„Elena …", versuchte Ben sie zu beruhigen.

„Wir sollten uns trennen!" Völlig unerwartet sprach sie den Satz aus, der ihn bereits unterbewusst beschäftigte. Jedoch war er nicht der Typ, der bei der ersten Schwierigkeit in einer Beziehung aufgab. Er wollte ihrer gemeinsamen Zukunft eine zweite Chance geben. Wenn Alex weg wäre …

„Es muss eine andere Lösung geben."

„Die gibt es aber nicht! Lieber verzichte ich auf deine Anwesenheit, als dass Alex dir das Leben nimmt! Such dir eine andere Freundin und werde glücklich mit ihr!" Elena wandte sich mit Tränen in den Augen ab und lief in die Küche.

Einen Moment später holte er sie ein. „Spinnst du jetzt total?" Er packte sie am Arm und riss sie zu sich herum. „Ich liebe dich und das wird auch Alex nicht ändern!"

„Ich liebe dich auch! Und deshalb will ich dich nicht gefährden. Verstehst du das nicht?" Traurig blickte sie ihm in die Augen.

„Doch! Aber es muss einen anderen Weg geben!", flüsterte er, während er sie an sich zog. Er streichelte liebevoll über ihre Wange, nahm eine einzelne Träne mit seinem Finger auf. Im nächsten Moment beugte er sich zu ihr und küsste sie zärtlich auf die Lippen. Sie erwiderte seinen Kuss und legte ihre Hand um seinen Nacken. Sie spürten beide die Lust, die in ihnen entfachte und gaben sich dem Gefühl hin. Plötzlich schob sie ihn von sich und trat einen Schritt zurück.

„Das geht nicht! Ich habe Angst, dass Alex wieder auftaucht, wenn wir …"

„Dann soll sie kommen!", äußerte er selbstsicher.

„Was?"

Völlig unerwartet kam ihm eine Idee. „Wir locken sie heraus, damit ich mit ihr reden kann!"

„Und dann? Willst du bei ihr um meine Hand anhalten?", schnaubte Elena verächtlich. „Du kannst nicht vernünftig mit ihr reden. Sie will dich umbringen!"

„Ich werde sie bitten, sich mit dir zu unterhalten!"

„Mit mir? Glaubst du, das geht überhaupt?"

„Ein Versuch wäre es wert!"

„Super! Und wenn der Versuch fehlschlägt, dann bringt sie dich um!" Elena hielt seinen Vorschlag für viel zu gefährlich.

Voller Überzeugung redete er auf sie ein. „Soweit wird es nicht kommen! Ich kann mich gegen sie wehren! Du sprichst mit ihr und erklärst ihr, dass du sie jetzt nicht mehr brauchst. Du machst ihr deutlich, dass sie verschwinden soll!"

„Darauf wird Alex sicherlich hören! Sie ist viel stärker als ich! Körperlich, wie mental!"

„Ihr habt denselben Körper, das ist dir schon klar?" Ben zog fragend die Augenbrauen hoch.

Elena zuckte beleidigt mit den Schultern.

„Sie kann mit deinen Kräften nur besser umgehen, das ist alles! Bitte, lass es uns versuchen!"

„Selbst wenn ich zustimmen sollte … wie willst du sie hervorlocken? Ich will nicht mit dir schlafen und dabei ständig an Alex denken!" Angewidert verzog Elena ihr Gesicht.

„Es gibt noch eine andere Möglichkeit." Nachdenklich kaute Ben auf seiner Unterlippe. „Auf dem Oktoberfest … da hat dich doch ein Betrunkener angesprochen … und kurz darauf kam Alex zum Vorschein."

„Stimmt!", gab Elena zu. „Aber ich erinnere mich nicht mehr an den genauen Wortlaut!"

„Ich schon!"

Elena war nervös, sie ging auf die Toilette, wusch sich ihre Hände und kämmte ihr Haar. Als sie Ben gegenüberstand trat sie unruhig von einem Fuß auf den anderen. „Was soll ich machen? Wo soll ich mich hinstellen?"

„Ich bin mir nicht sicher, auf welche Reize Alex reagiert. Es kann sein, dass die Worte ausreichen – aber es ist auch möglich, dass du ehrliche Angst verspüren musst, damit sie auftaucht."

„Willst du mich etwa auch mit einem Messer bedrohen, wie Dr. Küster?", fragte Elena ängstlich.

„Natürlich nicht!", wandte er ein. „Stell dich ans Fenster und schau hinaus! Denke an irgendetwas! An deine Mutter oder an die Arbeit oder …"

„An dich?", schlug Elena leise vor.

Ben umschloss mit seinen Fingern ihr Kinn und küsste sie. „Du schaffst das! Mach dir keine Sorgen!" Im nächsten Moment wandte er sich ab und ging ins Schlafzimmer.

Elena blickte hinaus in den abendlichen Himmel. Am Horizont erkannte sie den rötlichen Schein der untergehenden Sonne, der in den nächsten Minuten von der Dunkelheit der Nacht verschluckt würde. Obwohl sie an schöne Ereignisse denken wollte, drangen die verstörenden Bilder der Hypnosesitzung in ihr Gedächtnis. Tobias, Christoph und Zorro blitzten vor ihrem inneren Auge auf. Sie dachte an ihre Mutter, die für ihre kleine Tochter auf ihr eigenes Leben verzichtet hatte.

Und plötzlich hörte sie Schritte hinter sich. Ihre Nackenhaare stellten sich instinktiv auf. Bevor sie die Stimme hörte, spürte sie eine Hand, die sich grob auf ihre rechte Brust legte.

„Hallo meine Hübsche. Du bist ja ganz alleine hier!"

Im nächsten Moment wurde es dunkel.

Ben konnte nicht so schnell reagieren, wie Elena sich umdrehte und ihm mit ihrer Faust ins Gesicht schlug. Überrascht taumelte er rückwärts, bis er ihren Gesichtsausdruck sah und wusste, dass Elena verschwunden war.

„Hallo Alex!"

„Du bist noch da?", fauchte sie ihn an.

Seltsam, dachte er, *das Gleiche hat Elena vor kurzem auch gefragt.*

„Ich möchte dich um einen Gefallen bitten", antwortete er ruhig.

Verächtlich schnaubte sie aus. „Verschwinde, dann tu ich dir einen Gefallen und bringe dich nicht um!"

„Elena will mit dir sprechen!" Ben ließ sich nicht von ihr einschüchtern. Seltsamerweise verspürte er nicht die Angst, die er vor ihr haben müsste.

„Ach ja? Hast du ihr eingeredet, sie könnte mich überreden, dich zu verschonen?"

„Auf die Idee ist sie ganz alleine gekommen!"

„Weil du ihr von mir erzählt hast! Wenn Sie sich erinnern könnte, was unser Vater uns angetan hat, dann wäre sie mir für meine Taten dankbar. Vielleicht sollte ich mich wirklich mit ihr unterhalten und ihr von den schönen Dingen erzählen, die Papa fast jede Nacht mit uns angestellt hat."

Mit einem schnellen Schritt stand Ben drohend vor ihr. „Unterstehe dich!"

„Du willst also auch nicht, dass sie ihre Erinnerungen zurückerhält?" Alex' tiefe Stimme grollte durch den Raum.

„Sprich mit ihr!", forderte Ben sie erneut auf.

„Und was bekomme ich dafür?" Abwartend starrte sie ihn an.

„Was willst du?"

„Ich verspreche dir, dass ich sie aus dem Schlaf hole und mich mit ihr unterhalte. Dafür versprichst du mir, dass du anschließend aus unserem Leben verschwindest." Lächelnd offenbarte sie ihm ihren Vorschlag.

„Nur, wenn du ihr nichts von ihrer Kindheit erzählst!",
entgegnete Ben ernst.

Nachdenklich blickte Alex an die Decke. Schließlich nickte
sie zustimmend. „Einverstanden!" Sie reichten sich die Hände
und besiegelten ihre mündliche Vereinbarung.

Alex schloss die Augen und summte leise eine Melodie. Ben
erkannte, dass es sie einige Anstrengung kostete, beide
Individuen gleichzeitig bei Bewusstsein zu halten.

Plötzlich öffnete sie ihre Augen.

„Ben?", hörte er Elenas verletzliche Stimme.

„Komm mit ins Bad!", sprach im nächsten Moment Alex'
Stimme aus ihrem Mund.

Erschrocken riss Elena ihre Augen auf. „Ist das Alex?"

Ben nickte langsam, konnte sich kaum aus seiner Erstarrung
befreien. Er glaubte selbst nicht, was er hier gerade erlebte.

Elena ging ins Bad und schloss die Türe. Er hörte die beiden
Stimmen, wie sie sich unterhielten und sank ungläubig auf das
Sofa.

Kapitel 61

SIE

Elena stellte sich vor den Spiegel im Badezimmer und blickte sich selbst an.

„Alex?", fragte sie schüchtern.

„Er sagte, du willst mit mir reden! Meine Idee war das nicht!", kam ihr die fremde dunkle Stimme aus dem Spiegel entgegen. Elena fühlte sich wie im Halbschlaf. Sie konnte ihren Körper nur teilweise spüren, der Rest war wie in Watte gepackt. Ihr Hirn ließ nur eingeschränkte Gedanken zu, reagierte zeitweise fremdgesteuert. Fasziniert starrte sie sich in die Augen. Es hatte tatsächlich geklappt! Sie stand ihrem zweiten Ich gegenüber und konnte sich mit ihm unterhalten. Elena nahm all ihren Mut zusammen, als sie sich an Alex wandte.

„Hör mal! Ich bin dir wahnsinnig dankbar, dass du mich vor … naja, diesen Sachen in meiner Kindheit beschützt hast. Dank dir, kann ich ein normales Leben führen! Obwohl … normal bin ich eigentlich auch nicht … ich habe eine multiple Persönlichkeit und spreche gerade mit mir selbst … also … ich meine, ich bitte dich, jetzt zu gehen. Ich brauche dich nicht mehr … ich bin groß und kann selbst auf mich aufpassen … und ich will mein Leben selbst bestimmen!"

„Das glaube ich nicht!"

„Was?"

„Du kannst nicht selbst auf dich aufpassen! Du lässt dich von Typen wie Ben verführen und gibst dich ihnen hin! Hättest du das erlebt, was ich erlebt habe, dann würdest du jeden Mann verabscheuen!"

„Schon möglich! Dank dir habe ich aber keine Erinnerung daran. Ich liebe Ben und genieße es mit ihm zusammen zu sein.

Und deshalb möchte ich, dass du verschwindest!", erklärte Elena deutlich und laut.

Langsam schüttelte Alex den Kopf. „Ich kann es nicht ertragen, wenn ein Mann mit dir schläft! Seit zwanzig Jahren beschütze ich dich vor Typen, die deinen Körper nur zu ihrem Vergnügen benutzen wollen! Wenn du wüsstest, was unser Vater mit uns gemacht hat, dann würdest du genauso wie ich denken, da bin ich mir sicher!"

„Wenn ich also wüsste, was Papa mit mir angestellt hat, würdest du gehen? Willst du mir das damit sagen?"

„Ja! Dann hättest du kein Interesse an Männern und bräuchtest meinen Schutz nicht!", erklärte Alex.

„Dann erzähl es mir!", forderte Elena sie nachdrücklich auf.

„Das willst du nicht wissen!"

Wütend umklammerte Elena das Waschbecken. „Warum erzählt mir jeder, was ich wissen will und was nicht! Es ist mein Leben und meine Vergangenheit, verdammt noch mal! Sagt mir endlich, was passiert ist!"

Elenas Augen blitzten auf. Plötzlich hämmerte es laut an die Badezimmertüre. „Alex!", schrie Ben von draußen. „Wir haben eine Vereinbarung!"

Verwirrt blickte Elena zwischen ihrem Spiegelbild und der Tür hin und her. *Eine Vereinbarung? Welche Vereinbarung?* Schließlich öffnete sie wütend die Tür.

„Was für eine Vereinbarung?", fragte sie verdutzt.

Schweigend zog Ben sich zurück. Elena lief ihm wütend hinterher. „Was hast du mit Alex besprochen?", wollte sie von ihm wissen.

„Nichts!"

„Hör auf mit dem Blödsinn! Sag mir endlich was los ist!" Elena war außer sich vor Wut.

„Soll ich es ihr erzählen?", mischte Alex sich plötzlich ein.

„Nein!", rief Ben.

„Ja!", schrie Elena in den Raum.

282

„Ben hat mit mir eine Vereinbarung getroffen …", begann Alex lächelnd.

„Alex!", schnitt Ben ihr schlagartig das Wort ab.

Entsetzt blickte Elena ihn an. Sie wollte es einfach nicht glauben. Ben hatte hinter ihrem Rücken eine Absprache mit Alex getroffen, von welcher sie keinen blassen Schimmer hatte.

„Wollt ihr mich verarschen? Ben!" Elena war den Tränen nahe.

„Glaub mir, es ist besser so!", erklärte Ben behutsam.

Alex hatte da weniger Skrupel. „Wenn ich dir nichts von dem Missbrauch erzähle, dann verschwindet er aus deinem Leben!", erzählte sie gewissenlos.

Elena wurde schwindlig. Sie hielt sich an dem Sideboard fest, auf welchem noch vor einigen Tagen die Waffe lag.

„Und das ist die Lösung, glaubst du?", wandte sie sich an Ben. „Warum bist du nicht einfach gegangen, als ich es von dir verlangt habe? Warum musst du mit Alex einen Pakt schließen?"

„Ich will dich nicht verlassen! Ich liebe dich! Aber …", verteidigte Ben sich.

„Aber es ist dir zu mühsam mit Alex in mir!"

„Nein! Ich will dich vor deiner Vergangenheit beschützen!", entgegnete Ben verzweifelt.

„Ihr könnt mich alle mal!" Elena schob sich an Ben vorbei, öffnete hastig die Balkontüre und trat hinaus in die Nacht. Schwungvoll warf sie ihr rechtes Bein über das Geländer und setzte sich auf die schmale Brüstung. „Alex wird nicht verschwinden und auch in Zukunft alle Männer, mit denen ich eine Beziehung haben will, umbringen. Und du Ben, du verbündest dich mit meiner Feindin und lässt mich lieber im Stich, als um mich zu kämpfen!" Elena blickte in die Tiefe und erstarrte beim Gedanken an einen Sturz aus dem zehnten Stock.

„Das ist nicht wahr! Ich kämpfe um dich! Ich bin die Vereinbarung nur eingegangen, weil ich gehofft hatte, dass du

Alex dazu bringst, zu verschwinden! Ich kann mich überhaupt nicht von dir fernhalten, weil ich dich liebe! Wie oft muss ich das noch betonen?", schrie er gegen den aufkommenden Wind an.

Elena wandte sich von Ben ab und blickte auf das Nichts vor ihr. „Alex? Hörst du mich?"

„Ja!"

„Ich werde jetzt uns beide erlösen! Ich springe und dann haben wir es hinter uns!", sagte Elena zu sich selbst.

„Nein!", schrie Alex mit voller Stimme. „Dann war alles umsonst!"

Während Elena ihrem zweiten Ich zuhörte, griff Ben zu seinem Handy und wählte Dr. Küsters Nummer. Nach zweimaligem Klingeln nahm dieser ab.

„Herr Dr. Küster? Eine Ihrer Patientinnen will vom zehnten Stock springen!"

„Du springst nicht!", sagte Alex mit herablassender Sicherheit.

„Warum bist du dir da so sicher?", hakte Elena nach.

„Weil wir eine Person sind! Wir hängen am Leben! Du willst nicht sterben!" Ein gewinnendes Lächeln umspielte ihre Lippen.

„Da hast du wohl Recht! Aber ich kann nicht verhindern …" Elena schwang ihr zweites Bein über den Balkon und hielt sich nur noch mit den Händen am Geländer fest. „… dass mir irgendwann die Kraft ausgeht und ich hinabstürze."

„Nein, nicht!", schrie Alex ängstlich.

„Elena! Nein!", schrie Ben und griff nach ihren Händen.

„Lass los!", befahl Elena hektisch.

„Nein!", widersprach er mit Nachdruck.

„Lass – bitte - los!" Elena sah ihm tief in die Augen und er erkannte in ihrem Blick ein verschwörerisches Aufblitzen. *Was hast du vor?*, dachte er, während er seine Hände zurückzog.

„Zieh mich rauf!", flehte Alex' dunkle Stimme.

„Nein!" Ben schüttelte den Kopf und verschränkte seine Arme hinter dem Rücken.

„Elena! Bitte! Ich mache alles, was du von mir verlangst! Ich will nicht sterben!", bettelte Alex kleinlaut. Sie spürte, dass Elenas Hände langsam abrutschten.

„Dann lass mich in Ruhe! Verschwinde aus meinem Leben so schnell, wie du damals aufgetaucht bist!"

„In Ordnung!", wimmerte Alex.

„Versprich es!"

„Ich verspreche es dir!", ertönte die tiefe Stimme.

Ben blickte Elena erwartungsvoll in die Augen.

„Zieh mich hoch!", rief sie plötzlich.

Im nächsten Moment umschlossen seine Hände ihre Unterarme und zogen sie auf den sicheren Boden des Balkons zurück.

„Was sollte das?", tadelte er sie, während er sie glücklich in seinen Armen hielt.

„Ich brauchte ihr Versprechen! Sie wusste, dass ich nicht freiwillig springen würde, also musste ich mich selbst in eine aussichtslose Situation bringen!"

„Woher willst du wissen, dass sie ihr Versprechen hält? Sie kann jederzeit auftauchen, während du schläfst und du würdest es nicht einmal bemerken!"

Elena sah ihn aufmerksam an. Dann umspielte ein sanftes Lächeln ihre Lippen. „Weil Alex und ich eine Person sind! Ich mag viele Fehler haben, aber wenn ich ein Versprechen gebe, dann halte ich es auch. Alex trägt viel Wut in sich und beschreitet oft sehr fragwürdige Wege, um ihre Ziele zu verfolgen, aber sie wird sich an ihr Versprechen halten, da bin ich mir sicher!"

„Du bist verrückt, weißt du das?" Liebevoll umschloss er ihr Gesicht mit seinen Händen.

„Ich weiß!" Sie küssten sich, bis ein aufdringliches Klingeln sie auseinander riss.

„Das ist sicher Dr. Küster, der seine Patientin retten will!",
erklärte Ben lächelnd.

In den folgenden Wochen genossen Elena und Ben ihre
Zweisamkeit, ohne dass Alex nochmals auftauchte. Als
schließlich eines Tages ein Brief der Staatsanwaltschaft
zugestellt wurde, wusste Elena, dass sie sich ihrer
Verantwortung nicht entziehen konnte.

Sie musste für die Taten ihres zweiten Ichs büßen.

Epilog

Zwei Monate später fand Elenas Verhandlung vor dem Strafgericht statt. Dr. Küster sah sich verpflichtet, sein durch die Hypnosesitzung erlangtes Wissen der Polizei zu melden, welche Anzeige wegen zweifachen Mordes gegen Elena Sattler erhob. Das von der Staatsanwaltschaft geforderte Strafmaß von zweimal Lebenslänglich wurde nur aufgrund Dr. Küsters psychologischem Gutachten abgeändert. Es sagte eindeutig aus, dass Elena an einer dissoziativen Identitätsstörung litt und sie nach gutachterlicher Einschätzung keine bewusste Schuld an den verübten Morden traf. Nachdem sich die Richterin aufgrund mehrerer Zeugenaussagen ein eigenes Bild von den Geschehnissen machen konnte, verurteilte sie Elena zu einem unbefristeten Aufenthalt in der forensischen Psychiatrie.

Einen Monat nach Urteilsspruch stellte Elena fest, dass sie schwanger war.

Ben besuchte sie fast täglich im Maßregelvollzug. Nach der Geburt der kleinen Emily gab sie das Kind in seine alleinige Obhut.

„Ich möchte, dass Emily bei dir aufwächst. Such dir eine nette Frau und werdet eine ganz normale, glückliche Familie. Emily soll eine Mutter haben."

„Emily hat eine Mutter!"

„Natürlich! Aber ich kann ihr nicht die Mutter sein, die ich gerne wäre. Sie soll eine unbeschwerte Kindheit haben!"

Obwohl es Elena das Herz brach, verlangte sie von Ben, den Kontakt zu ihr abzubrechen. Ben widersetzte sich jedoch ihrem Wunsch und besuchte sie zweimal im Monat gemeinsam mit Emily, um die Beziehung zwischen Mutter und Tochter so gut wie möglich aufrecht zu erhalten.

Auch Claudia besuchte ihre Tochter regelmäßig in der Klinik. Sie hatten dort Gelegenheit, sich ungestört zu unterhalten und wenigstens teilweise ihre versäumten Jahre nachzuholen. Ihre Gespräche handelten nur selten von Elenas Vater. Sie merkte schnell, dass es ihrer Mutter unangenehm war, über ihren verstorbenen Ehemann zu sprechen. Vor allem, da beide wussten, was er in Wirklichkeit war. Ein pädophiler Mann, der seine Tochter jahrelang missbrauchte. Stattdessen erzählte Claudia von ihrer neuen Tätigkeit in der Kinderklinik und berichtete von den Fortschritten ihrer Enkelin.

„Ich weiß, dass Emily ein tolles Kind ist, Ben besucht mich zweimal im Monat mit ihr." Elena konnte sich ein amüsiertes Grinsen nicht verkneifen. Sie hatte mittlerweile gelernt, die Strafe zu akzeptieren und positiv in die Zukunft zu blicken. Ihre ganze Hoffnung lag auf dem Haftprüfungstermin, welcher nach fünf Jahren Maßregelvollzug das erste Mal anstand. Ein neues psychologisches Gutachten musste dann entscheiden, ob ihre Persönlichkeitsstörung noch bestand oder sie als geheilt entlassen werden konnte.

Die kommenden Jahre sah Elena ihre kleine Tochter zu einem hübschen Mädchen heranwachsen, welches, obwohl Ben keine neue Frau an seiner Seite hatte, einen glücklichen Eindruck auf sie machte. Elenas Verhältnis zu Ben beschränkte sich auf Gespräche über ihr gemeinsames Kind, wobei sie bei jedem Besuch spürte, wie die Schmetterlinge in ihrem Bauch zum Leben erwachten und ihre Anzahl über die Jahre hinweg nicht weniger wurden.

Als schließlich der ersehnte Haftprüfungstermin anstand und der zuständige Richter ihr direkt in die Augen blickte, glaubte sie vor Aufregung umzukippen. Ihre Beine verschmolzen zu weichem Wachs, während sich in ihrem Kopf alles drehte.

„Aufgrund des neuen psychologischen Gutachtens kann ich davon ausgehen, dass ihre dissoziative Identitätsstörung nicht mehr besteht. Es gab seit Beginn der Behandlung keinen einzigen Vorfall, in welchem Ihre multiple Persönlichkeit zum Vorschein kam. Daher beschließe ich, Sie mit sofortiger Wirkung aus der forensischen Psychiatrie zu entlassen. Sie bekommen allerdings die Auflage, sich weiterhin einer psychologischen Therapie zu unterziehen, um die Gefahr eines Rückfalls auszuschließen."

Glücklich sprang Elena von ihrem Stuhl auf und umarmte ihre Anwältin. Im Zuschauerraum saßen Ben und Claudia, welche die kleine Emily auf ihrem Schoß hatte. Gemeinsam verließen sie das Gerichtsgebäude und fuhren nach Garching in Bens Haus.

Elena wünschte sich nichts sehnlicher, als eine Nacht neben ihrer Tochter zu schlafen. Ihren Atem zu hören, ihre Bewegungen zu spüren und ihren kindlichen Duft in sich aufnehmen zu können. Sie wollte am nächsten Morgen zu ihrer Mutter ziehen, die nach Elenas Verhaftung deren Wohnung in Neuperlach übernommen hatte.

Einerseits war Elena traurig, dass Emily die ersten fünf Jahre ihres Lebens ohne Mutter an ihrer Seite aufwachsen musste, andererseits freute sie sich, dass das kleine Mädchen sie *Mama* nannte und offensichtlich keinerlei Berührungsängste ihr gegenüber verspürte. Sie hoffte, dass sich ihre Beziehung zu Ben auch wieder verbessern würde, wusste jedoch nicht, ob dieser überhaupt ein Interesse daran hatte.

Vorerst musste sie sich mit der Liebe ihrer Tochter begnügen.

Ihr leises Weinen weckt mich. Sie hatte einen Albtraum. Zärtlich streiche ich über ihr Haar.

*„Schlaf schön weiter, meine Kleine. Es ist alles gut",
beruhige ich meine Tochter. Für einen kurzen Moment blickt sie
mich mit ihren großen Augen an. Im nächsten Moment kuschelt
sie sich an mich und schläft wieder ein.*

*„Ich werde dich immer beschützen! Vor allem vor den bösen
Männern in dieser grausamen Welt!"*

ENDE

DANKSAGUNG

Zu allererst möchte mich bei meinen Lesern bedanken, die sich für meine Geschichten interessieren und sich die Zeit nehmen, diese zu lesen.

Des Weiteren bedanke ich mich bei meiner Lektorin, Birsen Sager, die mir jederzeit mit guten Ratschlägen und Anmerkungen zur Seite stand.

Im Stillen

PROLOG

Sie öffnet ihre Augen. Um sie herum ist alles schwarz. Von weit her hört sie leise Stimmen, kann sie jedoch nicht zuordnen.

„Wo bin ich?", fragt sie leise. Keine Reaktion!

„Was ist passiert?", will sie etwas lauter wissen. Aber auch dieses Mal bekommt sie keine Antwort. Erst jetzt bemerkt sie, dass keines ihrer Worte nach außen drang. Ängstlich versucht sie, durch eine Bewegung auf sich aufmerksam zu machen. Aber auch diese Bemühungen bleiben ohne Erfolg!

Vielleicht bin ich gelähmt?, schießt es ihr durch den Kopf. Angestrengt konzentriert sie sich auf ihre Gliedmaßen und stellt erleichtert fest, dass sie das Laken unter ihren Fingerspitzen spürt. Auch an ihren Zehen ertastet sie die kühle Decke. Aufmerksam hört sie den Stimmen im Raum zu.

Es dauert lange – viel zu lange – bis sie endlich begreift, was geschehen ist.

Kapitel 1

Nachdenklich sitzt Lisa Kerner hinter dem Steuer ihres weißen VW Polo, während der Regen auf die Windschutzscheibe prasselt. Sie hat noch eine lange Fahrt vor sich, kommt aber gut voran, da die Autobahn an diesem Mittwochnachmittag nicht sehr belebt ist. Während aus dem Radio gerade ein Song aus den 80er Jahren läuft, wandert ihr Blick zum Beifahrersitz, auf welchem ein weißes Kuvert liegt. *Warum gerade jetzt?*, fragt sie sich bestimmt zum hundertsten Mal. *Warum ist es ihr so wichtig, mich persönlich zu sprechen? Und warum springe ich sofort ins Auto und nehme knapp 400 Kilometer Fahrt auf mich, um mich mit ihr zu treffen?*

Sie erinnert sich an den Tag, als sie den Briefkasten öffnete und zwischen den bunten Angeboten für ofenfrische Pizza sowie verführerischer Pasta ein weißes Kuvert steckte. Auf dem Weg zu ihrer Wohnung öffnete sie den Umschlag und blieb mitten auf der Treppe wie erstarrt stehen, als sie den Namen des Absenders erkannte. Sarah, ihre alte Schulfreundin, wählte diesen ungewöhnlichen Weg, um sich mit Lisa in Verbindung zu setzen. Neugierig las sie die mit zierlicher Handschrift verfassten Zeilen:

Liebe Lisa,

du wunderst dich sicherlich, warum ich dir einen Brief schreibe, wo doch unser Kontakt in den letzten Jahren lediglich aus Emails oder WhatsApp-Nachrichten bestand. Ganz einfach: Es fällt mir momentan leichter, das weiße Papier mit dem blauen Stift zu füllen, als mich an den Computer zu setzen. Seit sechs Jahren trage ich eine Last mit mir, die ich gerne ablegen würde. Mir ist seit dem Tod meines Vaters so vieles klargeworden! Kannst du zu mir nach München kommen? Ich würde den Weg zu dir ja gerne auf mich nehmen, aber Leonie ist momentan krank, weshalb ich ihr die lange Fahrt nicht zumuten möchte. Entschuldige, dass ich dir keine Einzelheiten mitteile, aber mir liegt wirklich viel daran, dir die Lage unter vier Augen zu erklären. Meine Adresse findest du auf der Rückseite des Kuverts. Ich würde mich wirklich darüber freuen, wenn du kommen könntest. Schreib mir einfach eine kurze Nachricht, ob und wann es dir möglich ist. Auch Leonie freut sich riesig, meine damalige beste Schulfreundin kennenzulernen.

Bis bald und liebe Grüße

Deine Sarah

Beunruhigt faltet Lisa den Brief zusammen, während sie zügig ihre Wohnung betritt. Was möchte Sarah mit ihr besprechen? Und warum gerade jetzt?

Das ist jetzt zehn Tage her. Leider war es Lisa erst jetzt möglich, bei ihrem Arbeitgeber, einer renommierten Anwaltskanzlei in der Stadtmitte Frankfurts, Urlaub zu nehmen. Seit einem halben Jahr arbeitet sie dort als Referendarin und steht kurz vor ihrem zweiten Staatsexamen.

Während sie auf die nasse Fahrbahn vor sich starrt, schweifen ihre Gedanken ab.